KB083243

9번째 18살을 맞이하는 너와

아사쿠라 아키나리 지음 — 권하영 옮김

9번째
18살을 맞이하는 너와

아사쿠라 아키나리 지음
권하영 옮김

BOOK PLAZA

일러두기

━━━━━

본문의 각주는 모두 옮긴이 주입니다.

✳

프롤로그

닮았다, 라는 표현을 쓸 마음이 들지 않은 이유는 아무리 봐도
그녀가 **당사자** 같았기 때문이다. 세월이 흐르며 조금씩 흐릿해지던
기억 속에서 그녀의 이미지가 순식간에 복구된 느낌이었다. 저 사
람이다. 저 사람은 진짜다. 내 눈은 맞은편 승강장에 그대로 못 박
혔다. 바람에 흔들리는 단발머리는 그 시절과 마찬가지로 햇볕이
닿는 각도에 따라 옅은 갈색으로 빛났다. 키가 평균 이상이라 그
저 서 있기만 해도 뭐라 말할 수 없는 화려함이 느껴졌다. 피부는
희었지만, 절대 창백한 인상은 아니었다. 동그란 눈과 매끈하게 뻗
은 콧날은 역시 바라보기만 해도 심장이 조여왔다. 의심의 여지가
없다. 그녀는…

후타와 미사키다.

그러나 확신이 들자 더욱 혼란스러워졌다. 그녀는 틀림없이 후타와 미사키지만, 절대로 후타와 미사키일 리가 없다. 생각하면 생각할수록 사고의 실타래가 엉켜 갔다. 나는 왼손에 쥔 정장 상의를 오른손에 고쳐 쥐고 마음을 가다듬으려고 크게 심호흡했다. 환영으로 치부하기에는 그녀의 모습이 너무 현실적이었다. 하지만 한편 현실이라고 하기에는 너무 비논리적이었다. 나는 그녀의 모습을 대체 어떻게 받아들여야 할까.

늦더위가 기승을 부리는 아침이었다. 가만히만 있어도 몸에서 조용히 땀이 배어 나왔고 강렬한 햇볕을 원망할수록 미간에 깊은 주름이 패었다. 맞은편 승강장과는 선로 두 개를 끼고 10미터쯤 떨어져 있었지만, 무언가를 잘못 볼 만한 거리는 아니었다. 출근 시간이라 역은 여느 때처럼 붐볐다. 하지만 나와 그녀는 각각 맨 앞줄에 서서 전철을 기다렸기에 우리 사이를 가로막는 것은 아무것도 없었다.

후타와 미사키는 고등학교 2학년, 3학년 때 나와 같은 반이었다. 솔직히 고백하자면, 고등학교를 졸업하고 나서 그녀를 본—것 같았던—적이 한두 번이 아니었다. 식당에서, 교차로에서, 때로는 TV에 나오는 길거리 인터뷰에서 그녀와 닮은 사람을 보았다. 그때마다 현기증이 일듯 시야가 흔들렸다. 설마 하며 눈에 힘을 주고 숨을 삼켰다. 하지만 다행인지 불행인지 한 번도 진짜 후타와 미사키인 적은 없었다. '뭐야, 다른 사람이잖아' 하며 사실을 깨달은 순간 사기를 당한 것 같아 불쾌해졌고, 한편으로는 안도감이 들어 가슴을 쓸어내렸다. 단 한 번만이라도 후타와 미사키를 다시 보고 싶다. 아니, 두 번 다시 보고 싶지 않다. 상반되는 두 마음이 강풍에 휘둘리는 수탉 모양 풍향계처럼 빙글빙글 돌았다.

그런데 후타와 미사키가 지금 맞은편 승강장에 서 있다.

이번에는 이전 같은 착각이 아니다. 그녀는 진짜 후타와 미사키다. 그저 조금, 아니, **몹시 기묘한 모습**을 했을 뿐.

맞은편 승강장에 선 후타와 미사키는 쉽게 말해 **나이를 먹지 않은 상태였다.**

내가 아는 고등학교 시절, 그러니까 열여덟 살 때 모습과 완벽히 똑같았다. 나이에 비해 어려 보인다거나 아직 그때 느낌이 많이 남아 있다는 차원이 아니었다. 그녀는 말 그대로 **똑같았다.** 시간을 뛰어넘었든가, 아니면 진공 팩에 냉동 보관 되었던 사람 같았다. 그녀에게서는 노화나 성장을 거친 흔적이 전혀 보이지 않았다.

그리고 그녀는 나이 들지 않았음을 증명하듯 고등학교 교복을 입고 있었다. 하얀 하복 블라우스에 짙은 남색 치마. 발에는 갈색 로퍼를 신었다. 어느 동네에서나 볼 법한 단순한 교복이지만, 그녀가 입으니 훨씬 화사하고 청순해 보인다는 점도 그 시절과 똑같았다. 당연히 가죽으로 된 책가방도 그대로였다. 가만 보니 그녀가 기다리는 전철은 학교로 가는 완행열차인 듯했다. 그녀는 어쩌면 아직 고등학교에 다니는 학생일지도 모른다. 우리가 이미 몇 년 전에 졸업한 그 고등학교에, 고등학교 3학년 학생인 채로, **열여덟 살인 채로.**

거기까지 생각하다가, 나도 모르게 목구멍 안쪽에서 웃음이 터져 나왔다. 정말 말도 안 되는 상상이다. 우리는 조금 있으면 서른이 된다. 하지만 그런 허무맹랑함과는 상관없이, 눈앞에 드러난 현실은 너무나 강렬하고 또렷했다. 실제로 고등학생 때와 똑같은 후타와 미사키가 눈앞에 서 있었다. 아무리 눈을 깜빡여 봐도 그녀의 모습은 변하지 않았다.

혼란스러운 나를 구제하듯 완행열차가 나타나 그녀의 모습을 가렸다. 나는 그제야 몸에 과하게 힘을 주고 있던 것을 깨달았다. 나도 모르게 주먹을 꽉 쥐고 있었다. 손톱이 손바닥을 살짝 파고들었다. 나는 크게 숨을 뱉고 고개를 빠르게 좌우로 흔들었다. 잠시 후 완행열차가 출발하자, 후타와 미사키의 모습은 사라지고 없었다. 나는 잠시 맞은편 승강장을 바라보다가, 정시에 맞춰 나타난 급행열차에 올라탔다.

전철 손잡이를 잡으며 머릿속을 정리하려고 애썼다. 하지만 어떤 이유를 갖다 붙여 봐도 방금 본 광경에 수긍이 가지는 않았다. 그녀는 끝내 나를 보지 못했지만, 만약 혹시라도 눈이 마주쳤다면 어떤 반응을 보였을까. 아, 오랜만이야, 하며 내게 손을 흔들었을까? 나는 자조적으로 웃으며, 전부 환영이었다는 결론을 내리기로 했다. 아직도 내 망막에는 후타와 미사키의 잔상이 또렷이 남았고, 다 없었던 일로 치기에는 방금 본 광경이 너무나 생생했다. 그래도 그런 결론을 내릴 수밖에 없었다. 그것 말고는 나 자신을 이해시킬 방법이 없었다.

저릿한 느낌이 아직도 가슴에 어렴풋이 남아 있었다. 나는 약간 몸을 숙여 차창 너머 하늘을 올려다봤다. 전철의 움직임을 따라 물결치듯 흐르는 전선과 빠르게 스쳐 지나가는 주택가 위에, 온 세상을 껴안은 광활한 하늘이 넓게 펼쳐졌다. 바라보는 내가 부끄러워질 만큼 맑고 깨끗한 하늘이었다. 나는 그런 하늘에 내 학창 시절을 투영해 보았다.

마냥 가슴 아프던 사춘기 시절의 헛된 노력도 이제는 사랑스럽게 느껴지니 참으로 희한한 일이다. 물론 떠올려 보면 딱지 덮인 상처가 아려오는 기억도 셀 수 없이 많다. 아니, 엄밀히 말하면 그런 기억밖에 없는 것 같기도 하다. 그런데 어째서인지 그건 그것대로 괜찮다는 생각이 드는 걸 보면, 시간의 흐름은 실로 위대하다. 아픔, 씁쓸함, 따뜻함 이제는 모두 귀중한 재산이다.

후타와 미사키. 너의 이름은 지금도 여전히 내 마음을 뒤흔든다.

청춘이라는 말 한마디로 그때의 애타던 감정이 모두 설명된 양 넘어가는 태도는 그다지 좋아하지 않는다. 그래도 후타와 미사키라는 사람은 역시나 내게 청춘 그 자체였다. 그녀의 머리끝부터 발끝까지, 온몸 구석구석에 나의—아니, 우리의—청춘이 들어차 있다.

나는 너를 사랑했다. 하지만 결국 마지막 순간에 너에게서 도망치고 말았다.

프로펠러 달린 비행기 한 대가 하늘을 날았다. 하늘을 두 쪽으로 가르듯 비행기구름을 한 줄 그렸다.

나는 후타와 미사키의 마지막 말을 떠올렸다.

'있잖아, 마제. 나한테 잠깐만 시간을 내줄래?'

9번째 18살을 맞이하는 너와

01

"마제 선배님은 왜 인쇄 회사에 들어오셨어요?"

오른쪽 깜빡이를 켜고 차선을 변경했다. 이 국도는 보통 붐비지만, 오늘은 기분이 좋아질 정도로 길이 순조롭게 뚫렸다. 나는 핸들을 고쳐 쥐면서 질문에 대한 답을 찾았다.

내가 왜 우리 회사에 들어왔더라. 면접을 보러 다니던 당시에는 나도 그럴듯한 이유와 포부를 늘어놓았을 텐데 벌써 한참 옛날 일이다. 창피한 이야기지만, 정신을 차리고 보니 입사한 뒤라 이렇게 거래처를 향해 업무 차량을 몰 뿐이라는 것이 내 솔직한 심정이었다.

나는 대충 그럴싸한 이유를 댔다. "고등학생 때 신문부였거든."

"오." 조수석에 앉은 미츠히라가 말했다. "신분무셨어요?"

"그래서….." 덧붙일 말을 찾지 못해 급하게 이야기를 끝맺었다. "아무튼 예전부터 종이나 활자에 관심이 많았어."

"그래서 인쇄 회사를 선택하셨고요?"

"뭐, 그런 거지."

내 대답에 수긍이 갔는지 고개를 끄덕이는 미츠히라를 보고 똑같은 질문을 했다. 그러자 미츠히라는 신입사원답게 자신이 입사한 이유를 거침없이 설명했다.

미츠히라의 교육을 담당한 지도 벌써 두 달인데, 나는 그가 마음에 들었다. 미츠히라는 항상 뚜렷한 의견이 있었고 그걸 말하는 데 주저함이 없었다. 호기심도 왕성했다. 영업소에서는 그런 그의 태도를 건방지다거나 입만 살아서 알랑거린다고 평하는 사람이 없지 않았지만, 내가 보기에는 잘못된 평가였다. 조금 거칠기는 해도 정곡을 찌르는 그의 의견에 깜짝 놀란 적이 적지 않다. 사실 그가 영업소에서 좋은 평가를 받지 못하는 원인은 남들보다 조금 긴 머리카락이었다. 개인적으로는 허용 범위라고 생각하지만, 소장님은 미츠히라를 볼 때마다 못마땅한 표정을 지었다. '바리캉 가져와, 바리캉. 내가 싹 밀어 버리려니까.' 전에 미츠히라에게 머리 자를 생각이 없냐고 슬쩍 물어보니, 뜻밖에도 머리 모양에 대한 그의 집념은 상당히 강한 듯했다.

다채로운 표현을 섞어 가며 인쇄 회사에 입사한 이유를 역설한 미츠히라에게는 몹시 미안하지만 간단히 줄이면, 인쇄 업계는 사양산업이라고 불린 지 오래지만 자신은 아직 성장 가능한 분야라고 생각하며 나아가 인쇄 업계를 지탱하는 사람이 되고 싶다는 것이 요지였다. 큰 포부를 늘어놓는 미츠히라의 이야기를 듣다 보니 '신문부라서 인쇄 회사를 골랐다'는 내 설명이 너무 하찮아서 도리어 우스웠다.

그나저나 신문부라….

"제가 무슨 말실수 했나요?"

"아니야. 미안." 나는 웃음을 머금은 채 왼손을 내저었다. "네 얘기 때문에 웃은 게 아니야. 내 입에서 신문부라는 단어가 나온 게 얼마만인가 싶어서 나도 모르게 웃음이 나왔네."

예전부터 종이나 활자에 관심이 있었다는 말은 거짓이 아니다. 그게 인쇄 회사에 들어온 이유 중 하나라는 말도 아마 거짓이 아닐 것이다. 다만 그런 관심이 신문부 활동 덕에 생겨났다고 설명한다면, 그건 새빨간 거짓말이다. 우리 신문부에는 종이나 활자에 관심을 불러일으킬 만한 요소가 눈을 씻고 찾아봐도 없었다. 애초에 활동 자체가 거의 없었다.

그럼 왜 신문부라는 단어가 입 밖으로 나왔냐 하면, 그 이유는 더없이 명백하다. 아침에 본 환영 때문이다. 후타와 미사키의 환영을 본 탓에 머릿속에 있던 기억의 마개가 열려 버렸다. 어제까지는 마음속 폐가 서고에서 먼지를 뒤집어쓰고 잠자던 학창 시절의 추억이 이제는 입구에서 가장 눈에 띄는 책장에 가지런히 진열되었다. 원래도 기억력이 나쁘지 않은 편이지만, 고등학생 때의 기억은 다른 어느 시기의 기억보다 몇 배는 선명하게 떠오른다. 후타와 미사키를 비롯해 신문부, 국제교류부, 츄간지 선배도 생각난다. 이조랑 커브는 말할 것도 없다. 그러나 다른 것은 둘째 치고, 구관에 있는 동아리방에서 고독하고도 조용하게 헛된 노력을 거듭하던 순간 하나로 내 고등학교 시절을 전부 설명할 수 있다. 그것 자체가 곧 내 '고등학교 시절'이었다.

예정대로 카와모토 리모델링에 도착한 나는 평소처럼 무인 접수대에서 사장님에게 전화한 다음 응접실에 들어갔다. 미츠히라와 사장님은 첫 대면이라 서로 간단히 소개해 주었다. 사장님은 미츠히라의 명함을 보면서 껄껄 웃었다.

"부럽다. 갓 졸업한 녀석이야? 역시 큰 기업은 다르구먼. 우리도 신입을 뽑고 싶은데 공교롭게도 불경기네."

나는 사장님이 전화로 견적을 의뢰한 영수증 샘플을 받아들었다. 다섯 장이 한 세트인 감압 복사지 영수증이었고, 위쪽이 검은색 테이프로 고정돼 있었다. 결코 드문 형태는 아니지만, 감감 잉크를 인쇄해 복사되지 않도록 만들어야 하는 영역이 다소 특이해서 제조할 때 주의가 필요할 듯했다. 나는 잽싸게 줄자로 크기를 재면서 견적에 필요한 정보를 하나하나 묻고 메모했다. 미츠히라도 나처럼 고개를 끄덕이며 내용을 받아 적었다. 늘 그렇듯 열정적이다.

"견적은 언제쯤 나오려나?"

"급하시면 내일 점심때까지는 메일 드릴게요."

"매번 일 처리가 참 빨라." 사장님은 만족스럽게 웃으며 두꺼운 수첩에 무어라 적고는 수첩을 탁 닫았다. 수첩 가장자리에 포스트잇 몇 개가 튀어나와 있었다. "미츠히라 씨는 본가에 사시나?"

내내 듣기만 하던 미츠히라가 수첩에서 눈을 떼고 그렇다고 대답했다.

"단독 주택?"

"네."

"그럼 리모델링하자." 사장님이 두툼한 손바닥을 비볐다. "본가 말이야. 리모델링하자, 리모델링."

"…제가요?"

"그럼. 입사 첫해에 받은 돈으로 부모님이 노년까지 편하게 사실 공간을 선물한다고 생각해 봐. 얼마나 멋진 효도야? 와, 내가 부모님이었으면 아마 울었을걸."

"리모델링…."

"우리 마제 씨는 혼자 월세방 산다니까 포기했거든. 미츠히라 씨가 대신 좀 해줘. 불경기에 영세기업 하나 돕는 셈 치고, 응? 그리고 생각해 봐. 부모님이 세운 집을 아들이 다시 짓는 거 아냐? 이야, 이건 뭐랄까, 감동적이잖아. 아들이 부모님을 뛰어넘는 순간이라고나 할까? 심지어 철학적이야."

"…네. 그렇네요."

"너무 괴롭히지 마세요." 나는 미츠히라를 두둔하면서 최대한 자연스럽게 이야기를 마무리 지었다. 사장님은 큰 소리로 웃더니 괴롭힐 생각은 없었다며 머리를 긁적이고는, 떠나는 우리를 주차장까지 배웅해주었다.

"오늘 미안했어. 아주 혹시라도 리모델링할 일이 생기면 우리 회사를 기억해줘. 그거면 됐어. 우리는 한 건 한 건이 귀하거든."

미츠히라는 씁쓸하게 웃는 사장님을 향해 난처한 표정으로 고개를 숙였다.

"아까 수습해 주셔서 감사합니다."

점심을 먹으러 들어간 국도 옆 패밀리레스토랑에서 미츠히라는 또다시 감사 인사를 했다. 평소에 보이던 자신만만한 태도는 어디로 갔는지 조금 핼쑥해 보여서 안쓰러웠다. 카와모토 리모델링의 사장님

같은 사람과는 성격이 맞지 않는 모양이다. 의외의 약점을 발견했다.

"진짜 리모델링해야 하나 엄청 고민했어요."

나는 웃었다. "그렇게 막무가내인 분은 아니야. 초반에는 나한테도 끈질기게 추천하셨어. 하지만 한 귀로 흘려들어도 별말씀 안 하셔. 그런 일로 우리 회사와 거래를 끊을 분은 절대 아니야. 걱정 안 해도 돼."

미츠히라는 그렇군요, 하며 구사일생한 사람처럼 한숨을 내쉬었다.

"저 사실 첫 월급에는 아직 손을 안 댔어요."

"너 자신을 위해 써. 효도하더라도 리모델링할 필요는 없어."

"감사합니다." 미츠히라는 물을 마셨다. "아까 그 회사는 사장님이 영수증 발주를 담당하시나 봐요."

"생각보다 그런 회사가 많아. 이렇게 지방에 있는 작은 회사들은 더 그렇지."

점원이 다가왔다. 내가 주문한 회 정식과 미츠히라가 주문한 햄버그스테이크 세트를 테이블에 놓고 가볍게 인사한 뒤 떠났다. 미츠히라는 햄버그스테이크를 썰었다. 육즙이 흘렀다.

"마제 선배님은 이 지역이 고향이시죠? 그런데 왜 본가에 살지 않으세요?"

마침 시간도 여유로우니 나의 내력을 간단히 설명하기로 했다. 꼭 이야기할 필요는 없었지만 오늘은 과거의 기억을 조금이라도 몸 밖으로 내보내고 싶은 기분이었다. 아침에 본 환영 때문에 추억이 밖으로 흘러넘칠 것 같았다.

내가 태어난 곳과 자란 곳은 모두 치바다. 중학교에서 고등학교로 올라갈 때 한번 이사했지만, 토가네에서 요츠카이도로 이동했을 뿐,

치바현을 떠나지는 않았다. 원래는 대학교도 본가에서 통학할 수 있는 곳에 갈 생각이었는데 어쩌다 보니 예상보다 높은 대학교에 합격해 버렸다. 그 당시 의도치 않게 입시 공부에 유독 집중이 잘되는 환경에 있었기 때문이다. 대학교 캠퍼스가 타마에 있어서 본가에서 다니려면 편도로 세 시간은 걸렸다. 하는 수 없이 대학 생활 4년간 본가를 떠나 미나미오사와에서 혼자 살았다. 대학교를 졸업한 뒤 지금 다니는 회사에 입사했고, 한동안은 본사에서 근무했다. 다른 동기들이 대부분 그랬듯 도쿄에 있는 직원 기숙사에서 생활했다. 그러다가 작년에 치바 영업소로 발령받았다. 누나는 돈을 벌어 카와사키로 이사한 반면, 부모님은 여전히 요츠카이도에서 지내신다. 근무지를 옮기는 김에 본가로 돌아갈 수도 있었지만, 지금 일하는 영업소까지 이동하기에는 교통이 좋지 않았다.

"게다가…." 나는 디저트 커피를 입으로 가져갔다. "본가에 있던 내 방은 이제 어머니의 드레스룸로 쓰여. 거기서는 절대 못 살아."

"드레스룸이라고요?"

"이유는 모르겠지만 몇 년 전에 플라멩코를 시작하셨대. 의상이 산더미처럼 쌓였더라고."

"어머님이 활동적이시네요."

"활동적이라기보다는 좀 특이해. 아무리 겪어 봐도 파악이 안 되는 사람이야."

나는 슬쩍 손목시계로 눈을 돌렸다. 아직 시간이 여유로우니 먹고 싶은 게 있으면 더 시키라고 미츠히라에게 말했다. 비싼 식당도 아니니 돈은 신경 쓰지 말라고 덧붙였다.

"감사합니다." 미츠히라가 메뉴판을 펼쳤다. 그러고는 장난스러운 미소를 지었다. "마제 선배님, 보너스 받은 걸로 쏘시는 건가요?"

"보너스? 뭐, 여름에 받은 보너스?"

"아니요. 목표 달성 보너스요. 선배님은 제가 영업소에 들어오기 전부터 항상 목표치를 달성하셨잖아요. 영업 실적에 대한 보너스 나오죠?"

성과급을 말하는 것 같다. 이 주제가 나오면 저절로 쓸쓸한 미소가 지어진다. 신입에게 냉혹한 현실을 일깨우는 짓은 피하고 싶었지만, 그렇다고 거짓말을 할 수는 없었다.

"거의 못 받아. 쥐꼬리만큼 나와."

"에이, 왜 이러십니까." 겸손인 줄 알았나 보다. 미츠히라는 점원을 불러 음식을 추가하고 메뉴판을 제자리에 돌려놓았다. "영업소에서 제일 실적이 좋으신데 보너스를 못 받을 리가 없잖아요."

"아니, 정말 못 받아. 성과급은 나와봤자 몇천 엔 정도야."

"그럴 리가요."

"정말 사실이야. 경력이 짧으면 무슨 짓을 해도 많이 못 받아. 그건 어떻게 할 방법이 없어. 돈이 필요하면 오래 일하면서 월급이 오르기를 기다려야 해."

"말도 안 돼요. 아니…." 미츠히라는 거기까지 말하다가 입을 다물었다. 그제야 내 말이 사실임을 수긍했는지 입을 삐죽였다. 잠시 후 아주 불만스러운 얼굴로 한마디를 툭 흘렸다.

"갑자기 못 해 먹겠다는 생각이 드는데요."

노골적인 말에 나도 모르게 소리 내어 웃었다.

"아니, 그렇잖아요. 이런 말 하면 좀 그렇지만, 하마사키 주임님은 항상 목표치의 80퍼센트도 못 채우시잖아요. 그런데 별다른 징계도 없고 월급도 선배님보다 많이 받으시는 거죠?"

"그야 그분은 나보다 열몇 살이나 많고 심지어 주임님이잖아. 월급이 많은 게 당연하지."

"그래도…."

"어느 정도는 그러려니 해야 해. 하지만 불만스러운 면이 있는 건 사실이지. 그래서 업무 개선 제안서라고 직원들의 의견을 모으는 공모가 있는데, 나도 그걸 내보려고. 우리 회사는 성과보수를 주는 방식에 문제가 있어. 그렇다 해도 일단은 주어진 자리에서 싸우는 수밖에 없어. 그게 회사원의 숙명이야."

미츠히라는 완전히 풀이 죽어서 입을 다물었다. 절묘한 타이밍에 추가 주문한 감자튀김이 나왔다. 마치 점원이 준비한 눈치 없는 응원 같아서 분위기가 더 침울해졌다. 나도 마음이 좋지 않았다.

"근데 뭐 어때." 나는 미츠히라를 위해서—아니, 미츠히라만을 위해서는 아닐지도 모른다—애써 밝은 목소리로 말했다. "열심히 하면 언젠가 다 돌아오겠지. 분명히 어딘가에서 나를 지켜보는 사람이 있을 거야. 내 노력이 완전히 쓸모없지는 않을 거야."

미츠히라는 작은 목소리로 "네" 하고는 감자튀김을 입에 넣었다.

그 뒤로 우리 테이블은 잠시 침묵에 휩싸였다. 나는 그 이상 할 말을 찾지 못했고, 미츠히라는 열심히 감자튀김을 씹으면서 생각을 정리하느라 여념이 없는 것 같았다. 무료해진 나는 별 뜻 없이 창문으로 시선을 돌렸다.

"아"하며 나도 모르게 굳어 버린 이유는 여고생 세 명이 걸어오는 모습이 보여서였다. 살아 있는 것 자체가 못 견디게 재미있다는 듯 깔깔거리는 그 여자아이들은 우리 모교의 교복을 입고 있었다. 나는 점점 작아지는 아이들의 뒷모습을, 명화를 바라보듯 진지한 눈빛으로 좇았다. 잠시 후 그 아이들의 모습이 시야에서 완전히 사라지자, 거의 자동으로 입이 열렸다.

"오늘 아침에…."

잠깐 망설였지만 이미 나온 말을 주워 담을 수는 없었다.

"오늘 아침에 전철을 기다리다가 고등학교 동창을 봤어."

미츠히라는 감자튀김을 먹으면서 "그래요?"라고 반응했다. "우연이네요."

"후타와 미사키라는 여자앤데, 맞은편 승강장에서 전철을 기다리더라고."

"말은 안 거셨어요?" 미츠히라는 기분이 조금 나아졌는지 부드러운 표정으로 물었다.

나는 고개를 가로저었다.

"조금 이상했거든."

"이상했다고요?"

"교복 차림인 데다 아직 고등학생인 것 같았어."

미츠히라는 감자튀김을 집은 채 얼어붙었다. 잠시 가만히 있다가 자신이 잘못 들었기를 바라는 표정으로 말했다. "어…, 방금 뭐라고 하셨죠?"

"아직 **고등학생이었어.**"

미츠히라는 입을 다물고 나를 조용히 바라보았다. 매우 불친절한 프라모델* 조립 설명서를 어떻게든 해독해내려 애쓰는 것 같은 당혹스러운 시선이 나에게 쏟아졌다. 나는 개의치 않고 이어서 말했다.

"우리 학교 교복을 입고, 책가방을 들고, 학교에 가는 전철을 기다리고 있었어. 좌우지간 내가 고등학생이던 그때랑 다른 게 하나도 없었어. 꼭 그 아이는 나이를 먹지 않은 것 같았어."

"…나이를 먹지 않았다고요?"

"어떻게 생각해?"

"…어떻게 생각하냐니, 음…, 네?"

당황하는 미츠히라의 반응이 어쩐지 우스워서 참지 못하고 웃음을 터뜨렸다. 나는 결코 잘 웃는 사람이 아닌데, 오늘은 이상하게도 여러 종류의 웃음이 터져 나온다.

"농담하신 거예요?"

"미안. 농담은 아니야. 하지만 역시 이상하지?"

"…그야 당연히 이상하죠."

"잘못 본 게 분명해." 나는 미츠히라와 나 자신을 동시에 타이르듯 말했다. "안 그러면 말이 안 되잖아. 환영, 환각, 착각, 뭐라고 부르든 상관없어. 하지만 정말 똑같았어. 그때의 내 눈에는 진짜 후타와 미사키로 보였어."

"…그러면 그렇다고 진작 말씀해주시지. 전 선배님이 이상해진 줄 알고 진심으로 걱정했잖아요." 미츠히라는 당했다는 듯 웃었다. "뭐 그런 거였을까요? 도플갱어 같은 거?"

---

* '플라스틱 모델'이라는 말에서 파생된 일본식 표현. 플라스틱 부품을 조립해서 만드는 모형을 가리킨다.

나는 "글쎄"라고 대답하면서 승강장에 선 후타와 미사키의 모습을 다시 떠올렸다. 환영, 환각, 착각. 그렇게 말하고 나니 정말 그랬나 싶기도 하지만, 한편으로 찜찜함을 떨쳐내지 못하는 나 자신이 있었다. 그게 어딜 봐서 환영이었나. 왜 내 눈으로 본 것을 믿지 못하나. 생각을 거듭할수록 머릿속이 복잡하게 엉켰다.

"전 여친이에요?"

"뭐?"

"그분이요. 어, 후타와 씨라고 했나요? 마제 선배님의 전 여친이에요?"

"왜 그렇게 생각해?"

"딱히 근거는 없지만 환각이 보일 정도면 선배님한테 중요한 사람이었을 것 같아서요. 그냥 왠지."

몇 년이나 지난 과거 일을 군이 숨길 필요는 없을 것 같아서 가벼운 마음으로 솔직하게 고백했다. 다른 사람에게 말하더라도 그 시절의 무언가가 바뀌거나 **나아지는** 일은 어차피 없을 것이다.

"짝사랑이었어. 아주 멋진 애였거든. 그런데 사귀지는 못했어."

"그랬군요. …고백은 하셨어요?"

"러브레터를 썼어. 그런데…."

거기까지 말하다가 후회했다. 한심하게도, 마음 속 딱지에 자그마한 금이 간 것처럼 통증이 일었다.

"잘 안 됐어."

미츠히라는 "아아, 청춘이네요" 하더니 다 이해한다는 미소를 지어 보였다.

다 안다는 듯한 시선을 받는 것은 전혀 달갑지 않은 일이었지만, 미츠히라가 기운을 되찾은 것 같아서 일단은 안심했다. 애초에 성과급 이야기로 그를 침울하게 만든 사람은 나였다. 미츠히라가 입사 몇 개월 만에 회사를 관둔다고 하면 나도 책임을 면치는 못할 것이다. 한 점씩 주고받았으니 무승부로 넘어가야겠다. 나는 다시 창밖으로 눈을 돌렸다.

패밀리레스토랑 창문 너머로도 역시 푸르고 아름다운 하늘이 보였다. 눈의 초점이 아무리 흐려져도, 균일하게 채색된 푸르름 앞에서는 모든 것이 선명한 푸른색으로 보인다. 이렇게 광활한 하늘을 바라보고 있자니, 너덜너덜해진 마음 속 딱지가 천천히 회복되는 느낌이 들었다.

"생각났다." 나는 하늘을 올려다보며 혼잣말처럼 중얼거렸다.

"뭐가요?"

"우리 회사에…, 인쇄 회사에 들어온 이유."

생각났다기보다는 그나마 점잖은 대답을 찾았다는 표현이 더 적절할지도 모르겠다. 어쨌거나 이 대답이 신문부 때문이라는 대답보다 훨씬 시적인 데다 내 본질과도 가까웠다. 나는 하늘을 바라보며 조용히 말했다.

"이제는 진짜 **의미 있는 종이**를 만들고 싶었어."

02

이튿날, 운 나쁘게도 운수 좋은 일 두 가지가 겹쳤다.

하나는 미츠히라가 입사 후에 꼭 참여해야 하는 신입 연수를 받으러 가서 오랜만에 나 혼자 돌아다니게 된 것이었고, 다른 하나는 방문 일정이 잡힌 거래처가 공교롭게도 모교와 겨우 세 블록 떨어진 곳에 있다는 점이었다. 둘 중 한 가지 조건이라도 충족되지 않았으면 내가 이렇게 학교를 찾아오는 일도 없었을 것이다.

오후 네 시가 되기 조금 전, 그날 잡힌 방문 일정을 전부 소화한 나는 하필 모교 정문 앞에 있는 가드레일에 걸터앉았다. 가까운 자판기에서 뽑은 캔 커피를 한 손에 들고 그리운 학교를 멍하니 바라보았다.

내가 무엇을 바라고 여기에 자리를 잡았는지 나 자신도 알 수 없었다. 그저 향수에 이끌렸는지도 모르고, 잠시 쉬고 싶을 뿐이었는지도 모른다. 아니면 둘 다인가.

지금 이러고 있는 처지라 설득력은 부족하지만, 사실은 매일 일 때문에 정신없이 바쁘다. 오늘만 해도 영업소로 돌아가면 수많은 제조 지시와 견적 작성 업무를 처리해야 한다. 모든 일이 순조롭게 끝난다 해도 밤 열 시 전에는 퇴근할 수 없을 것이다. 이메일과 공장에서 온 연락을 확인하다 보면 업무가 몇 배나 불어나기도 한다. 게다가 미츠히라를 대동할 때면 신입에게 본보기가 돼야 한다는 생각에 아무래도 규기가 바짝 든다. 미츠히라를 방해꾼으로 취급할 생각은 털끝만큼도 없지만, 같이 있으면 훨씬 쉽게 지치는 것은 부정할 수 없는 사실이었다.

일행이 없는 오늘만큼은 단 10분이라도 내가 원하는 장소에서 시간을 보내도 되지 않을까. 그런 생각이 나를 여기로 이끌었다고 보면 아마 틀린 추측은 아닐 것이다.

그러나 더 깊이 들어가 보면, 나는 아직 마음속 깊은 곳에서 믿는 것일지도 모른다.

어제 본 후타와 미사키는 진짜—다시 말해 여전히 고등학생인— 후타와 미사키가 아니었을까 하는 지극히 비현실적인 가능성을. 그녀가 예전과 똑같은 모습으로 하교하지 않을까 하는 꿈같은 망상을.

학교 전경은 내가 고등학생이던 때와 크게 다르지 않았다. 교문에서 현관으로 이어지는 바닥에는 붉은색 벽돌이 죽 깔렸고, 좌우에 자리한 화단에는 허리 높이쯤 오는 식물이 가지런히 손질되어 있었다. 정면에 보이는 가장 큰 건물이 신관이었고, 내가 있는 위치에서는 측

면만 살짝 보이는, 신관 오른편에 선 건물이 구관이었다. 그 앞쪽에 체육관도 보였다. 이러니저러니 해도 사립고등학교이건만, 신관과 구관 모두 외관이 지극히 단순해서 화려함은 조금도 찾아볼 수 없었다. 지저분하고 거대한 두부 같은 건물에 단조로운 창문이 늘어섰을 뿐이다. 상식적으로 생각하면, 내가 다니던 시절에 비해 건물이 꽤 낡았을 것이다. 그러나 나는 학교 외관이 그때와 뭐가 어떻게 다른지 차이를 알 수 없었다. 학교란 시간 개념과는 먼 존재인 듯하다. 건물이 몇 년 전에 지어졌든 학교는 항상 어느 정도 지저분하고 항상 같은 장소에서 굳건히 자리를 지킨다. 하루하루 나이 드는 우리 인간을 비웃듯이.

나는 커피를 마시며 언뜻 보이는 구관 1층 창문에 시선을 쏟았다. 커튼이 닫혀서 실내는 보이지 않았지만 그래도—아니, 그렇기 때문에—나는 교실 안 모습을 정확히 떠올릴 수 있었다. 저기가 바로 고등학교 때 내가 시간 대부분을 보낸 신문부 동아리방이다.

수업이 끝났는지, 하교하는 학생이 하나둘 나타났다. 몇몇은 나를 수상한 눈빛으로 힐끔거렸지만, 대부분은 내게 눈길도 주지 않고 지나갔다. 당연한 일이다. 가만히만 있어도 멘토스를 넣은 콜라처럼 꿈과 희망이 마구 쏟아져 나오는 고등학생들이 보기에, 길가에서 커피를 홀짝이는 회사원 따위는 그저 풍경 일부에 지나지 않을 것이다.

나는 커피를 다 마시고 손목시계를 확인했다. 이제 영업소로 돌아가야 한다. 가드레일에서 일어나 가볍게 기지개를 켰다. 머릿속을 업무 모드로 바꾸면서 차를 세워둔 무인 주차장으로 돌아가려고 한 걸음을 내딛던 그때였다.

눈을 의심했다.

헉하고 대기가 숨을 멈춘 것처럼 주변에 긴장감이 돌았다.

한 여학생이 내 쪽을 향해 벽돌 깔린 길을 걸어오는 모습이 보였다. 그녀의 발소리만이 유리판 위를 걷듯 또렷하게 강조되어 울렸다. 또각, 또각, 또각. 내 심장을 노크하듯 강하고 집요하게. 그녀는 나를 보지 못한 채 교문을 빠져나와 친구와 함께 역으로 이어지는 길을 나아갔다. 모든 것이 신기루처럼 현실감이 없었다. 나는 멀어지는 그녀의 등에 대고 말했다.

"후타와."

그녀는 치마로 호를 그리며 나를 돌아보더니, 조금 놀란 듯 눈을 크게 떴다. 나를 알아보고는 힘없이 미소 지으며 고개를 살짝 기울였다.

"혹시 마제야?"

그녀는 후타와 미사키였다.

말 그대로 아직 고등학생인 후타와 미사키였다.

"이 이름 어떻게 읽는 거지? 니와…? 아니면 후타와?*"

시끄럽게 울던 매미 소리까지 여전히 생생하게 기억난다.

내가 후타와 미사키라는 이름을 처음 들은 것은 고등학교 1학년 7월, 여름방학이 되기 전 신문부 동아리방에서였다. 20세기에 만들어진 에어컨에서 흘러나오는 실업자의 한숨 같은 냉기만으로는 실내를 적당한 온도로 만들 수 없어서 선배 세 명은 각자 부채질을 하느라 바빴다. 나와 같은 학년인 오카와는 셔츠를 땀으로 적시며 철제 의자에 앉아 꾸벅꾸벅 졸았고, 나는 좀처럼 진도가 나가지 않는 벽신문용

---

* 일본어에서는 하나의 한자를 다양한 발음으로 읽기 때문에 처음 보는 이름이나 단어는 어떻게 읽어야 하는지 모를 수 있다.

원고를 노려보았다. 내가 기억하는 한, 동아리방에 가장 많은 부원이 모인 날이었다.

"1학년이라…. 마제, 얘 알아?"

나는 선배가 내민 인쇄물을 훑어보았다. 조금 전까지 츄간지 선배가 끄적거리던 그 인쇄물은 '당신이 소속된 동아리를 소개해 주세요'라는 내용의 설문인 것 같았다. 인쇄물 아래에 작은 메모가 있었다.

'작성하신 뒤에는 국제교류부 1학년 후타와 미사키에게 제출해주세요.'

모르는 이름이라서 솔직하게 모른다고 말했다. 같은 1학년이지만 우리 학년에는 여덟 학급이 있다. 같은 반이거나 체육 시간에 합반 수업을 듣는 옆 반 남학생이 아니고서야 알 수 없다. 가뜩이나 당시의 나는 몹시 낯을 가렸다. 다른 지역에서 이사 온 지 얼마 되지 않아서 더더욱 다른 반 여자아이를 알 까닭이 없었다.

신문부 선배들은 셋 다 3학년이었고 여자였다. 길쭉한 눈매가 도시적이라 당시에 이미 어른스러운 아름다움을 내뿜던 부장 츄간지 선배, 귀여운 그림을 잘 그리던 카와시마 선배, 달콤한 음식과 평화를 몹시 사랑하던 통통한 세노오 선배. 이렇게 세 명이었다. 저마다 개성이 있어서 같이 있으면 재미있었지만, 사실 츄간지 선배 말고는 잘 기억나지 않는다. 1학년과 3학년은 함께 활동하는 기간이 짧아서 대화를 나눌 기회도 많지 않았다.

"마제, 미안한데 네가 이것 좀 제출하고 올래? 국제교류부에."

"…지금 당장 가야 해요?" 나는 은근슬쩍 가기 싫은 내색을 하며 물었다. 가능하면 모르는 장소의 문을 노크하는 일은 피하고 싶었다.

심지어 국제교류부라면 내가 썩 좋아하지 않는 부류의 사람들이 기다리고 있을 게 뻔했다.

"제출 기한이 오늘까지더라고. 미안해."

"국제교류부가 어디 있는데요?"

"이 위에." 카와시마 선배가 대화에 끼어들며 천장을 가리켰다. "진짜 바로 이 위야. 2층."

"혹시 원고 계속 써야 돼?" 츄간지 선배가 내 원고를 들여다보았다. "너무 많이 밀렸으면 마제한테 부탁하기도 미안한데."

"…그렇…죠."

여담이지만, 그때는 조류 인플루엔자에 관한 정보가 연일 뉴스에서 흘러나오던 시기라 나는 그와 관련된 기사를 쓰기로 했다. 그 당시 석면이 발암 물질이라는 보도도 한창 화제였기에 둘 중 어느 주제를 선택할지 고민이 많았는데, 결국 정보량이 많은 조류 인플루엔자의 손을 들어줬다. 이러니저러니 해도 신문부라는 이름을 달았으니 적어도 시의성 있는 사회문제를 다뤄야겠다고 생각했다. 그런 사명감이 아무 쓸모도 없었음을 깨달은 것은 조금 나중 일이었다.

"솔직히 좀 막혔어요. 조사한 내용은 거의 다 썼는데, 아직 글자 수가 부족해요."

"괜찮아, 괜찮아." 세노오 선배가 눈을 감고 고개를 끄덕였다. "쓸 소재가 떨어지면 '정말 말이 안 나옵니다', '더는 표현할 길이 없습니다', '그저 놀라울 따름입니다'를 계속 반복하면 돼. 난 매년 그렇게 해."

절대로 배우면 안 될 꼼수다. 나는 어정쩡하게 고개를 끄덕였다.

"근데," 카와시마 선배가 웃으며 말했다. "글이 안 써지면 잠깐 산책

하고 오는 게 낫지 않아? 예상치 못한 데서 아이디어가 나올 수도 있잖아."

살살 구슬리는 선배들에게 떠밀려 결국 인쇄물을 들고 동아리방을 나섰다. 내키지 않았지만 어쩔 수 없었다. 선배들도 원고 작성이 그리 순조롭지 않은 것 같았고, 오카와는 기사 주제조차 정하지 못했다. 냉정하게 생각하면 지금 일이 가장 적은 사람은 나였다.

그때는 모든 학생이 반드시 동아리에 가입해야 한다는 교칙이 있었다. 그러나 한심하게도, 내가 그렇게 중요한 규칙을 알게 된 것은 입학한 이후였다. 그 사실을 안 순간, 나는 몹시 동요했고 침울해졌다. 중학생 때는 동아리 활동을 하지 않아서 고등학교에서도 그럴 생각이었다. 타고 나기를 운동에 소질이 없어 운동부와는 거리가 멀었고, 딱히 들어가고 싶은 문화 계열 동아리도 없었다. 관심 없는 일에 시간을 빼앗기는 고등학교 생활을 상상하니 머리가 아팠다.

그럼 어떻게 해야 할까.

그런 고민을 품은 학생들에게 학교는 의외로 너그러웠다. 그 증거로, 당시에는 나 같은 사람을 구제해 주는 동아리들이 있었다. 동아리에 열정을 쏟을 마음이 없거나 동아리 말고 따로 하고 싶은 일이 있는 학생들을 위한 도피처로서 활동이 매우 저조한 동아리가 스무 개쯤 마련돼 있었다. 천문학부, 사진부, 역사연구부, 과학부…. 신문부도 그중 하나였다. 그런 동아리들은 구관에 줄줄이 자리를 잡고 있어서 구관 동아리라 불렸고 나 같은 학생들에게는 환영받았지만 반대로 동아리 활동에 열심인 학생들에게는 비웃음의 대상이었다.

내가 수많은 구관 동아리 중에서 신문부를 선택한 이유는 지극히 단순했다. 동아리에 들어오라고 권유하는 츄간지 선배가 예뻐서 도무지 거절할 수 없었다. 츄간지 선배는 어떤 동아리가 있는지 살펴보려고 아무 생각 없이 방과 후 구관에 들어선 나에게 여자치고 조금 낮고 차분한 목소리로 말했다.

"어디 갈지 고민이면 우리 동아리에 들어와. 장점은 없지만, 단점도 없어."

정신을 차리고 보니 나는 고개를 끄덕이며 동아리 가입 서류에 서명하고 있었다. 예쁜 여자에 홀랑 넘어간 거냐고 타박을 들어도 할 말이 없다. 하지만 사춘기 남학생에게 지적이고 매력적인 선배의 권유를 거절하라고 하는 것이야말로 가혹한 요구다. 물론 츄간지 선배가 꽃꽂이부나 관악부에 들어오라고 했다면, 가입하지 않았을 가능성이 크다. 앞서 말했듯 나는 적어도 천문학이나 사진보다는 종이나 활자에 관심이 있었기에 신문부라는 단어에서 왠지 모를 가능성이나 희망 같은 것을 느꼈다. 그리고 이렇게 말하면 한심해 보이겠지만, 내가 가장 두려워하는 것은 동아리 안에서 짐이 되는 것이었다. 같은 문화 계열 동아리여도, 관악부에서는 경험자들에게 뒤처질 가능성이 컸다. 당시의 나는 내게 아무런 장점도 없다는 것을 잘 알았지만, 그래도 다른 사춘기 학생들과 비슷한 수준의 자존심은 있었다. 그런 의미에서도 신문부는 아주 괜찮아 보였다. 설마하니 중학생 때부터 신문 분야에서 활약한 신입생은 없을 테니 말이다.

동아리에 가입하고 나서 충격을 받은 이유는 크게 두 가지였다. 하나는 예상보다도 훨씬 활동이 저조하다는 점이었다. 놀랍게도 1년에 한 번 축제 때 벽신문 한 장을 게시하는 것으로 신문부 활동은 끝이었다. 그리고 또 하나는 매우 사소한데, 츄간지 선배에게 아오야마가 쿠인대학교에 다니는 키 큰 남자친구가 있었다는 것이다.

나는 2층에 도착해서 츄간지 선배에게 받은 인쇄물을 다시 훑어보 았다. 거기 적힌 답변에는 예상대로 적잖은 허구가 섞여 있었다.

당신의 동아리를 100자 내외로 간단하게 소개해 주세요. (적어주 신 내용은 국제교류부가 4개국어로 번역해서 시(市) 국제교류회에 제 출할 예정입니다. 번역하기 쉽게 최대한 간단한 말로 적어주세요.)

'매년 9월에 열리는 축제 때 벽신문을 만들어서 동아리방 앞에 붙 입니다. 각자 원하는 주제를 골라서 기사를 작성합니다. 나머지 시간 에는 시사 문제를 놓고 의견을 나눕니다. (94자)'

언제 시사 문제를 놓고 의견을 나눴다는 말인가.

아무튼 앞서 구관 동아리라는 말을 소개했지만, 국제교류부만큼 은 구관에 동아리방이 있는데도 구관 동아리라고 불리지 않았다. 학 교가 처음 설립됐을 때부터 활동한 역사 깊은 동아리라 매년 캘리포 니아에 있는 자매학교에 마음을 보낸다는 의미로 종이학을 모아 보 내거나 개발도상국을 위한 사회공헌에 참여하거나 학교 안내를 다양 한 언어로 작성하는 등, 무슨 대회라도 나가나 싶을 정도로 활발하게 활동했다. 방과 후는 물론이고 휴일에 활동할 때도 적지 않았다. 워낙 바쁘다 보니 아무래도 썩 인기 있는 동아리는 아니어서 부원이 다섯 명도 되지 않는다고 들었다. 엘리트 집단이라는 표현은 조금 과장이 지만, 아무튼 우등생 모임이라는 이미지가 강한 것은 사실이었다. 적어도 나와는 성격이 맞지 않을 것 같았다.

카와시마 선배가 말한 대로 국제교류부는 신문부 바로 위에 있었다. 나는 용기를 내지 못하고 잠시 동아리방 앞을 서성이다가, 차라리 아무도 내 노크 소리를 못 들어서 핑곗거리가 생기기를 바라며 약하게 문을 두드렸다.

"네."

잘만 들린 모양이다. 나는 얼굴을 찌푸리며 문을 열었다. 문의 아귀가 맞지 않아서인지, 아니면 긴장한 탓에 팔에 힘이 들어가지 않아서인지, 문이 예상보다 훨씬 무겁게 느껴졌다.

동아리방 안에 들어가 보니, 한 여학생이 철제 의자에 앉아 있었다. 건물 구조상 신문부 동아리방과 넓이가 똑같을 텐데 엄청나게 많은 서류와 책이 산더미처럼 쌓여 있어 갑갑한 느낌이었다. 선풍기 바람에 날려 새하얀 종이가 여기저기서 팔락팔락 춤을 췄다. 어쩐지 서늘하고 환상적이었다. 창가에 놓인 오디오에서 흘러나오는 낯선 동양 음악이 더더욱 환상적인 분위기를 북돋웠다. 뚱땅거리는 실로폰 소리와 현악기 소리가 규칙적인 리듬을 새겼다. 역시 국제교류부다. 취향이 독특하다.

"저기, 시, 신문부인데요."

목소리가 쓸데없이 높아진 이유는 앞에 있는 여학생이 너무 예뻐서였다. 혹시 미소녀라는 말은 그녀를 위해 만들어진 것이 아닐까. 이렇게 말하면 실례지만, 앞서 설명한 국제교류부 느낌을 풍기는 누군가가 있을 줄 알았기에 놀라움이 두 배, 세 배로 불어났다. 나는 나도 모르게 그녀의 실내화를 확인했다. 실내화에 들어간 파란색 선이 그녀가 나와 같은 1학년임을 알려주었다. 하지만 나는 그 사실을 금방 현실로 받아들일 수 없었다.

이 얼마나 **먼** 여자인가. 나는 순간적으로 그렇게 생각했다. 사춘기 소년다운 표현이었다. 친해지기 어렵겠다든가 무뚝뚝해 보인다는 뜻이 아니었다. 오히려 그녀는 무척 살가워 보였다. 표정도 밝고 태도도 매우 우호적이었다. 그러나 그녀는 명백히 먼 존재였다. 거기에 있는 것은 한 명의 아름다운 동급생이면서 동시에 몇 광년이나 떨어진 곳에서 빛나는 일등성이었다. 손을 뻗어도 절대 닿지 않을 것이다. 이런 여자가 이 학교에 있었다니.

그녀는 철제 의자에 앉은 채 눈을 동그랗게 뜨고 나를 보며 물었다.

"동아리 소개 글인가요?"

네, 라고 대답하는 목소리가 이번에는 높아지지 않도록 주의했다.

"감사합니다." 그녀는 미소 지으며 조용히 의자에서 일어났다. "저예요. 제가 후타와 미사키예요."

그녀는 인쇄물을 받아서 바로 내용을 훑어보았다. 글에 문제가 없음을 확인하고 고개를 끄덕였다. 그녀도 내 실내화를 확인했는지 웃는 얼굴에 살가움이 더 짙게 배었다.

"같은 1학년이었구나. 가지고 와줘서 고마워. 이제 가도 돼."

곧장 신문부 동아리방으로 돌아갈 타이밍이었지만, 다리가 움직이지 않았다. 사실 그럴 의도는 아니었는데, 어쩌다 보니 내 시선이 창가에 놓인 오디오 쪽으로 향한 모양이다.

"신경 쓰이지?"

"…응?"

"음악 말이야." 그녀가 미소를 띠었다. "특이한 음악이 나오니까 신경 쓰이지?"

"아…. 뭐…." 나도 모르게 거짓말을 해버렸다. "조금 그러네. 외국 음악이야?"

"응. 캄보디아 학교 사람들이 보내줬어. 직접 연주했으니까 꼭 들어보래." 그녀도 나처럼 잠깐 오디오를 바라보았다. "감상한 소감을 전하고 싶은데 도저히 좋은 말이 안 떠올라. '좋네요'는 너무 성의가 없고 '묘하네요'는 어감이 좀 이상해. '신선하네요'는 너무 내 기준에서 하는 말 같고. 그렇다고 '친숙하네요'라고 하자니 새빨간 거짓말이야. 그래서 이렇게 계속 반복해서 듣고 있어. 뭔가 좋은 말이 떠오를까 싶어서."

실로폰이 템포를 높이자, 여자 코러스가 들어왔다. 잠시 후 악기의 생김새조차 상상하기 힘든 삭삭 하는 소리가 섞여들었다.

"신나는 곡이긴 한데." 그녀는 오디오를 보며 웃었다. "역시 어렵다. 뭐라고 써야 하지?"

선풍기가 천천히 고개를 움직이며 그녀의 짧은 머리칼을 살랑 흔들었다. 그녀의 달콤한 향기가 내 코끝을 가볍게 스쳤다. 순간 강렬한 섬광등이 켜진 것처럼 내 몸이 강한 빛에 휩싸였다. 과장이 아니라, 정말로 쓰러질 것처럼 머리가 아찔했다.

하지만 그날 그 순간에 그녀에게 첫눈에 반했냐고 묻는다면, 그렇지는 않았다. 사랑에 빠지기에는 당시의 내가 너무 겁쟁이였다. 조금 더 정확히 말하자면, 내가 느낀 강렬한 정서 반응을 사랑이라고 정의하기가 무서웠다. 중학생 때 한 번도 연애해본 적 없는 내게는 누군가에게 사랑받는 것이 노벨상 수상과 맞먹을 정도로 어려운 일처럼 느껴졌다. 어차피 이루어질 수 없다면 애초에 사랑하지 않는 것으로 치면 된다. 눈물 나게 비겁한 이론이지만, 그래도 그때의 내게는 나를 지키기 위한 정당한 보호막이었다.

여자 코러스가 목소리를 한층 높이자, 실로폰 박자가 더 빨라졌다.

나는 천천히 입을 열었다. 사실 그녀의 눈을 보고 말하고 싶었지만, 도무지 몸이 마음대로 움직이지 않았다. 내 시선은 기울어진 탁자 위에 놓인 쇠구슬처럼 일정한 위치까지 갔다가 바닥으로 뚝 떨어졌다. 하는 수 없이 바닥을 응시하며 말했다.

"그럴 때는….'' 목소리가 조금 떨렸다. "'정말 말이 안 나옵니다'라고 하면 돼.''

"하하. 약았어.'' 그녀는 장난스럽게 웃다가 작게 고개를 끄덕였다. "근데 괜찮다. 기사 쓸 때 적용하는 이론 같은 게 있는 거야?''

"아니…, 그런 건 아닌데, 그런 방법도 괜찮을 것 같아서.''

"고마워. 참고할게.''

나는 속으로 세노오 선배에게 고마워하며 국제교류부를 뒤로했다.

우리가 나눈 대화는 몹시 짧았고, 한 공간에 머문 시간은 5분도 되지 않았다. 그래도 나는 신문부로 돌아가는 길에 똑같은 생각을 거듭했다.

어딘가에서 또 만났으면 좋겠다고.

"…네가 왜 여기에 있어?''

그건 내가 할 말이다.

상상치 못한 형태로 맞닥뜨린 재회에 나는 우두커니 서 있을 수밖에 없었다. 부드러운 바람이 예전 언젠가처럼 그녀의 머리칼과 내 와이셔츠를 가볍게 흔들었다. 그 말은 바로 이럴 때 쓰는 말이었다. 정말 말이 안 나온다.

여전히 고등학생인 후타와는 천천히 허리를 굽혀 땅에 떨어진 빈 캔을 주웠다. 그리고 내게 건넸다. 내가 마시던 커피 캔이었다. 나도 모르는 새에 떨어뜨렸나 보다. 내가 캔을 받자, 후타와는 어쩐지 쑥스럽다는 표정을 지었다.

"오랜만이야…. 분위기가 바뀌었네. 엄청 어른스러워졌어. 혹시 키 컸어?"

"…너는 전혀 안 변했네."

가벼운 농담으로 받아들였는지 후타와는 입가에 작게 미소를 띠웠다.

"후타와… 맞지?"

"맞아." 후타와는 너무 당연한 걸 묻는다는 듯 살짝 입꼬리를 올렸다.

"후타와. 후타와 미사키."

"그렇다니까."

"후타와 미사키의 여동생이나… 딸…은 아니고?"

내 말이 우스웠는지 후타와는 아하하 하고 소리 내어 웃었다. 그 옛날 몇 번이고 봐온 그녀의 웃는 얼굴과 똑같아서 나는 마침내 그녀가 다른 사람일지도 모른다는 가능성을 완전히 배제해 버렸다. 입가에 손을 대고 눈을 극도로 가늘게 만들며 웃는다. 하지만 세련된 분위기가 사라지지도 않고, 가식적인 느낌이 나지도 않는다. 틀림없이 그녀는 후타와 미사키였다.

"넌… 고등학생이야?"

"뭐, 그렇지." 후타와는 그 이야기는 하고 싶지 않다는 듯 살짝 눈을 피하며 고개를 끄덕였다.

"계속? 우리가 졸업한 뒤에도 계속 여기서 고등학생으로 지냈어?"

"…그렇…지."

"그럼 넌 지금 몇 살이야?"

"그야 열여덟 살이지."

곧바로 무어라 말하려고 하다가 나도 모르게 거센 기침을 했다. 나는 그저 혼란스러웠을 뿐인데, 어째서인지 입꼬리가 비웃는 것처럼 부자연스러운 각도에서 멈춰 버렸다.

"말이 안 되잖아…." 나는 적절한 말을 찾았다. "원래대로면 우리는 곧 서른이야. 서른이라고. 어떻게 너만 계속 열여덟 살일 수 있어? 나이는 누구나 평등하게 먹는 거잖아."

후타와는 아무 말도 하지 않았다. 다만 난처하다는 듯 조심스럽게 미소 지을 뿐이었다.

내가 직접 말하기는 뭣하지만, 내 말에 이상한 점은 없을 터였다. 나는 상식이라고 부르기도 민망한, 소위 말하는 섭리나 숙명을 이야기한 것이다. 그 누구도 나이로부터 도망칠 수 없다. 틀림없는 진실이다. 그런데 지금 내 눈앞에는 그녀가 직접 말한 것처럼 어느 모로 보나 열여덟 살인 후타와 미사키가 있다. 다른 사람일 가능성도 없고 억지로 어려 보이게 꾸민 것도 아니다. 그 증거로, 예전에는 까마득하게 멀게만 느껴지던 후타와 미사키가 이제는 놀랍도록 어리게 느껴졌다.

나는 그 이상 할 말을 찾을 수 없었다.

"저기, 이분은?" 후타와 옆에 서 있던 여학생이 후타와에게 물었다. 테 없는 안경이 이지적인 인상을 풍겼다.

"아, 예전 동급생…, 내 **첫** 동급생이야." 후타와가 대답했다.

"그래?"

기분이 안 좋은 것인지, 아니면 원래 표정이 그런 것인지 모르겠다. 어쨌든 그 여학생은 그다지 호의적이지 않은 시선으로 나를 보더니 한마디를 툭 뱉었다.

"사람마다 다른 거죠."

무슨 말인지 금방 이해하지 못했다. "…사람마다 다르다고?"

"네. 보아하니 회사원이신가 봐요?"

"…그런데?"

"그거랑 똑같은 거예요." 여학생이 힘주어 말했다. "회사원이 되기로 해서 회사원이 되는 사람도 있고, 소방관이 되고 싶어서 소방관이 되는 사람도 있고, 아무것도 하고 싶지 않아서 아무것도 하지 않는 사람도 있잖아요. 그거랑 똑같아요. 계속 고등학생이기를 원해서 고등학생으로 있는 사람도 있는 거라고요. 그걸 말이 안 된다든가 이상하다고 표현하는 거야말로 이상한 거죠. 다 개인의 권리이자 신념의 자유예요."

"…아니, 그거랑 이건…"

"똑같아요. 다른 사람이 강요할 수 없는 일이에요."

다른 사람이 강요할 수 없는 일….

전혀 와닿지 않는 말이었다. 장염에 걸렸을 때 먹는 식사처럼 아무 의미 없이 소화기관을 통과해 몸 밖으로 빠져나갔다. 소리가 귀에 닿자마자 날아갔다.

내가 우두커니 서 있는 동안 학생 몇 명이 지나갔다. 그리고 그중에 몇 명이 후타와, 그녀의 친구인 여학생에게 인사하고 떠났다. "어? 미사키다. 잘 가." "아, 응. 내일 보자." 나는 그 모습을 가만히 지켜볼 수밖에 없었다.

"듣고 있어요?"

여학생은 흔들리는 내 정신을 제자리로 돌려놓으려는 듯 내 허리쪽을 툭 쳤다.

"아무튼 실례되는 말은 그만 하세요. 저희는 이제 갈 거예요."

여학생은 그 말을 남기고 역으로 이어지는 길을 다시 걸어갔다. 후타와는 잠시 망설임 섞인 눈빛을 내게 던졌지만, 친구가 재촉하자 결국 돌아섰다. 나는 한동안 그 두 사람의 뒷모습을 바라보았다.

비현실적인 광경을 봤다고 해서 갑자기 반차를 쓰고 귀가할 수는 없는 노릇이었다. 영업소에 도착하자마자 밀린 일을 처리했다. 하지만 당연하게도 머리가 제대로 돌아가지 않았다. 교정지에 펜 끝을 댔다가 떼기를 몇 번이나 반복한 끝에 결국 주문 몇 건을 인쇄소에 넘기지 못하고 포기했다. 그 대신 인터넷을 켜서 '나이 멈춤'이나 '계속 같은 나이' 같은 단어들을 다양하게 조합해서 검색했다. 하지만 어떻게 검색해도 후타와 미사키와 같은 상황을 설명하는 기사는 찾아볼 수 없었다. 안티에이징 관련 사이트가 가장 많이 떴고, 폐경 시기에 관한 질문 글도 드문드문 보였다. 나는 웹브라우저를 닫고 커피를 타러 탕비실로 갔다.

"사고 쳤어? 공장? 아니면 배송?"

내 상태가 이상한 것을 눈치챈 코구레 선배가 걱정스러운 표정으로 말을 걸었다. 나는 최대한 아무렇지 않은 표정을 지으며 업무에는 아무 문제없다고 말했다. 그런데도 코구레 선배는 수긍하지 못한 표정으로 재차 정말이냐고 물었다.

"그렇다면 다행인데, 아무튼 너 안색이 너무 안 좋아. 오늘은 빨리 들어가. 요전에도 기침을 심하게 하더니만. 너는 가만 내버려 두면 쓰러질 때까지 일할 것 같아."

"…아 그래요."

"안 그렇기는. 요령 피우는 법을 좀 배워."

그때 코구레 선배는 내 책상 위에 있던 서류를 우연히 발견했다. 그 서류를 집어 들더니 의아한 눈빛으로 나를 쳐다봤다.

"너 설마 이걸 제출할 생각은 아니지?"

코구레 선배가 손에 든 서류는 내가 어제 출력한 업무 개선 제안서 양식이었다. 당연히 제출할 생각이었다. 코구레 선배는 안 되겠다는 듯 깊은 한숨을 쉬더니 소장님 눈치를 살피며 나를 복도로 끌고 갔다. 우리 영업소는 사무용 건물에서 사무실 하나를 빌려 쓰는 터라, 복도는 다른 회사와 같이 사용하는 공용 공간이었다. 코구레 선배가 자판기 옆에 있는 벤치에 앉으라고 하기에, 시키는 대로 앉았다.

"소장님 앞에서는 하기 힘든 말인데," 코구레 선배는 목소리 크기를 약간 줄였다. "업무 개선 제안서는 제출하지 마."

"…왜요?"

"너 같은 녀석이 제출할 서류가 아니야." 코구레 선배는 잠깐 눈을 꼭 감았다가 한숨을 내쉬었다. "알아듣겠어? 그건 직원들의 유용한 의견을 들으려고 시행하는 제도가 아니야. 실상은 그냥 등급승격시험이야. 관리직이 되려고, 아니면 관리직이 더 높은 직함을 따려고 활용하는 형식뿐인 아이디어 발표의 장이야. 너 같은 20대 젊은이가 제출해봤자 아무 일도 일어나지 않아. 내봤자 시간 낭비야. 안 그래도 제출할 서류가 차고 넘치잖아. 시간을 더 쓸모 있는 일에 써."

나는 조용히 코구레 선배의 이야기를 들었다. 반박할 기운이 없기도 했고, 애초에 다 아는 사실이기도 했다. 나도 그렇게 무지하지는 않다.

"알지만 그래도 쓰고 싶어요."

"왜?" 코구레 선배는 대놓고 불만스러운 표정을 지었다.

"제안할 게 있는데 가만히 있으면 답답하잖아요. 그리고 정말 괜찮은 제안서를 제출하면, 윗분들도 도입할 수밖에 없을 거예요. 그래도 조금은 귀를 기울여 주겠죠."

"뭘 제안하려고?"

"평가 제도를 고치자고 할 겁니다." 단어를 고르며 천천히 말했다. 일 얘기를 하고 있자니, 교문 앞에서 본 광경이 서서히 머릿속에서 옅어지는 것 같았다. "저희 입사 동기는 벌써 열 명 넘게 관뒀고, 직원들한테 동기 부여가 될 만한 요소는 거의 없어요. 제도를 극적으로 바꾸기는 어렵겠지만, 성과보수 주는 방식을 더 고민할 필요가 있어요. 현행 성과급 제도로는 아무도 의욕을 못 느낍니다."

코구레 선배는 잠시 비난 섞인 눈빛으로 나를 보다가, 이내 체념한 듯 벤치에서 일어났다.

"그럼 마음대로 해. 난 간다." 차갑게 들릴 법한 말이었지만, 목소리에서는 매정함이 묻어나지 않았다. 코구레 선배는 일에 그다지 적극적이지 않을 뿐이지, 밉살스러운 사람은 절대 아니었다. 한 푼이라도 더 벌자든가 조금이라도 더 회사에 이바지하자고 외치는 사람이 아니었다. 그보다는 아내와, 그리고 올해 네 살인 아들과 함께하는 시간을 중요시했다. 그렇듯 자상한 사람이기에 덤덤하게 숫자만을 좇는 내 모습이 불편할 것이다.

"감사합니다." 내가 말하자, 코구레 선배는 뒤를 돌아봤다.

"어서 집에 가. 그리고 내일은 시간 내서 병원에 다녀와. 내일도 미츠히라랑 따로 다니지? 거울 좀 봐라. 너 얼굴이 말이 아니다."

"괜찮습니다. 오늘 좀 이상한 걸 봐서 그래요."

"이상한 거?"

"아직도 고등학생인 동창을 봤거든요." 나는 일부러 별일 아니라는 듯 말해 보았다. "고등학교 동창인 여자애가 아직 고등학생이더라고요. 유급했다거나 그런 게 아니고, 애초에 나이를 먹지 않았어요. 잠깐 대화해 봤는데 정말 그 애가 맞았어요."

코구레 선배는 입을 닫았다. 그리고 나를 전철 안에서 술판을 벌이는 외국인 관광객 보듯 빤히 쳐다봤다.

"압니다." 나는 선수를 쳤다. "제가 말하면서도 아주 이상한 소리라고 생각해요. 있을 수 없는 일이잖아요. 그런데 실제로 걔는 나이를 먹지 않았어요. 어떻게 된 걸까요?"

"너 꼭 일찍 들어가."

나는 코구레 선배가 영업소로 돌아가는 모습을 끝까지 지켜보다가 양손으로 마른세수를 했다. 그리고 앞에 있는 자판기에서 캔 커피를 사기로 했다. 원래는 인스턴트커피를 타 먹을 생각이었지만, 캔 커피도 상관없었다. 동전을 꺼내려고 왼손을 주머니에 넣자, 예상치 못한 것이 손에 잡혔다.

영수증을 넣어놨던가?

나는 동전 몇 개와 함께 주머니에 든 종이를 꺼냈다. 자그마하게 찢은 공책 같았다. 손바닥 크기만 한 종이가 두 번 접혀 있었다. 처음 보는 물건이었다. 종이를 펼치고 그 의미를 헤아리듯 잠시 지면을 응시했다. 검은색 볼펜으로 휘갈겨 쓴 090으로 시작되는 휴대전화 번호였다. 물론 내 글씨체는 아니었다.

나는 몇십 초쯤 골똘히 생각하다가 마침내 한 가지 가능성을 떠올렸다.

03

전화번호의 주인은 토요일부터 시작되는 연휴에 만나자고 말했다. 특별한 일정이 없던 내가 전부 그쪽 상황에 맞추겠다고 하자, 상대가 만날 시간과 장소를 정했다. 약속 장소는 지금 내가 사는 집에서 전철로 20분쯤 가면 나오는 공원이었다. 초등학생 때와 중학생 때 여러 번 가 봤다. 내 기억이 맞다면 넓은 광장과 야구장, 육상 경기장, 작은 배를 탈 수 있는 연못 등이 있고 제법 큰 면적을 자랑하는 곳이었다.

얼굴이 정확히 기억나지 않아서 제대로 알아볼 수 있을지 걱정이었는데, 다행히 약속한 벤치에 앉아 있는 사람은 내 약속 상대뿐이었다.

"나츠카와 리나라고 해요. 마제 씨라고 하셨죠?"

그날 후타와와 함께 하교하던 여학생이 가볍게 인사하더니 벤치의

빈자리를 가리켰다. 나는 리나 옆에 앉았다. 햇빛이 강렬해서 야외에 오래 있기가 꺼려졌지만, 다행히 나무 그늘이 있어 생각보다 덥지 않았다. 광장 전체가 한눈에 들어오는 벤치에 앉아서, 가족과 함께 공원을 찾은 사람들의 모습을 바라보았다. 멀리서 아이들의 웃음소리와 부드럽게 흔들리는 나뭇잎 소리가 섞여들었다.

지난번에는 아래로 늘어뜨렸던 검은 머리를 뒤로 묶어서인지, 아니면 세련되게 줄무늬 셔츠에 검은 스키니진을 입어서인지 모르겠지만, 리나는 며칠 전보다 훨씬 야무진 분위기를 풍겼다. 교복을 입었을 때보다 약간 어른스러워 보였다.

"요전에 그렇게 말해서 죄송해요. 오늘 나와주셔서 감사합니다."

"왜 만나자고 했어?"

리나는 나와 눈을 맞추는 대신 광장 쪽을 바라보며 입을 열었다. 아무래도 얼굴 근육을 사용하지 않고 입만 작게 움직여 말하는 것이 버릇인 듯했다.

"얘기하고 싶은 게 있어서요."

"얘기하고 싶은 거?"

"네."

리나는 어떻게 이야기를 꺼내야 할지 망설이듯 한동안 입을 꾹 다물고 있었다. 어쩔 수 없이 나는 대화를 이어갈 소재를 찾았다. 침묵이 두려운 것도 일종의 직업병인 것 같다.

"원래 그렇게 연락처 적은 종이를 가지고 다녀?"

"그럴 리가요." 리나는 어이가 없다는 듯 나를 돌아봤다. 미간에 작은 주름이 잡혔다. "후타와 마제 씨가 대화하는 사이에 공책을 찢어서 적은 거예요."

"그랬구나."

리나는 후 하고 숨을 뱉고는 드디어 본론을 꺼냈다.

"마제 씨, 후타와의 동급생이었다고 했죠? …그것도 첫 동급생."

익숙하지 않은 단어 조합이었지만, 아마 맞는 표현일 것이다. 나는 다시 끈질기게 광장 쪽을 바라보는 리나의 옆얼굴을 보며 그렇다고 대답했다.

"솔직히 말해서 나는 아무것도 몰라. 후타와가 어떤 상황인지, 어쩌다 그렇게 됐는지, 전혀 몰라. 내가 첫 동급생이면, 너는 지금의 동급생인 거야?"

리나는 고개를 끄덕였다. 나도 바람에 흔들리듯 작게 고개를 끄덕였다.

그로부터 며칠이 지난 덕에 혼란의 파도는 다소 잠잠해진 상태였다. 사실은 혼란스러워하는 데 지쳤을 뿐이고, 내가 보고 들은 것을 수긍하고 받아들여서 얻어낸 평온함은 물론 아니었다. 커다란 수수께끼가 검게 똬리를 틀고 내 마음속에 떡하니 들어앉았다. 덕분에 잠도 제대로 자지 못했다.

"마제 씨, 후타와가 아직 고등학생인 걸 보고 놀라셨죠? 말이 안 된다는 얘기도 하셨고요."

"역시 너도 그렇게 생각하는구나?"

"아니요." 리나의 표정이 험악해졌다. "그건 차별이잖아요."

"차별…"

"나이를 잃는 건 누구에게나 일어날 수 있는 일이에요. 우울증이나 암에 걸리는 거랑 똑같아요. 그걸 있을 수 없는 일로 치부하는 건 폭력이에요."

나이를 앓는다…? 나는 알아들은 척하기로 했다. "학교에서는 아무도 후타와의 상태를 이상하게 보지 않는 거야?"

"왜 이상하게 보겠어요?"

"선생님들과 반 친구들도 후타와를 평범한 고등학교 3학년으로 생각한다는 거지?"

"당연하죠." 리나가 점점 불쾌해하는 것 같아서 더는 캐묻지 않기로 했다. 입씨름할 생각도 없었고, 상대를 설득할 자신도 없었다.

"그런데 너는 나랑 무슨 얘기를 하고 싶은 거야?"

"정말 이기적인 생각이라는 건 아는데요." 리나가 운을 뗐다. "그래도 저는 후타와가 꼭 고등학교를 졸업했으면 좋겠어요. 그러니까, 열여덟 살을 관두고 열아홉 살이 됐으면 좋겠어요."

"계속 열여덟 살에 머무르는 게 이상하다고 생각하지 않는데도?"

"주제넘는 소원인 건 알아요." 리나는 한결같이 광장을 바라보며 말했다. 시종일관 표정 변화가 적었지만, 지금은 조금 전보다 약간 눈이 가늘어진 것처럼 보였다. "다른 사람이 강요할 일이 아닌 것도 알아요. 그런 건 남의 인생을 제멋대로 주무르려는 야만스러운 행동이니까요. …하지만 후타와가 저보다 어려지는 건 보고 싶지 않아요. 게다가 나이를 멈춰 두면 몸에도 좋지 않잖아요."

"…몸에 좋지 않은…거야?"

"당연하죠. 끊임없이 흐름을 **거스르는 거니까요.** 몸에 좋을 리가 없어요. 몸에 얼마나 부담이 가는지는 당사자가 아닌 이상 알 수 없지

만, 어느 정도 부담이 가는 건 사실이에요. 후타와는 최근에 지각이
랑 조퇴를 자주 해요. 어쩌면 그것도 나이 때문일지 몰라요."

나는 리나의 말을 가슴 깊이 새겨들었다. 지금 나는 전혀 사태 파
악이 되지 않지만, 적어도 내가 아는 후타와 미사키는 지각이나 조퇴
를 밥 먹듯 하는 학생은 아니었다. 열여덟 살에 머무르는 것은 몸에
좋지 않다…. 나는 조금 불편해져서 천천히 다리를 꼬았다.

"그리고 아무리 생각해도 같이 졸업하고 싶어요. 추억을 공유한 친
구니까요."

리나의 입에서 그런 고등학생다운 말이 나올 줄 몰랐던 나는 속으
로 놀랐다. 역시 리나도 고등학생이구나. 내가 지나쳐 버린 청춘 한복
판에 있구나.

"그러니까 후타와를 열아홉 살로 만드는 데 마제 씨가 힘을 보태
주셨으면 좋겠어요."

"정말 몰라서 묻는데, 어떻게 하면 후타와가 열아홉 살이 될 수 있
는 거야? 원리를 모르면 도울 수도 없잖아."

"그야 당연히 후타와를 열여덟 살에 머물게 하는 **무언가**를 찾아서
해결해야죠."

리나가 말했다. 후타와를 열여덟 살에 머무르게 하는 그 무언가는
지극히 내적인 고민일 수도 있고, 실체가 있는 외적인 요소일 수도 있
다. 어느 쪽이건 원인을 찾아서 제거하지 않는 한 후타와를 열아홉
살로 만들 수 없다. 후타와는 지금 열여덟 살이라는 우리에 갇힌 상
태라고 했다.

"후타와의 몸속을 흐르는 나이의 강 같은 게 있다고 하면, 지금 거

기에 흐름을 막는 돌이 끼어 있는 거예요. 그걸 없애서 원래의 흐름을 되찾아줘야 해요. 돌이 없어지면 자연스럽게 나이가 적절한 흐름을 되찾을 거예요. 후타와는 고등학교를 졸업하고 열아홉 살이 될 수 있겠죠."

"그 돌이 뭔지 짚이는 데가 있어?"

"없어요. 그래서 그걸 마제 씨한테 물어보고 싶었어요. 마제 씨는 후타와가 왜 열여덟 살에 머무르는지 짚이는 데가 있지 않나요?"

나는 얼어붙었다. 이런 식으로 질문을 돌려받을 줄은 몰랐다.

때마침 광장에 있던 아이가 찬 공이 날아오자, 나는 자리에서 일어나 공을 돌려주었다. 굴릴 때 방향이 약간 어긋났는데도 아이와 아이의 아빠는 고맙다며 미소 지었다.

"후타와가 열여덟 살에 머물겠다고 결심한 시기는 첫 고등학교 3학년 때예요. 다시 말해서 마제 씨와 같은 학년이던 고등학교 3학년 때요." 내가 다시 벤치에 앉자, 리나가 말했다. "그러니까 당연히 후타와를 열여덟 살에 머물게 하는 원인을 제공한 건 그때 만난 어떤 사건, 또는 어떤 사람이겠죠. 안 그런가요?"

"…글쎄." 나는 쓸쓸하게 웃었다. "본인은 뭐라고 하는데?"

"절대 안 가르쳐줘요. 자기도 모르겠다고 얼버무릴 때도 있고요. 그런데 분명히 거짓말이에요. 제가 알아요. 후타와는 제일 중요한 부분을 얼버무리는 데 선수거든요. 걔는 자기가 열여덟 살에 머무는 이유를 알아요. 그리고 이건 제 추측인데, 아마 연애와 관련된 문제일 거예요."

따끔한 통증이 한순간 가슴을 짓눌렀다. 나는 내가 동요한다는 사실이 드러나지 않도록 짐짓 천천히 말했다.

"왜 그렇게 생각해?"

"후타와는 남자애들과 거리를 두거든요. 같이 놀자고 하면 항상 거절하고, 남자애가 말을 걸면 최소한의 단어로 꼭 필요한 말만 해요. 조금 부자연스러울 정도로요. 마제 씨와 같은 학년이었을 때도 남자애들한테 그렇게 대했나요?"

"그건…." 점점 신문받는 기분이 들었다. 거짓말을 해 버릴까 고민하다가 결국 솔직하게 대답했다. "그렇지는 않았어."

"그러니까 후타와는 남자관계에 어떤 트라우마가 있는 게 분명해요."

"…트라우마…."

"저는 마제 씨가 뭔가 아는 것 같다는 느낌이 들어요."

나는 잠시 뜸을 들였다. 둑이 무너지듯 와르르 터져 나올 것 같은 무언가를 목 안으로 밀어 넣었다. 그날의 영상이 순간 뇌리를 스쳤다.

"…무슨 근거로?"

"며칠 전 교문 앞에서 마제 씨를 마주쳤을 때, 후타와는 눈에 띄게 당황했어요. 그런 모습은 처음 봤거든요."

"갑자기 옛 친구를 마주치면 누구나 당황해."

"보통 수준이 아니었어요."

"잘못 봤겠지."

"마제 씨와 후타와는 고등학생 때 어떤 사이였죠?"

나는 참다못해 고개를 저었다.

"미안하지만, 당시의 나는 네가 생각하는 것만큼 후타와에게 중요한 사람이 아니었어. 내가 후타와를 좋아하긴 했지. 그런데 짝사랑이었어. 그 이상은 정말 아무것도 없었어. 후타와한테 러브레터를 썼지만…."

"거절당했군요."

"아니…." 몇 초쯤 망설이다가 입을 열었다. "말하자면 보류 같은 거였어."

"왜요?"

"그 이유는…." 나는 그 이유를 너무나 잘 안다. "당시의 우리에게 물어봐야 알 수 있겠지."

리나는 나를 빤히 쳐다보았다. 내 얼굴에 쏟아지는 따가운 시선이 느껴졌다. 하지만 나는 가만히 광장을 응시했다. 이내 리나는 체념한 듯 한숨을 쉬었다.

"올해가 마지막이에요." 지금까지와 달리 목소리의 울림에서 일말의 절박함이 느껴졌다. "학년 주임 선생님께 확인했는데, 올해 결단을 내리지 않으면 서류 기한이 끝나서 후타와를 졸업시킬 수 없어요. 후타와가 열여덟 살에 머무르는 이유를 마제 씨가 안다면 가장 좋겠지만, 정말 아는 게 없다면 졸업앨범만이라도 보여주세요. 후타와와 친했던 친구들에게 일일이 연락해보려고요. 인터넷으로 찾으면 아마 몇 명은 직접 만날 수 있을 거예요. 첫 동급생들을 철저히 조사하다 보면, 후타와를 열여덟 살에 머무르게 하는 무언가를 밝혀낼 수 있겠죠."

리나는 거기까지 말하고 잠시 입을 다물었다.

"도와주실 수 있나요?"

나만 믿으라고 흔쾌히 승낙할 수는 없었다. 나츠카와 리나의 계획과 부탁에 마음이 동하지 않았다면 거짓말이고, 후타와 미사키가 처한 상황에 심상치 않은 위화감을 느끼는 것도 사실이었다. 하지만 지금은 적극적으로 무언가를 해야겠다는 마음이 들지 않았다. 나는 열여덟 살에서 시간이 멈춰 버린 동창을 겨우 며칠 전에 목격했다. 아직 생각을 정리할 시간이 필요했다.

"왜 공원에서 만나자고 했어?" 나는 공원 출구로 이어지는 길을 걸으며 물었다.

"죄송해요. 습관이거든요."

"공원에서 시간을 보내는 게?"

"엄밀히 말하면 햇볕을 쬐는 게 습관이에요. 엄마가 중학교 체육 선생님이라서 어릴 때부터 운동하라는 잔소리를 귀에 딱지가 앉도록 했어요. 그런데 저는 운동에 소질이 없어서 어떤 스포츠든 오래 하지 못했거든요. 그래서 엄마가 적어도 하루에 한 시간은 꼭 밖에 나가서 햇볕을 쬐라고 했어요."

"그래서 공원에 오는 게 습관이 됐어?"

리나는 고개를 끄덕였다. "이상한 습관이죠? 근데 초등학생 때부터 계속 이랬어요."

"그런 것치고는 피부가 하얗고 깨끗하다."

그렇게 말하자, 리나는 갑자기 걸음을 멈추고 놀란 표정으로 나를 쳐다보았다. 순간 내가 말실수를 했나 걱정했지만, 딱히 기분이 상한 것처럼 보이지는 않았다. 리나는 헛기침을 하고 다시 걸었다.

"원래 잘 안 타는 편이에요." 목소리가 약간 떨렸다. 쑥스러워하는 건가. "그리고 보통 나무 그늘에 있거든요. …선크림도 꼭 바르고요."

"보통 벤치에 가만히 앉아 있어?"

"책을 읽어요. 소설을요."

"그래? 어떤 소설?"

"…딱히 이렇다 할 건 없고…." 리나는 민망해하며 말했다. "사실 독서를 잘하지는 못해요. 그냥 공원에서 멍하니 시간 때우기 싫어서 억지로 읽는 거예요. 저기 있는 중앙도서관에서 빌려서요."

리나는 도서관이 있는 쪽을 가리켰다.

"사람들이 명작이라고 하는 작품을 '아' 행*부터 순서대로 읽는데, 아직 '아'에서 벗어나지 못했어요. 집중력이 안 따라줘요. 정신을 차리고 보면 생각 없이 글자를 눈으로 좇고 있거나 고개를 들고 풍경을 보고 있어요. 태생적으로 독서와 맞지 않나 봐요."

"그런데도 책을 읽는구나."

"사실 책 읽을 줄 아는 사람이 부럽거든요. 저도 그런 사람이 되고 싶어서 계속 책을 펼치죠. 특이하다는 말 자주 들어요. 저는 어딘가 뒤틀린 사람인가 봐요."

"그거 꼭…."

나는 어떤 말을 하려다 말고 입을 다물었다. 내가 하려던 말이 사실이긴 해도 리나에게 기분 좋은 이야기는 아닐지 모른다. 무언가를 동경하여 무작정 글자를 좇는 리나의 모습이 마치… 학창시절 내 모습 같았다.

"어떤 기분인지 알 것 같아."

리나는 쑥스러운 듯 어깨를 살짝 움츠리더니, 땅에 시선을 고정한

---

* 일본어의 첫 글자. 가나다순의 '가'에 해당되는 셈이다.

채 가운뎃손가락으로 안경 위치를 바로잡았다.

그 뒤로 특별한 사건 없이 연휴가 끝나 버렸다. 잠깐 본가에 들러서 플라멩코 의상 속에 파묻힌 졸업앨범을 끄집어냈지만, 곧장 리나에게 연락하지는 않았다. 심술을 부릴 생각도 없었고 연락하기 귀찮아진 것도 아니었다. 그저 후타와 미사키가 정말로 나와는 먼 존재가 되었음을 받아들이는 데 시간이 필요했다. 그녀는 이제 내가 짝사랑하는 상대도 아니거니와, 매일같이 마주치는 반 친구도 아니다. 그저 가까운 고등학교에 다니는, 나와는 아무 상관없는 여고생이다.

어릴 때는 내 눈앞에서 기이한 현상이나 사건이 일어나면, 그 순간 엄청난 모험이 시작될 것이라고 믿어 의심치 않았다. 이를테면 《인디아나 존스》나, 시타를 만난 파즈*처럼. 하지만 실제로 이 나이가 되어 보니, 슬프게도 가장 중요한 것은 눈앞에 놓인 업무였다. 후타와 미사키가 열여덟 살에 머무르는 이유를 머리 빠지게 고민해도 월급은 나오지 않지만, 업무를 소홀히 하면 당장 내 삶에 마이너스가 생긴다. 짬을 내서 리나에게 졸업앨범 복사본 정도는 건네줄 수 있었다. 하지만 그보다 깊이 이 문제에 관여할 이유는 없었다. 내게는 내 삶이 있고, 틀림없이 후타와에게도 열여덟 살인 후타와의 삶이 있을 것이다.

하지만 그런 내 생각을 아주 간단히 날려버린 것은 다른 누구도 아니었다.

연휴가 끝난 뒤 승강장에 또다시 나타난 후타와 미사키 본인이었다.

사실 지난달까지는 지금보다 10분쯤 일찍 오는 전철을 탔지만, 요

---

* 애니메이션 영화 《천공의 성 라퓨타》의 등장인물

즘은 영업소에서 제일 먼저 출근하겠다고 의지를 불태우는 미츠히라를 배려해 조금 나중에 오는 전철을 탔다. 그래서 그날 나는 그동안 보지 못한 후타와의 모습을 목격했다. 그러니까 바꿔 말하면, 이 시간에 전철을 타는 한 계속해서 맞은편 승강장에서 후타와의 모습을 봐야 한다는 뜻이었다.

후타와는 지난번과 마찬가지로 대기 줄 맨 앞에 서서 전철을 기다렸다. 교복을 입고 책가방을 어깨에 멘 그녀는 아무리 봐도 고등학생 같은 모습으로 거기에 서 있었다.

후타와를 보자 나는 여지없이 혼란스러웠다. 가슴이 뒤틀리는 느낌에 사로잡혔다. 리나에게 이런저런 설명을 들었지만, 그 정도로 금방 이해하고 넘어갈 수 있는 문제가 아니었다. 후타와의 모습은 아무리 생각해도 너무 기묘했다.

그런데 그 현상 자체에서 시작된 혼란과 의문이 서서히 후타와의 내면에 대한 혼란과 의문으로 변해 갔다. 후타와는 왜 열여덟 살에 머무르기를 택했을까. 맞은편 승강장에 선 그녀의 모습은 이제 환영이라는 단어가 어울리는 환상적이고 덧없는 존재가 아니라, 시간의 흐름에 발이 묶인 속박의 상징처럼 보였다.

정신을 차려 보니 나는 달리고 있었다. 그리고 달려가는 나 자신에게 진심으로 놀랐다. 인파를 헤치며 에스컬레이터를 타고 중간중간 어깨를 부딪칠 때마다 작게 사과했다. 완행열차 승강장에 도착하자마자 후타와의 뒷모습을 찾았다. 나는 후타와의 이름을 불렀다. 후타와는 줄을 선 상태로 뒤를 돌아보고 깜짝 놀라는가 싶더니, 가쁜 숨을 몰아쉬는 나를 걱정했다. 나는 원래도 체력이 좋지 않았지만 입사한 뒤로는 더더욱 운동할 시간이 없었다.

"너는 왜 아직 열여덟 살이야?"

단번에 알아듣지 못했는지, 후타와는 고개를 갸우뚱하며 되물었다. 똑같은 말을 천천히 되풀이하자, 후타와는 '뭐야, 싱겁게' 하듯 어깨 힘을 빼고 선로 쪽을 가리켰다.

"좀 있으면 전철 와."

"다음 차 타도 안 늦잖아. 그러니까 대답해 줘."

후타와는 체념한 듯 대기 줄 맨 앞에서 빠져나왔다. 후타와 뒤에 있던 여자가 앞으로 자리를 옮기면서 나와 후타와를 번갈아 보았다. 우리가 어떤 관계인지 추측해 보는 것 같았다.

후타와는 내게 왜 여기에 있냐고 물었고, 나는 급행열차가 들어오는 맞은편 승강장에서 후타와를 봤다고 말했다. 후타와는 수긍한 듯 고개를 끄덕이더니 아주 시원스레 입을 열었다.

"어른이 되는 게 무서워졌어. 그게 다야."

"그게 다야?"

"응. 이제 됐지?"

"…정말 그게 다야?"

"무슨 말이야?"

리나는 언급하지 않기로 했다. 내 부주의한 발언 때문에 두 사람 사이가 틀어지면 안 된다. "다른 이유가 있지 않아? 예를 들어…."

"예를 들어?"

"…연애와 관련된 문제라든가."

"겨우 그걸 물어보려고 여기까지 달려왔어?" 후타와의 얼굴에서 여유가 사라지는 찰나의 순간을 나는 놓치지 않았다. 단정한 미소가 아주 잠깐 흔들렸다가, 아무 일도 없었다는 듯 금방 원래의 표정으로 돌아왔다. "너랑은 상관없잖아. 자, 얼른 출근해. 지각하면 혼날 거 아냐?"

"사실대로 말해줘."

완행열차가 도착하자, 많은 사람들이 열차에서 쏟아져나왔다. 이어서 많은 사람들이 열차 안으로 빨려 들어가자, 전철을 기다리는 새로운 줄이 조금씩 형성되었다. 그러는 동안 후타와는 계속 입을 다물고 있었다. 나는 질문을 바꿨다.

"언제까지 고등학생으로 살 생각이야?"

"언제까지냐고?"

후타와는 무언가를 체념한 듯 미소 짓더니 시원스레 내뱉었다.

"평생."

나는 그 말을 곱씹었다. 평생. 그 한마디를 듣고 비로소 깨달았다. 나는 아주 조금, 화가 난 상태였다. 그래서 반대편 승강장에서 굳이 여기까지 달려왔다. 야단치거나 설교하고 싶은 마음과는 다르다. 말하자면 초목이 우거진 드넓은 숲이 산불로 조금씩 불타 없어지는 모습을 지켜보는 기분이었다. 속상하고 슬프고, 나아가 화가 났다.

"말로 설명하기는 어려워. 하지만 나는 역시 네가 열아홉 살이 돼야 한다고 생각해."

"왜?"

"말로 설명하기 어렵다니까. 아무튼 네가 계속 이 모습인 걸 보면 기분이 썩 좋지 않아. 나는 가능하면 네가 열아홉 살이 됐으면 좋겠어. 그리고 네가 열아홉 살이 될 수 있도록 최대한 돕고 싶어."

"그냥 내버려 둬." 후타와는 자기보다 어린 동생을 타이르듯 말했다. "어둠 속에 빛을 비추지 마. 어둠은 어둠으로 둬. 그게 모든 이들에게 행복한 길이야."

"무슨 말을 하고 싶은 거야?"

"나이를 먹을 만큼 먹은 회사원이 여고생의 사생활에 참견하는 건 좋지 않다는 뜻이야."

"네가 계속 열여덟 살로 사는 이유, 절대 안 가르쳐 줄 거야?"

후타와는 말이 없었다.

"그럼 ㄱ 이유를 내 힘으로 주사할 거야."

"변태."

"그래도 나는 네가 꼭 앞으로 나아갔으면 좋겠어."

후타와는 저울질하듯 나를 빤히 쳐다보았다. 후타와가 무슨 생각을 하는지 알 수 없었다. 이렇게 침묵을 지키면 내가 생각을 바꾸지 않을까 기대하는 것일지도 모른다. 하지만 내가 그리 호락호락하지는 않다. 고등학생 때였으면 몰라도, 지금은 엄연한 성인이다. 후타와의 표정 하나에 휘둘리지도 않을 것이고, 그때처럼 중요한 순간에 도망치지도 않을 것이다.

한동안 대치 상황이 이어졌지만, 다음 완행열차가 도착한다는 안내방송이 나올 즈음 후타와는 눈에서 힘을 풀었다.

"알았어. 네 마음대로 해." 후타와는 나도 모르게 웃음이 나올 정도로 그 시절과 똑같은 표정을 지었다. "하지만 잘 들어. 네가 뭘 하든 상관없어. 나는 평생 이대로 살 거야. 평생 열여덟 살로. 평생 고등학생으로. 그건 절대 변하지 않는 기정사실이야. 네가 나에 대해 뭘 알아내든 똑같아. 그리고 마제, 마지막으로 아주 중요한 걸 얘기할 테 니까 잘 들어.”

후타와는 경쾌한 발걸음으로 대기 줄 끝에 서고는 하얀 치아를 보 이며 말했다.

“셔츠 깃에 달린 단추, 안 잠겼어.”

내가 단추를 채우는 사이에 후타와는 전철 안으로 사라져 버렸다. 나는 크게 한숨을 쉬었다. 나이를 얼마나 먹든 나는 영원히 그녀를 따라잡을 수 없을 것 같다.

04

"어, 신문부! 열쇠 반납 안 했더라."

오후 일곱 시경, 학교가 정한 하교 시각을 약간 넘긴 구관 복도에는 심연 같은 푸른 어둠이 깔려 있었다. 학생들이 대부분 하교한 뒤라 쥐 죽은 듯 고요했다. 축제를 앞둔 9월 어느 날이었다.

여름방학이 되기 전 국제교류부에서 만난 후타와 미사키라는 여자 애가 목소리의 주인임을 바로 알아차렸다. 잊을 수 없는 목소리였다. 신관으로 이어지는 2층 구름다리를 걷던 나는 놀라서 뒤를 돌아보았다. 후타와 미사키는 국제교류부 쪽에서 내 쪽으로 걸어오더니 산뜻한 미소를 지어 보였다. 어깨에 가방을 메고 있었다. 그녀도 지금 하교하는 모양이다.

"신문부 맞지? 요전에 동아리 소개문 가져다준."

나는 고개를 끄덕였다. 당연하게도 나는 그녀를 기억하지만, 그녀가 나를 기억할 줄은 몰랐다. 순수하게 기뻤다.

"열쇠 반납 안 했지? 지난 며칠간 내내."

"열쇠라면, 동아리방 열쇠?"

"그래."

"…어디에 반납하는 건데?"

"그동안 한 번도 반납 안 했어?"

나는 그 행동이 얼마나 잘못됐는지, 왜 문제인지도 모른 채 쭈뼛쭈뼛 고개를 끄덕였다. 그러자 그녀는 동아리방을 사용하려면 그때마다 열쇠를 가지러 교무실에 가야 하고, 사용한 뒤에는 반드시 반납해야 한다고 알려주었다. 교무실에 들어가면 바로 오른쪽 벽면에 열쇠함이 설치되어 있고, 거기에 신문부 열쇠를 거는 곳도 있다고 했다.

"신문부 열쇠가 며칠이나 없길래 반납을 안 했구나 싶었어. 방금 내가 반납하러 갔을 때도 없었고."

그녀는 교무실에 열쇠를 반납한 뒤 동아리방 앞에 놓아둔 가방을 가지러 다시 돌아왔다고 했다.

"가방이 무거워서 들고 다니는 시간을 최대한 줄이려고." 어두운 학교 안에 부서진 보석을 흩뿌려 놓은 것처럼 그녀의 웃는 옆얼굴이 반짝반짝 빛났다. "반납하지 않는 동아리가 꽤 있는데, 꼭 반납하는 게 좋아. 어쨌거나 교칙인 것 같으니까. 얼마 전에 어떤 동아리가 코바야시한테 혼나는 것도 봤어."

"코바야시라면… 부교장 선생님?"

"응. 그 머리 하얀 선생님."

나는 고개를 끄덕였다. 혼나는 것은 사양이다. 친구 다섯을 만들기보다는 적 하나를 만들지 말자는 것이 그 당시 나의 인생 모토였다. 괜한 일로 눈에 띄고 싶지 않았다.

"신문부도 꽤 늦게까지 활동하는구나."

"음, 뭐…." 나는 고개를 약간 기울이며 작게 까닥였다. "그렇지."

"축제 때 쓸 신문을 만드는 거야?"

"아니, 그건 끝났는데…." 나는 말끝을 흐렸다. "뭐, 이런저런 일로."

그녀는 "그래?"라고만 말하고 그 이상 집무하지 않았다. 정말 고마운 일이었다. 그녀가 더 파고들었다 해도, 어차피 나는 신문부가 지금 무슨 활동을 하는지 명확히 답할 수 없었다.

축제는 아직 시작되지 않았지만 축제 날 게시할 벽신문을 완성한 선배들은 동아리에서 졸업한 것으로 취급되었다. 2학년은 없었기에 신문부에는 우리 1학년들만 남았다. 1학년 부원은 명부상 네 명이었다. 나, 동아리방에 몇 번 얼굴을 내민 오카와, 그리고 이즈미와 야마모토라는 애들이 있었는데, 그 두 명은 거의 기억나지 않는다. 졸업앨범 사진을 찍을 때 빼고는 한 번도 보지 못한 것 같다. 그들은 매년 축제 시즌이 다가오면 신문부 지도 교사를 통해 매우 허술한 원고를 제출하기는 했지만, 끝까지 동아리방에 얼굴을 비치지 않았다. 소위 말하는 유령 부원들이었다. 그런 부원들밖에 없는 탓에 츄간지 선배는 소거법으로 나를 차기 부장에 임명할 수밖에 없었다.

"딱히 할 일은 없지만 잘 부탁해."

츄간지 선배에게 동아리방 열쇠를 건네받았을 때, 나는 나답지 않게 삐져나오는 웃음을 숨길 수 없었다. 내가 생각해도 참 단순하지만, 나는 정말 진심으로 기뻤다. 소거법으로 당선되었다고 해도, 별 볼 일 없는 동아리의 부장이라 해도 상관없었다. 태어나 처음으로 특별한 사람이 된, 그런 기분이었다.

사춘기 소년의 정신 구조는 지금 생각하면 실로 단순하기 그지없지만, 당사자인 그때의 내 느낌에는 세상에서 가장 복잡한 것 같았다. 기계식 시계의 내부구조, 혹은 미지의 분자를 나타낸 화학식과 맞먹는 수준이었다. 나는 내게 장점이 없다는 것을 알면서도 그런 상태에서 벗어나기를 간절히 바랐다. 체육관 단상에 올라가 박수 속에서 상장을 받는 누군가를 볼 때마다, 학교 이름이 박힌 커다란 스포츠 가방을 쭐레쭐레 들고 다니는 운동부 학생을 볼 때마다, 방과 후 음악실에서 관악기를 튜닝하는 소리가 들려올 때마다 내가 얼마나 무가치하고 무의미한 사람인지 증명받는 기분이었다. 너는 무언가에 열중해본 적 없어? 아무것도 하지 않은 채로 인생을 끝낼 거야?

후타와 미사키와 직접적인 관련이 없어서 자세히 언급하지는 않겠지만, 당시의 내게는 이조와 커브라는 두 친구가 있었다. 성인이 된 지금도 1년에 몇 번 만나는 사이다. 당시에도 점심시간과 쉬는 시간을 비롯해 학교에 있는 시간을 대부분 함께 보냈지만, 그런 두 사람에게도 꿈이라고 부를 만큼 거창하지는 않아도 취미라고 부를 만한 것은 있었다. 그런 친구들을 보고 있노라면 내 열등감은 더욱 커져만 갔다. 내게는 취미조차 없었다.

그런 내가 손에 넣은 것이 신문부 부장 자리였다. 나는 팔을 걷어붙이고, 앞으로 부장으로서 어떻게 행동해야 할지 고민했다. 신문부를 학교 최고의 동아리로 키우겠다는 포부를 품었다면 참 건설적이었겠지만, 당시의 내게는 그런 행동력이나 통솔력이 없었다. 지금 생각하면 우스운 이야기인데, 당시의 나는 아주 진지하게 이렇게 결심했다. 일단 방과 후에는 무조건 동아리방에 가자. 그리고 명색이 신문부니까 동아리방에서 매일 신문을 읽자. 일단 거기서부터 시작하자.

나는 학생들이 자유롭게 읽을 수 있도록 도서관에 비치된 요미우리 신문을 빌려서 동아리방에서 묵묵히 읽는 과제를 나 자신에게 부여했다. 가능한 한 구석구석 꼼꼼히. 나를 제외한 다른 부원들은 물론이고, 신문부 지도 교사인 미우라 선생님조차 동아리방에 나타나지 않았다. 동아리방은 거의 나를 위한 개인 공간으로 변해 버렸다. 고독하게 신문을 읽고 있자니, 나는 점점 무언가에 몰두할 줄 아는 사람이 된 느낌이 들었다. 솔직히 말하면 신문을 읽는 것 자체는 조금도 재미있지 않았다. 하지만 내가 열정적으로 신문을 읽는다고 스스로 믿는 동안은 특별한 사람이 될 수 있었다.

참고로, 아쉽게도 이 신문 읽기 활동은 그리 오래가지 못했다. 몇 개월이 흘러 신문 읽기가 지겨워졌을 즈음 자그마한 사건이 일어나는 바람에 나는 다른 작업에 시간을 쏟게 되었다. 하지만 수많은 신문기사를 읽은 그 시간이 무의미했다고 생각하지는 않는다. 왜냐하면 그 덕에 어휘력이 다소 늘었고, 그 시기에 익힌 정치경제, 세계정세, 스포츠에 관한 지식이 지금에 이르러 영업 토크를 할 때 빛을 발하기 때문이다. 어금니에 낀 음식물이 거의 잊혔을 즈음 불쑥 밖으로 빠져나오듯이, 조금씩 쌓인 지식이 나도 모르게 입에서 튀어나올 때가 있었다. 인간사, 훗날 무엇이 도움이 될지 알 수 없는 법이다.

그런 까닭에 그날도 늦은 시간까지 동아리방에서 신문을 읽은 나는 후타와 미사키의 충고대로 교무실에 열쇠를 반납하러 갔다. 모처럼 사용하게 된 동아리방을 관리 소홀로 빼앗길 수는 없었다.

교무실과 신발장은 모두 신관에 있었다. 그녀와 어깨를 나란히 하며 신관으로 가게 된 나는 몹시 긴장했다. 그래서 아무 말도 할 수 없게 됐다. 내가 경직된 것을 눈치챘는지 그녀는 아주 자연스럽게 몇 가지 질문을 던져 주었다. 내가 왜 신문부에 들어갔는지, 축제 때 벽신문은 어디에 붙일 예정인지, 부원이 총 몇 명인지. 나는 그녀의 질문에 최소한의 대답밖에 하지 못하는 나의 모자람을 마주하며 슬그머니 화가 났다. 조금이라도 재치 있는 사람으로 보이고 싶었다.

"…후타와 너는 왜 국제교류부에 들어갔어?" 가까스로 질문 하나를 던졌다.

"어? 내 이름 기억하는구나."

괜히 찔려서 식은땀이 흘렀지만, 내가 실수한 것은 없었다. 온 힘을 다해 아무렇지 않은 척하며 대답했다. "…최근에 들었으니까."

"고마워." 그녀는 내 속마음을 전부 꿰뚫어 본 것처럼 잠깐 짓궂게 미소 지었다. "나는 나중에 통역사가 되고 싶어."

"통역사?"

"응. 영어 통역사." 그녀는 복도 끝을 바라보았다. "전 세계 사람들과 대화할 수 있으면 재미있을 것 같아서. 그래서 국제교류부에 들어왔어. 꿈을 이루는 데도 도움이 될 것 같지?"

나는 고개를 끄덕였다. 꿈꾸는 사람은 역시 무척이나 눈부시다.

이윽고 신관 계단 앞에 다다르자, 그녀가 멈춰 섰다. 여기서 내려가면 신발장이 나온다.

"교무실까지 같이 갈까?"

"어?"

"열쇠함 위치를 모를 것 같아서."

"아…."

"그리고 혼자 어두운 곳을 걸으면 좀 무섭지 않아?"

그녀는 복도를 가리켰다. 복도 끝에 위치한 교무실에서 형광등 빛이 새어 나왔지만, 거기로 이어지는 복도는 푸르스름한 어둠에 싸여 있었다.

"난 어두운 거 싫어하거든."

"…여기까지는 잘 왔잖아?"

"옆에 누가 있으면 그렇게까지 무섭진 않아." 그녀는 쓸쓸한 미소를 지었다. "근데 혼자 있으면 좀…. 그래서 아까도 복도 형광등을 다 켜고 걸었는걸."

사실은 교무실까지 같이 가달라고 하고 싶었다. 운이 좋으면 하교도 같이 할 수 있을지 모른다. 그런데 어째서일까. 지금 그녀에게 같이 가달라고 하면 무척 한심한 놈이 되는 느낌이었다. 열쇠함을 혼자 찾지 못하는 남자나, 어두운 곳을 혼자 다니지 못하는 겁쟁이로 보이고 싶지 않았다. 알량한 자존심이 귀중한 기회를 걷어차 버렸다.

"괜찮아."

"그래." 그녀는 웃으며 벽에 달린 형광등 스위치를 켰다. 아래층으로 이어지는 계단에 불이 들어왔다. "그럼 잘 가."

"잘 가."

그녀는 계단을 내려갔고, 나는 교무실을 향해 걸었다. 아무도 없는 복도를 걷다가 그제야 내가 얼마나 좋은 기회를 날려 버렸는지 깨달았다. 그녀와 조금 더 대화할 수 있었을 텐데. 조금 더 친해질 수 있었을 텐데. 위가 불에 덴 것처럼 쓰라렸다. 그녀는 아직 계단을 내려가고 있을까. 아니면 신발장에서 신발을 갈아 신고 있을까. 어찌 되었든 아직 학교를 벗어나기 전이지 않을까. 보이지도 않는 그녀의 모습을 상상하면서 서서히 걷는 속도를 높였다.

아직 늦지 않았을지도 모른다.

그런 생각이 든 순간, 전속력으로 달렸다. 숨을 헐떡이며 교무실에 들어가니 금방 열쇠함이 눈에 들어왔다. 신문부라고 적힌 위치에 열쇠를 걸고 교무실에 있는 선생님들의 눈에 띄지 않도록 어느 정도 걸어 나온 다음 다시 전속력으로 복도를 달렸다. 체육 수업 때보다 훨씬 필사적으로 달렸다.

원래 있던 곳으로 돌아왔을 때, 계단을 밝히던 불은 이미 꺼진 뒤였다. 그래도 나는 포기하지 않고 거침없이 계단을 뛰어 내려갔다. 어쩌면 아직…. 가쁜 숨을 몰아쉬면서 신발장 주변을 둘러보았지만, 아쉽게도 후타와 미사키의 모습은 보이지 않았다. 그제야 체념한 나는 어깨를 축 늘어뜨리고 우울한 기분으로 실내화를 갈아 신었다. 교문으로 이어지는 벽돌 길을 걸으며 계속해서 나 자신을 타일렀다.

괜찮아. 분명히 또 만날 수 있을 거야. 너무 절망할 필요 없어.

1학년 때 후타와 미사키와 교류한 마지막 날이 바로 이 날임을 그때의 나는 당연히 몰랐다.

나는 교문 앞에 차를 세우고 비상등을 켰다.

곧 수업이 끝날 시간이지만, 아직 벽돌 길을 걸어 나오는 학생은 없었다. 나는 가방 안에서 졸업앨범 복사본을 꺼내 조수석에 앉은 미츠히라에게 내밀었다. 시종일관 탐탁지 않은 표정을 짓던 미츠히라는 마지못해 사진을 들여다보았다.

"…어, 이게 마제 선배님이에요?"

"왜? 이상해?"

"아뇨. 뭐랄까…. 아무래도 지금의 선배님하고는 분위기가 좀 달라서요."

"칙칙하지?"

"아니, 그게…. 음…."

솔직한 반응이었다. 당사자인 나도 그 시절 사진을 보면 어쩐지 가슴이 답답해진다. 단적으로 말하자면 촌티가 난다. 몸에 딱 맞는 사이즈의 옷을 입고 이발소가 아닌 미용실에서 머리를 자르기만 해도 인상이 완전히 바뀐다는 사실을 안 것은 대학생이 된 이후였다. 하다못해 지금처럼 앞머리를 올리고 다녔다면 그나마 덜 어두워 보였을 것이다.

"내 얘기는 됐어. 여기 애. 얘가 후타와 미사키야."

미츠히라는 대충 고개를 끄덕이고 난처한 표정으로 내 눈치를 살폈다. '마제 선배님, 이런 짓은 그만두세요. 왜 그리 진지하신 거예요?' 소리 없는 메시지가 절절히 전해졌다.

"이 후타와라는 분이 아직도 이 학교에 다니는 고등학생이라는 거죠?"

"있을 수 없는 일이라고 생각해?"

미츠히라는 잠시 뜸을 들이다가, 어쩔 수 없다는 표정으로 작게 고개를 끄덕였다.

"그렇죠. 상식적으로 생각하면."

나는 고개를 끄덕였다. 그리고 그대로 교문 앞에서 후타와를 기다리기로 했다. 10분쯤 지났을 때 미츠히라가 영업소로 돌아가자고 제안했지만, 당연하게도 귓등으로 흘려들었다. 그러던 차에 드디어 후타와 미사키가 나츠카와 리나와 함께 나타났다. 나는 얼른 미츠히라의 어깨를 두드리며 후타와를 가리켰다. 그녀는 우리를 보지 못한 채 여유롭게 길을 걸어왔다.

미츠히라는 재차 사진에 시선을 던졌다가 고개를 들고 후타와를 빤히 쳐다보았다. 눈을 아주 가늘게 뜨고 후타와의 움직임을 좇아 고개를 천천히 옆으로 움직였다. 행진하는 오리 떼를 관찰하는 사람처럼 입을 꾹 다물고 흥미로운 표정으로 후타와를 바라보았다.

"봤어?" 후타와의 모습이 완전히 사라지자, 내가 물었다.

"봤어요." 미츠히라는 계속 창밖을 응시하며 대답했다.

"나는 열여덟 살인 채로 나이가 멈추는 건 있을 수 없는 일이라고 생각해. 사람은 누구나 똑같이 나이를 먹으니까. 지금의 후타와는 명백히 이상한 상태야. 난 그렇게 생각해. 너도 그렇게 생각해?"

"아니, 뭐⋯." 미츠히라는 나를 돌아보고 심각한 표정을 지으면서 작게 고개를 끄덕였다. "제 눈으로 직접 봤으니까 인정할 수밖에 없죠."

"뭘?"

"나이가 멈추는 사람도 있다는 걸요."

"아까까지는 상식적으로 있을 수 없는 일이라고 했잖아?"

"하지만 실제로 있는데 어쩌겠어요."

"이제 이상하다는 생각이 안 들어?"

"드문 일이긴 하네요."

미츠히라에게 농담하는 기색이 없는 것을 확인하고 사이드 브레이크를 풀었다.

"고마워. 참고가 됐다."

"…이게 끝이에요?"

"응. 끝이야."

차를 몰아 영업소로 돌아가는 길을 달렸다.

리나가 한 말에 따르면, 학교 관계자들은 나이가 멈춘 후타와를 이상하게 여기지 않는다고 했다. 리나 본인도 마찬가지였다. 그리고 이제 미츠히라까지 그런 사람이 되어 버렸다. 많지 않은 정보를 토대로 생각해 보니, 어떤 식으로든 후타와와 연결고리가 생기면, 설령 미츠히라처럼 그저 멀리서 지켜봤을 뿐이더라도 그녀의 나이에서 이상함을 느끼지 못하게 되는 것 같다. 눈에 보이지 않는 어떤 힘이 작용하는 모양이다. 물론 그 힘이 무엇인지 나는 전혀 알 수 없었고, 앞으로도 알 수 없으리라는 느낌이 들었다.

그런데 이렇게 결론을 내리고 보니, 다른 의문이 생겨났다.

나는 왜 후타와의 나이가 계속 이상하게 느껴질까.

05

나츠카와 리나가 마나베 케이코의 연락처를 알아냈다는 소식을 알린 것은 그다음 주 월요일이었다.

며칠 전 리나에게 전화를 걸어 후타와 일을 돕겠다고 하자, 리나는 살짝 목소리 톤을 높여 고맙다고 말했다. 그리고 역할을 분담하자고 제안했다. 내가 고등학생이던 당시 후타와와 친했던 인물을 추려서 명단을 만들어주면, 리나는 SNS와 검색 엔진을 활용해 명단에 있는 이들의 연락처를 찾아내겠다고 했다. 실제로 그들에게 연락하거나 직접 만나는 것은 내가 하되, 알아낸 정보가 있으면 최대한 공유해달라고 했다. 이견이 없었기에 동의하고 바로 졸업앨범을 펼쳤다. 내 머릿속에 있는 **그 기억**은 후타와가 열여덟 살에 머무는 이유를 설명하기에는 너무나 단편적이고 빈약했다. 가능하면 후타와를 잘 아는 누군가와 만나 정보를 대조해보고 싶었다.

나는 2학년과 3학년 때 후타와가 반에서 어땠는지 떠올리려고 애썼다. 하지만 좀처럼 명확하게 떠오르지 않았다. 여학생들은 좋은 의미로든 나쁜 의미로든 반에서 무리를 형성하는 경향이 있다. 얘는 이 무리의 일원이고, 쟤는 이 무리에서 나와서 이제 이 무리의 일원이다, 하는 식으로 말이다.

하지만 후타와는 어느 무리에 속해 있었는지 도무지 알 수 없었다. 모리모토와 친했던 것 같기도 하고, 후지사와와 같이 다니는 모습을 여러 번 본 것 같기도 하다. 하지만 모리모토와 후지사와는 절대 같이 다니지 않았다. 단순히 후타와가 모든 사람과 허물없이 지내는 학생이었을지도 모르지만, 나는 자꾸 그게 정답이 아니라는 느낌이 들었다. 내가 멋대로 추측한 바를 말해 보자면, 후타와의 마음속에 있는 본적은 반이 아니라 국제교류부였던 것 같다.

후타와는 수업이 끝나면 언제나 곧장 동아리방으로 갔다. 그녀에게 가장 중요한 시간은 반 친구들과 어울릴 때가 아니라 동아리 활동을 할 때였을지도 모른다. 그렇다면 내가 만나야 할 사람은 같은 반 친구가 아니라 국제교류부 부원이다.

그렇게 추측한 나는 동아리 소개 페이지를 펼쳤다. 신문부조차도 지도 교사를 포함해 총 다섯 명이었는데, 뜻밖에도 국제교류부는 세 명뿐이었다. 지도 교사인 아미자와 선생님과 후타와, 마나베 케이코였다.

나는 1학년 때 마나베와 같은 반이었지만, 솔직히 말해서 마나베가 국제교류부인 줄은 꿈에도 몰랐고 상상도 못 했다. 오히려 그녀는 국제교류부라는 단체와 완전히 상반되는 이미지였다고 해도 과언이 아니다. 그녀는 그야말로 록스타였기 때문이다.

내가 고등학교 1학년이던 당시에는 아이팟이나 MP3 플레이어 같은 기기가 흔치 않았다. 등하교 시간에 음악을 들을 때는, 이제는 찾으려고 해도 찾기 힘든 MD 플레이어*를 사용하는 것이 일반적이었다. 나도 그때는 MD 플레이어를 사용했다. 음악에 지대한 관심이나 열정은 없었지만, 음악을 들으며 지루한 등하교 시간을 때울 수 있다면 듣지 않을 이유가 없었다. 기기는 누나에게 물려받았다. 누나가 아르바이트비를 탈탈 털어서 LP4**를 지원하는 최신식 MD 플레이어를 산 덕분에 내가 이전 모델을 물려받았다. 몸체가 분홍색인 것은 무척 싫었지만 나는 불평할 입장이 아니었다.

압축 기능을 사용하지 않는 한, MD 한 장에 녹음되는 용량은 기껏해야 CD 앨범 한 장 분량이었다. 그래서 나는 항상 천 소재로 된 작은 케이스에 MD를 여러 장 넣어 들고 다녔다. 마츠토야 유미, 앤 루이스, 안리, 나카모리 아키나 같은 옛날 여가수의 음악을 주로 들은 데에는 내 주머니 사정과 어머니의 취향이 연관되어 있다. 나는 아르바이트도 하지 않는 고등학생이라 CD를 대여하거나 사는 것조차 부담스러웠다. 특별히 좋아하는 가수도 없어서 더더욱 돈이 아까웠다. 차선책으로 집에 있는 어머니의 CD를 MD에 녹음했다. 누나의 CD를 빌리는 방법도 있었지만, 누나의 음악 취향은 조금 독특해서 과격

---

* MD(Mini-disk)로 음악을 재생하거나 녹음할 수 있는 기기. MD는 CD의 절반 크기 정도인 디스크로 휴대성이 좋아 1990년대 일본에서 널리 쓰였다.

** MD로 4배 길게 녹음 및 재생을 할 수 있는 기능

한 록 밴드 음악에 치중돼 있던 터라 당시에는 도무지 들을 마음이 생기지 않았다.

"야, 너 그거 뭐 듣는 거야?"

놀랍게도 이 말이 마나베 케이코가 내게 처음으로 건넨 말이었다. 자리를 바꾼 지 얼마 되지 않았을 때로 기억한다. 나의 새 짝꿍이 된 그녀는 쉽게 말해서 엄청나게, 무서웠다. 일단 눈매가 날카로웠다. 냉동고에서 극도로 차갑게 얼린 칼처럼 시선에 날 선 긴장감이 흘렀다. 놀랍게도 그 당시 나는 진지하게 그녀에게 삥을 뜯길지도 모른다고 생각했다. '야, 짝꿍. 나 돈 좀 줘라.' 같은 말을 들었다면 아마 지갑에 있는 돈을 전부 내어줬을 것이다.

그리고 그녀가 매일 기타 가방을 메고 등교하는 탓에 훨씬 더 무서워 보였다. 무대 위에서 샤우팅을 하며 일렉 기타를 깨부수는 마나베의 모습이 저절로 머릿속에서 그려졌다. 물론 실제로는 그렇지 않았지만, 내 눈에는 그녀의 양쪽 귀와 코에 박힌 은색 피어싱이 보이는 듯했다. 하여튼 무서웠다. 커브는 나만큼은 아니었는데, 이조는 나와 마찬가지로 마나베를 몹시 무서워했다. "마제, 꼭 살아남아." 마나베는 그런 한심한 말을 웃어넘길 수 없게 하는 묘한 기운을 내뿜는 사람이었다.

이조와 그런 대화를 나눈 직후에 들은 첫마디가 방금 그 말이었다. 나는 이어폰을 양손에 쥔 채 뻣뻣하게 굳어서 "어?"라고 작게 되물었다.

"그거 말이야, 그거. 뭐 듣는 거냐고. 영어 듣기는 아니지?"

"그게…." 어떻게 대답해야 하나 망설였지만 거짓말할 이유는 없었다. "마츠토야 유미 노래야."

"애칭이 '유밍'인 그 마츠토야 유미?"

"…응."

"남자 고등학생이 유밍 노래를?"

"그렇…지."

"오, 좋은데?"

어리둥절했지만 칭찬을 들으니 기분이 나쁘지는 않았다. "좋다고?"

"그럼, 좋지. 오렌지 렌지*라고 하면 뒈지게 패주려고 했는데."

하마터면 죽을 뻔했다. 내가 마음속으로 식은땀을 닦는데, 마나베가 MD 케이스를 보여 달라고 말했다. 젊은 층의 유행과는 거리가 먼 내 MD들은 주로 밴드 음악만 듣는 마나베가 보기에 오히려 신선했나 보다. 마나베는 곧장 자기 MD 플레이어로 음악을 들었다. 그리고 그날 방과 후가 되자, 케이스에 있던 MD 네 장을 골라서 빌려달라고 했다.

"내가 이쪽 장르의 음악을 너무 얕봤어. 너 이름이 뭐였지?"

"마제인데."

"마제, 너 음악적 센스가 있다."

"…고마워."

"금방 돌려줄 테니까 잠깐만 빌려줘."

물론 MD는 아직도 돌려받지 못했다. 냉정하게 생각해 보면 실제로 삥을 뜯긴 셈이다. 하지만 나는 마나베를 비난할 마음이 들지 않았다. 그녀가 무서워서라는 이유도 있었지만, 그녀가 내 MD를 갖고 싶어 했다는 것이 은근히 자랑스러워서였다. CD가 집에 있으니 MD야 또

---

* 일본에서 활동하는 남성 5인조 록 밴드

녹음하면 된다. 그보다는 기타 가방을 메고 다니는 사람에게 음악 분야에서 인정받았다는 사실이 내게는 훨씬 중요했다.

마나베는 내 MD를 자기 가방에 넣고 이가 보이도록 씩 웃었다.

"고마우니까 더 끝내주는 음악을 들려줄게."

나는 마나베가 자기 MD를 빌려줄 줄 알았는데, 그렇지 않았다. 그녀가 꺼낸 것은 어떤 전단지였다. 축제 때 체육관에서 MSP라는 밴드가 연주한다고 적혀 있었다.

"꼭 들으러 와."

그 공연은 정말이지 대단했다. 고등학생들이 밴드 **흉내**나 내겠거니 하며 속으로 얕잡아봤건만, 그곳에서 울려 퍼진 것은 어엿한 일류 음악이었다. 물론 자세히 관찰해보면 틀림없이 연주에 미숙한 부분이 있었을 것이다. 하지만 나는 그런 것을 알 리 없었고, 행사장에 모인 관중을 열광시키는 것이 음악인의 사명이라고 정의한다면, 마나베의 밴드는 이미 프로라 해도 과언이 아니었다. 놀랍게도 MSP는 '마나베 사운드 프로젝트'를 줄인 말이었으며, 마나베 케이코를 중심으로 한, 마나베 케이코에 의한, 마나베 케이코의 매력을 전면에 내세운 밴드였다. 밴드 멤버는 네 명이었다. 아마 보컬 겸 기타, 베이스, 드럼, 키보드였을 것이다. 모두 여자였다. 멤버들이 항의했을 법도 한데 어떻게 그러지 않았는지 모르겠다.

첫 곡은 도쿄지헨의 '군청색 날씨'였고, 두 번째 곡은 블루하츠의 '나의 오른손', 그리고 마지막 곡은 MSP의 자작곡이었다. 안타깝게도 보통 유명하지 않은 곡으로는 관객의 흥미와 관심을 끌기 힘든 법인데, MSP에는 그런 상식이 통하지 않았다. 마지막으로 흘러나온 자작

곡에 체육관 전체가 들썩였고, 나도 정신없이 빠져들었다. 상당히 한심한 가사였지만, 오히려 그래서 더 사춘기 소년의 가슴을 강하게 울렸다. 졸업앨범과 함께 보관해둔 고등학교 시절 파일 안에서 기적적으로 그 곡의 가사가 적힌 전단지를 찾았는데, 후렴 가사가 아래와 같았다.

보면 안 되는 걸 보고 싶어. 보면 안 되는 것만 보고 싶어.
꿈을 보고 싶어. 알몸을 보고 싶어. 술에 취한 깡패들 싸우는 걸 보고 싶어.
보면 안 되는 걸 보고 싶어. 보면 안 되는 것만 보고 싶어.
근데 볼 수 없어. 누가 내게 거는 기대 걸어차고 마음껏 못된 장난 치고 싶어.
어차피 내일도 학교에 가야 하네. 가면 그걸로 끝. 꿈을 버릴 때까지 배워야 하거든.
별이 뜬 가을 하늘에 눈물을 흘리고 오늘도 눈물로 또 하루를 견디자.

우습게도 이렇게 가사를 들여다보는데도 멜로디는 전혀 떠오르지 않는다. 하지만 그때 체육관을 메우던 그 분위기를, 음악 하는 사람들이 말하는 에너지라는 것을, 내 몸이 정확히 기억한다. 마나베는 기타를 깨부수지는 않았지만, 발성 좋은 목소리로 샤우팅을 했다. 열정적인 라이브였다.

그리고 아무 영양가 없는 여담이지만, 그 당시 신문부 동아리방 앞에는 우리가 만든 벽신문이 게시되었다. 내가 풋내 나는 저널리즘 정신을 담아 작성한 조류 인플루엔자 기사를 비웃듯, 선배 세 명이 함께 쓴 '벨소리 다운로드 사이트 비교 기사'가 커다랗게 실렸다. 다른 1학년이 쓴 기사도 도무지 신문이라고 부르기 힘든 일기 수준의 글이었다. 하필 마나베의 공연을 구경하고 돌아가는 길에 본 탓에 나는 더욱 비참한 기분이 들었다. 나는 대체 뭘 한 것일까.

축제가 끝난 뒤 교실에서 마나베에게 공연을 본 소감을 전했다. 정말 감동적이었고, 정말 멋있었다고. 그러자 마나베는 짐짓 쑥스럽다는 표정을 지어 보이고는 호탕하게 웃었다.

"뭐야. 봤구나, 마제. 고맙다. 근데 공연 정보를 어디서 들었어?"

자신만의 세계를 지닌 사람은 언제나 평범한 이들의 예상을 뛰어넘는다. 어쩌면 그런 사람이 아니고서는 프로가 될 수 없는 것일지도 모른다. 나는 순수하게 그녀를 존경했다.

서른을 앞둔 미혼 남성이 여자 동창에게 갑자기 연락하면 야릇한 속뜻이 있어 보이기 마련이다. 후타와 관련해 물어볼 것이 있다는 대의명분을 내세우더라도 핑계라고 오해를 살 가능성이 컸다. 그런 점에서 마나베는 스스럼없이 연락하기 좋은 사람이라 실로 다행이었다. 모리모토나 후지사와에게 연락해야 했다면 꽁무니를 빼고 싶었겠지만, 상대는 마나베니까 전혀 걱정할 필요가 없다. 오히려 보고 싶다는 순수한 마음이 들었다. 참고로 리나는 밴드 활동을 하던 전 멤버의 개인 홈페이지에서 마나베의 이름을 발견해 연락처를 알아냈다고 한다. 마나베는 유행을 좇아 SNS를 할 이미지가 아니었기에 연락처를 찾아낸 것이 엄청난 행운처럼 느껴졌다.

금요일, 마나베가 약속한 술집에 나타난 것은 약속 시간인 오후 아홉 시를 15분쯤 넘겼을 때였다. 검은 티셔츠에 청바지를 매치한 군더더기 없는 복장이 무척이나 마나베다웠다. 고등학생 때까지는 그나마 남아 있던 귀여운 소녀 같은 면은 완전히 사라졌고, 이제는 그야말로 어른스러운 모습이었다. 날카로운 눈매가 전보다 두드러져 보였다.

마나베는 가게 안에서 기다리던 나를 알아보고 작게 오른손을 들어 보였다. 몇 년 만에 보는 동창답지 않게 소탈한 태도였다. 마나베는 자리에 앉자마자 점원을 부르더니 내 의향은 묻지도 않고 생맥주 두 잔을 주문했다. 그래, 이래야지. 기타 가방을 메지 않은 것은 조금 어색했지만, 역시 그녀는 내가 잘 아는 마나베가 분명했다.

"회사원이야?"

나는 일을 마치고 온 참이라 정장 차림이었다. "인쇄 회사에서 영업해."

"목소리에 매가리도 없고 말주변도 없는 네가 영업을?"

"의외로 말주변 없는 게 유리해. 영업은 말하기보다 듣기에 더 많은 시간을 쏟아야 하거든. 그리고 나 예전에 비하면 멀쩡하게 말 잘해."

마나베는 웃었다. "그래, 분위기가 많이 바뀌었다. 하마터면 못 알아볼 뻔했잖냐."

"그만큼 나이를 먹었으니까. 머리도 짧게 잘랐어."

"아니, 그런 사소한 걸 얘기하는 게 아니야. 뭐랄까, 사람이 좀 듬직해졌어. 표정도 달라졌고. 키가 컸나?"

"맞아, 그때는 내가 좀 구부정하게 다녔지. 너는 요즘 뭐 하면서 지내?"

"CD 팔아."

결국 해냈구나. 순수한 기쁨에 가슴이 벅찰 뻔했는데, 자세히 들어보니 백화점 CD 매장에서 점원으로 일한다는 뜻이었다. 나는 한심하게도 실망한 기색을 감추지 못했다.

"사실 거의 성공할 뻔했어." 마나베는 맥주를 들이켜며 말했다. "대형 기획사는 아니어도 계약하자는 회사가 있었거든. 그래서 CD를 몇 장 내게 됐지. 그런데 거기까지였어."

마나베는 눈 깜짝할 사이에 맥주잔을 비웠다.

"나보다 어리고 재능 있는 애들이 막 쏟아져 나오니까 자신이 없어지더라. 거품이 터지듯 펑. 그게 끝이었어. 도저히 움직일 힘이 안 생기는 거야. 연주할 마음도, 노래할 마음도, 새로운 무언가를 만들어낼 기력도 없어졌어. 아마 그런 걸 재능이 없다고 하는 거겠지."

나는 아무 말도 할 수 없었다.

"그래도 뭐, CD를 파는 게 전부인 인생도 의외로 나쁘지 않아. 가게 앞 진열대를 보면, 음악 업계의 수요와 공급이 어떻게 흘러가는지 한눈에 알 수 있거든. 그게 제법 재미있어. 다른 사람에게 인정받아야 한다는 압박감에서 벗어나야 비로소 알 수 있는 것들이 있더라. 지금의 삶은 만족스러워."

"…CD는 잘 팔려?" 대화 소재가 궁해질 때면 어김없이 경제 관련 이야기로 도망치고 싶어진다. 영업 사원의 슬픈 습성이다.

"안 팔려. 유일하게 잘 팔리는 게 사은품 딸린 아이돌 CD야. 다들 초판이랑 재판 둘 다 사는데 팬심이라는 게 참 대단해. 정말 생각이 많아진다니까. 가수가 파는 게 정말 음악인가 싶어. 사실은 다른 걸 제공하는 걸지도 몰라. 순수하게 음원만 사려면 한 곡에 300엔도 안 되는 가격에 다운로드 할 수 있잖아. 죽을힘을 다해 만들었는데 300엔. 뭐랄까, 좀 혼란스러워. 우습기도 하고 눈물 나기도 하고…. 아, 이런 얘긴 여기까지. 아무튼 네가 뭐랬지? 후타와가 뭐 어쨌다고?"

나는 점원이 음식을 내오고 떠나는 것을 확인한 뒤 본론을 꺼냈다. 메시지로는 후타와와 관련해서 할 얘기가 있다고만 하고, 나이 문제를 구체적으로 설명하지는 않았다. 어떻게 말을 꺼내야 할지 조금 고민하다가 결국 있는 그대로 이야기하기로 했다.

"졸업하고 나서 후타와를 본 적 있어?"

"아니, 없는데." 마나베는 계란말이를 입안 가득 밀어 넣었다. "아, 뜨거."

"사실 후타와는 아직 고등학생이야. 유급한 게 아니고 그냥 열여덟 살 그대로야."

"뭐?" 마나베의 얼굴이 일그러졌다.

"나이를 먹지 않았어."

"…무슨 말을 하는 거야?"

"이해가 안 돼?"

"그 말을 어떻게 이해해?"

당연하다면 당연한 반응이다. 미츠히라는 지금의—그러니까 성장이 멈춘 이후의—후타와를 목격한 순간 후타와의 나이에서 이상함을 느끼지 못하게 됐다. 과거의 후타와와 함께 학창시절을 보낸 마나베 같은 사람도 지금의 후타와를 만나지 않는 한 인식의 변화가 일어나지 않는 모양이다. 다시 말해 이상한 이야기를 이상한 이야기로 인식한다는 뜻이다. 아니면 고등학교 동창들은 모두 나처럼 지금의 후타와를 봐도 인식의 변화가 일어나지 않는 것일까. 머릿속에서 몇 가지 가능성이 떠올랐지만, 지금은 그런 원리를 검증하기 위한 시간이 아니었다. 내가 대화 주제를 살짝 틀자, 타인에게 별 관심이 없는 점은 예전과 똑같은지 마나베는 다행히 그 이상 묻지 않았다.

"후타와는 학창시절에 어떤 미련이나 트라우마 같은 게 있는 것 같더라고. 사연이 좀 있어서, 후타와 본인은 그 트라우마가 뭔지 절대 알려주지 않을 것 같아. 너는 뭐 짚이는 거 없어?"

"왜 이제 와서 후타와 문제에 관심을 가져?"

"그럴 일이 좀 있어." 나는 맥주를 추가하는 마나베의 옆얼굴을 보며 말했다. "아마 연애 관련 문제가 아닐까 싶은데, 그 당시 후타와의 남자친구라든가, 뭐 아는 거 없어?"

"남자친구?" 마나베는 서서히 벌게지는 뺨을 문지르면서 고개를 가로저었다. "몰라. 잘은 모르지만, 걔 남자친구 없지 않았어? 뭔가 그런 이미지가 아니었잖아. 남자들한테 인기는 많았을 것 같은데, 걔가 교복 차림으로 남자친구랑 붙어 있는 모습은 상상이 안 돼. 아무튼 몰라. 아니, 근데 왜 나한테 후타와 얘기를 물어보냐? 나는 한 번도 걔랑 같은 반이었던 적이 없어."

"둘 다 국제교류부였잖아."

"뭐? 아, 그래서…." 마나베는 오른손을 마구 내저었다. "서류상으로만 그랬어, 서류상으로만. 내가 그런 범생이 같은 동아리에서 좋다고 활동했겠어? 난 유령 부원이었어."

"…그렇게 엄격한 동아리에서 어떻게 유령 부원이 됐어?"

"서클에서 활동하는 사람한테는 잔소리하지 않거든. 나는 경음악 서클 소속이었으니까. 국제교류부라길래 정기적으로 유럽에라도 가나 싶어서 들어갔는데, 막상 뚜껑을 열어보니 걔들 하는 일이 어찌나 지루하던지. 재미있는 걸 하면 참여할 생각이었는데 참여할 마음이 눈곱만큼도 안 들더라. 처음 몇 번만 가보고 그 뒤로는 계속 유령 부원이었어."

"그랬구나."

그렇다면 마나베에게서 쓸 만한 정보를 얻어낼 가능성은 매우 작다는 뜻이다. 나는 그제야 맥주잔을 비웠다. 지금껏 취하지 않도록 조심했건만 이제 그럴 필요도 없다. 맥주를 추가로 주문했다. 같은 타이밍에 마나베가 칵테일을 주문했다.

"지도 교사한테 된통 혼난 적은 있는데."

"지도 교사면… 아미자와 선생님?"

"맞아." 마나베는 기본 안주로 나온 풋콩을 입에 던져 넣었다. "국제교류부에서 쓰레기 줍기인지 건지기인지 뭘 한다고 나더러 도우러 오라더라고. 가끔은 부원다운 일을 좀 하라면서. 그 여자 성격이 엄청 히스테릭했잖아."

"하하, 그랬나? 까다로운 사람이긴 했지."

"그때 이후로 갑자기 점점 더 히스테릭해졌어, 그 여자. 그런데도 기혼이라니 이 세상이 미쳐 돌아간다니까. 그런 여자랑 결혼하는 남자는 제정신인가?"

마나베는 분노의 화살을 임연수어에게로 돌려 젓가락으로 난폭하게 생선 살을 헤집었다.

"아…, 후타와의 연애랑 관련된 거 하나 생각났다."

나는 몸을 앞으로 기울였다. "뭔데?"

"아즈마가 후타와한테 고백했어. 아주 시원하게 까였지만."

"아즈마라면… 걔 말이야? 그…."

"아즈마 렌타로."

나는 갑자기 취기가 도는 느낌에 사로잡혔다. 아즈마는 꽤 잘생긴 남학생이었다. 아즈마도 후타와를 좋아했다니. 강력한 라이벌이 나타난 것 같아서 가슴이 욱신거렸다. 그러면서도 그가 시원하게 까였다는 이야기에 안도하는 내 모습이 보였다. 벌써 몇 년이나 지난 옛날 일에 이렇게 일희일비해서 어쩌자는 것인가.

"예전에 아즈마가 나한테 상담할 게 있다고 찾아와서는 후타와한테 고백하고 싶다는 거야. 마음을 대신 전해달라는 헛소리를 지껄이면 팔다리를 다 뜯어 버리려고 했는데, 그냥 어떻게 고백하면 좋겠냐고 물어보더라고. 의외로 귀여운 구석이 있는 놈이었어."

나는 일단 수첩 한쪽에 '아즈마 렌타로: 후타와에게 고백'이라고 적었다.

"근데 이게 다야. 후타와의 연애와 관련해서 내가 아는 건. 후타와에 대해서는 걔가 잘 알걸. 그… 이름이 뭐더라? 오다시마였는지 오다기리였는지 모르겠는데…, 아무튼 걔."

"오다시마?"

"국제교류부 부원이었어."

"선배야?"

"우리랑 같은 학년이야. 후타와랑 친했어."

"졸업앨범에는 너랑 후타와 둘밖에 없었는데."

"어? 그래? …왜지? 근데 아무튼 그런 애가 있었어. 확실해. 내가 아는 한 동아리방을 들락거린 사람은 마츠나가 선배랑 야마나카 선배, 그리고 가끔 찾아오던 아미자와의 남동생이랑…, 그래, 우리 학년인 오다시마가 확실히 있었어. …아니, 오다기리였다. 오다기리. 맞아, 걔 아즈마랑도 친했어. 맨날 나 잘났다는 듯이 표정이 거만한 여자애였어."

나는 '아즈마 렌타로' 옆에 '오다기리(또는 오다시마)라는 동창'이라고 적었다.

"그런데 너야말로 뭐 짚이는 데 없어?" 마나베는 젓가락으로 나를 가리켰다. "너 1학년 때 말고는 계속 후타와랑 같은 반이었잖아. 후타와가 평소에 어땠는지는 네가 더 잘 알 것 같은데."

나는 침묵으로 질문을 삼켰다. 짚이는 데가 없지는 않았다. 하지만 그 이야기를 지금 여기서 마나베에게 할 필요성은 느끼지 못했고, 애초에 남에게 적극적으로 말하고 싶은 에피소드도 아니었다. 전부 내 착각일 가능성도 있다. **약속**이라는 말이 가습기에서 뿜어져 나오는 수증기처럼 한순간 머릿속에서 피어올랐다가 공기 속으로 사라졌다. 추억의 잔재를 떨쳐내려고 알코올을 목구멍으로 흘려보냈다.

"그나저나 다들 왜 툭하면 연애니 사랑이니 떠드는 거야? 나는 이해가 안 댄댜."

"이해가 안 댄댜?"

"머 문제 이써?"

조금 전부터 심상치 않다 싶더니, 마나베는 어지간히도 취한 상태였다. 그리고 술주정이 심한 것이 분명했다. 대학교 동창이었으면 술자리를 함께할 기회가 있었을 테지만, 고등학교 동창이 알코올에 어떤 반응을 보일지는 상상해본 적도 없었다. 이건 이것대로 새로운 모습을 발견한 것 같아 재미있으면서도, 마나베가 난리를 피우면 감당할 자신이 없었다. 마나베는 말린 생선을 난폭하게 질겅거리다가 이내 자신이 얼마나 간절히 결혼을 원하는지 토로했다. 결혼하고 싶어. 빨리 하고 싶어. 그래서 방금 아미자와 선생님이 기혼이라는 사실에 그리 화를 냈나 보다. 고고한 록커인 줄로만 알았는데, 의외의 모습이었다.

"서른 전에는! 서른 전에는 꼭 한다!"

"사귀는 사람은 있어?"

"없어!"

"…절망적이네."

"뭐?! 아니거든! 아직 당분간은 괜찮다고, 이 멍청한 놈아! 그러는 너는 결혼 안 하냐? 여자친구도 없어?"

"여자친구는 없어. 결혼은 글쎄."

웬만큼 노력하면 결혼은 할 수 있을지도 모른다. 하지만 행복한 결혼은 못 할 것 같다는 예감이 들었다. 어쨌거나 술 취한 사람에게 인생관을 늘어놓는 것은 어차피 무의미한 행동이다.

잠시 후 마나베는 십진법이 문제다, 십진법 때문에 서른 살이 괜한 경계선이 된다, 라는 결론을 내리더니 테이블에 놓인 볼펜과 냅킨을 집어 들고 몇 진법을 이용하면 혼기를 최대한 늦출 수 있는지 계산하기 시작했다. 그러나 얼마 가지 않아 포기하고는 테이블을 쾅 내리쳤다.

"마제! 노래방 가자!"

통제 불능이었다. 기구하게도 술집 옆이 바로 노래방이라 마나베는 도장 깨기를 하러 온 사람처럼 당당하게 노래방 문을 열어젖혔다. 처음 가보는 체인점이라서 내가 등 떠밀려 회원증을 만들게 되었다. 나는 몇 번이나 글자를 잘못 적어서 거듭 고쳐 써 가며 겨우겨우 필요한 항목을 채웠다. 나도 꽤 취한 모양이다.

"뭐야! 뭐냐, 마제. 사돈 남 말 할 처지가 아니었네!"

"딱 한 시간이야. 한 시간만 부르고 집에 가는 거야."

"멍청한 놈. 야, 너 내가 누군지 알아? 나 밴드 하는 사람이야. 내가 시간 개념 따위에 얽매일 줄 알고? 난 너처럼 고등학생 때 맹하게 시간을 허비한 놈들하고 차원이 달라."

"이번 한 번만 시간에 얽매여 줘라. 그리고 나도 이래 봬도 고등학생 때 열정적으로 몰두한 일이 있었거든."

"뻥치지 마."

"진짜야."

"뭘 했는데?"

나는 카운터에서 마이크 두 개와 영수증이 든 플라스틱 바구니를 받아들고 마나베에게 말했다.

"프라모델."

"뭐? 대충 지어내지 마."

"진짜야. 한창 빠져서 엄청 많이 만들었어. 그건 정말이지…."

청춘의 헛된 노력이었다.

고등학교 1학년 축제가 끝나고 얼마쯤 시간이 흐른 어느 날이었다. 사건의 발단은 우리 집에 느닷없이 도착한 대량의 상자였다. 개수가 무려 20, 아니 30개는 됐을까. 학교에서 돌아온 나는 거실에 산더미처럼 쌓인 상자들을 보고 이게 뭐냐고 엄마에게 물었다.

"당했어. 하여튼 그 인간, 정말 제멋대로라니까."

엄마는 지친 미소를 띠며 편지 한 장을 꺼냈다. 보낸 이는 교토 아저씨였다. 항상 교토 아저씨라고만 불러서 정확히 나와 몇 촌인지는 모르지만, 아무튼 그는 교토에 사는 엄마 쪽 친척이었다. 당시 나이는 50대 후반이나 60대 정도였을 것이다. 도무지 종잡을 수 없는 가벼운 사람이었다. 참고로 요즘도 건재하시다. 편지를 훑어보니, 거기에는 그 상자들에 관한 사연이 적혀 있었다.

교토 아저씨는 내가 태어나기 조금 전부터 작은 모형 가게를 운영했는데, 이제 그 가게를 접는다고 했다. 그리고 팔다 남은 모든 프라모델과 잡다한 도구 들을 갑자기 우리 집으로 보내기로 했다고 적혀 있었다.

'참 기구하게도 재고를 처분하려니 수수료가 많이 들더라. 너희 집은 새로 지은 지 얼마 안 됐다고 들었다. 아마 수납공간이 남아돌겠지. 사양 말고 신축 기념 선물로 받아. 우리 세리자와 모형 가게는 내년부터 이국적이고 세련된 카페로 화려하게 다시 태어날 거야. 교토에 올 일이 있으면 꼭 들르렴.'

엄마가 말한 대로였다. 그야말로 제멋대로다. 참고로 엄마는 결혼하기 전에 성이 세리자와였는데, 세리자와의 피를 이어받은 사람들은 엄마를 포함해 하나같이, 좋게 말하면 천의무봉이었고 나쁘게 말하면 방약무인이었다. 다른 사람은 안중에도 없이 꿋꿋이 자신의 길을 간다. 한편 아버지 쪽인 마제 가문 사람들은 모두 위장에 문제가 있는 환자처럼 비쩍 말라서는 알아듣기 힘든 목소리로 중얼중얼 말하는 것이 특기였다. 누나는 세리자와 가문의 피를, 나는 마제 가문의 피를 진하게 이어받았다는 이야기를 친척들에게 자주 듣는다.

이미 집에 있던 누나는 상자를 노려보면서 엄마에게 물었다.

"이거 치워도 돼?"

"치우다니 어디로?"

"아빠 서재로. 어차피 그 방 절대 안 쓸걸."

"음, 그러려나?"

나는 속으로 아버지에게 사과하면서 엄마, 누나와 함께 아버지의 서재로 상자를 옮겼다. 아버지가 벽지부터 콘센트 위치까지 고심하고 고심해서 만든 서재가 눈 깜짝할 사이에 상자 창고로 변했다.

밤이 되어 집에 돌아온 아버지는 변해버린 서재 문가에 멍하니 서 있었다. 애지중지 기르던 열대어가 전멸한 것을 목격한 것 같은 표정이었다. 나는 아버지가 안쓰러웠다. 아버지는 이내 무릎을 굽히고 앉아 상자 하나를 열었다. 그 안에는 다양한 자동차 모형 키트가 들어 있었다. 아버지는 힘없이 미소 지으며 작디작은 목소리로 중얼거렸다.

"어릴 때였으면 좋아했을 텐데."

그 한마디에 하늘의 계시가 떨어진 듯했다. 나는 조금 전까지만 해도 엄마와 누나처럼 그 상자들을 그저 쓰레기 더미로 여겼다. 하지만 그렇지 않은가. 교토 아저씨가 말한 대로 선물로 생각해도 되지 않나. 그 프라모델들은 오히려 지금의 내게 딱 맞는 선물이었다. 갑자기 머릿속에서 희망찬 계획이 떠올랐다.

"이거 내가 가져도 돼?"

다음 날이 되자마자 적당한 도구와 대충 눈에 띈 마쓰다 RX-7 상자를 챙겨 학교로 향했다. 서점에서 프라모델 교본 한 권을 사 들고 서둘러 동아리방으로 가서 프라모델 만들기에 몰두했다.

그때까지도 동아리방에서 신문 읽는 활동을 이어가는 중이었지만, 사실 완전히 질린 상태였다. 단언컨대 지적 호기심이 강하지 않은 내게 어디 발표할 데도 없는 정보를 담담히 쌓아 가는 작업은 일종의 많이 먹기 대회 같은 느낌이었다. 마냥 갑갑하고 괴로웠다. 어떤 결과물을 낼 수 있는 창구가 내게도 필요했다.

그런 생각을 하게 된 데에는 축제 때 마나베가 보여준 라이브의 영향이 적지 않았을 것이다. 역시 무언가를 표출하거나 만들어내는 작업은 눈부시게 아름답고 멋있었다. 계속 신문을 읽는다 해도 나는 영영 마나베를 따라잡을 수 없겠다는 생각이 들었다. 무언가를 만들어내는 일을 하지 않으면 영원히 아무것도 될 수 없을 것 같았다.

그런 점에서 프라모델은 이상적이었다. 만들면 만드는 만큼 형태를 갖춘 무언가가 남는다. 게다가 돈을 신경 쓰지 않고 취미에 몰두할 수 있다는 점도 주머니 사정이 넉넉지 않은 고등학생에게는 무척 매력적이었다. 도구와 도료, 모형 키트까지 그야말로 장사를 해도 될 만큼 많지 않은가. 아버지의 서재에.

나는 교본을 정독했다. 어려서부터 무엇이든 제시된 본보기를 충실히 따르며 정확하게 작업하기를 좋아했다. 색칠 공부를 할 때도 반드시 교본대로 칠했고, 레고 블록도 패키지에 있는 사진과 똑같이 만들었다. 프라모델도 마찬가지로 조금도 타협하지 않고 이상적인 완성작을 만들고 싶었다. 커터와 붓을 쥐는 방법부터 부품을 다루는 법, 게이트*를 처리하는 법, 줄칼 쓰는 법, 도료 말리는 법에 이르기까지 모든 공정을 교본이 알려주는 대로 충실히 따랐다.

새하얀 RX-7이 완성된 것은 작업을 시작한 지 2주가 지났을 즈음이었다. 내가 만들었지만, 결과물이 나쁘지 않아 보였다. 눈에 띄는 실수나 도료가 얼룩진 부분도 없었다. 일어나서 위에서 내려다보니 당장이라도 달려 나갈 것처럼 보였다. 나는 고개를 끄덕였다. 이거라면 가능하겠다. 내게 딱 맞는 작업이었다. 재미있다는 느낌과는 조금 달랐다. 물론 재미없지는 않았지만, 그렇다고 작업하는 와중에 심장이 마구 뛰는 느낌이 들지도 않았다. 내가 느낀 것은 이거라면 계속할 수 있겠다는 분명한 확신이었다. 결국 내게 필요한 것은 정체성이었다. '나한테는 이게 있다'고 자부할 수 있는 무언가가 필요했다.

그리고 그렇게 확고한 자아를 가진 사람에게는 틀림없이 어떤 드라마틱한 일이 일어날 것이라고 당시의 나는 진심으로 믿었다. 사춘기라서 할 수 있는 터무니없는 망상이었다. '청춘병'이라고 이름 붙여도 될 것 같다. 아무튼 나는 계속 프라모델을 만들기로 했다. 프라모델을 만들다 보면 분명히 어딘가에 도달할 것이다. 언젠가 내 소문을 들은 누군가가 신문부 동아리방 문을 두드릴 것이다. 그리고 벽면 가득 늘어선 프라모델들을 보고 헉하고 숨을 삼킬 것이다. 놀라움 섞인 미소를 지으며 자연스레 양손으로 입을 막을 것이다. 저도 모르게 감탄 어린 한마디를 흘릴 것이다.

---

* 부품과 틀이 연결된 부분. 틀에서 부품을 떼어낸 뒤 이 부분을 다듬어야 깔끔한 프라모델을 만들 수 있다.

"대단하다."

반드시 누군가가 올 것이다.

예를 들면, 국제교류부의 후타와 미사키 같은 누군가가.

"바보도 이런 바보가 없다."

부정할 수 없었다. 마나베가 다시 마이크를 잡자, 나는 작게 씁쓸한 미소를 지었다. 남자 고등학생은 실로 한심하기 그지없는 생물이다.

"프라모델 요즘도 만들어?"

"안 만들어." 그딴 것을 왜 계속 만들겠나. 두 번 다시 만들지 않을 것이다. **절대로.**

마나베는 약간 술이 깨서 불만스러웠는지 사와라고 이름 붙은 술을 메뉴판 왼쪽에서부터 순서대로 주문했다. 색색의 술들을 연거푸 입안에 쏟아 넣으며 반할 만큼 아름다운 목소리로 노래를 몇 곡이나 불러 젖혔다. 취했어도 준전문가답다. 역시 잘한다. 30분쯤 지났을 때 마나베가 오렌지 렌지의 노래를 불러서 조금 놀랐는데, 그녀는 시뻘건 얼굴로 아무렇지 않게 말했다.

"역시 얘네는 재능이 있어. 재능 없이는 밀리언셀러를 못 만들어."

나도 모르게 웃고 말았다. 역시 사람은 나이가 들면 변하는구나.

뭐라도 부르라는 성화에 못 이겨 나는 어쩔 수 없이 아밍의 '기다릴게'와 안리의 '슬픔이 멈추지 않아'를 불렀지만, 그때 제외하고는 계속 마나베의 독창회였다. 한 시간이 지나자, 마나베는 완전히 술에 절어 잠들기 직전인 연체동물이 되어 버렸다. 버려두고 갈 수 없어 택시 승차장까지 끌고 가서 기사의 도움을 받으며 택시에 밀어 넣는 데 성공했다. 그때 마나베가 눈을 번쩍 떴다.

"아아! 엄청난 게 떠올랐어, 마제! 우리 집으로 따라와! 따라오라고!"

불길한 예감이 들어 거절하자, 마나베는 내 넥타이를 거칠게 움켜쥐었다.

"걱정 마, 마제. 난 부모님이랑 같이 살아! 너를 덮칠 수도 없고, 애초에 넌 덮칠 가치가 없어! 너한테 아주 중요한 일이라고!"

웃음을 참는 택시 기사를 보자 창피해서 마지못해 마나베의 집까지 동행하기로 했다. 예상과 달리 가까워서 20분도 안 되어 도착했다. 마나베의 말대로 가족과 함께 사는 집이었다. 다행이다. 마나베는 내게 잠시 기다리라고 하더니, 비틀거리며 집 안으로 들어갔다. 5분 후 밖에 나왔을 때는 타워레코드 로고가 박힌 쇼핑백을 들고 있었다.

"이거 돌려줄게."

설마 했는데, 쇼핑백 안에 MD 몇 장이 들어 있었다. 내가 고등학생 때 빌려준 MD가 확실했다. 웃음이 터졌다.

"네가 안리 노래 부르는 걸 듣다가 생각났어. 덕분에 많이 들었어. 고마워."

"그래, 그랬겠지. 그런데… 이건 내 게 아닌데. 이 파란색도 그렇고 이 주황색도…."

"그거 좀 전해줘."

"전해달라고? 누구한테?"

"아즈마한테."

"뭐?"

"만날 거잖아." 마나베는 졸음을 떨치려는 듯 눈을 세게 비볐다. "넌 아즈마를 만나러 갈 거야. 후타와랑 오다기리에 관해서 물어보러. 확실해. 그러니까 만나는 김에 내가 아즈마한테 빌린 MD 좀 돌려줘. 와아, 덕분에 살았다."

"아니, 그게 무슨⋯. 애초에 난 아즈마 연락처도 몰라."

"아즈마랑 모르는 사이는 아니잖아."

"2학년 때는 같은 반이었어. 그리고 솔직히 말하면 초등학교도 같았어. 하지만 별로 친하지도 않았고 만날지 말지도 아직 몰라."

"그리고 그 분홍색은 후타와한테 전해줘." 내 말을 들을 생각이 없는 모양이다. "그건 내가 빌린 게 아니고, 후타와가 부탁한 MD였어. 잊고 있었어. 늦어서 미안하다고 전해줘."

대체 몇 년 만에 전하는 사과인가.

"아, 어깨가 가벼워졌어." 마나베는 눈을 감은 채 황홀한 표정을 짓더니, 자기 집 문에 기댔다. "마제, 고맙다. 넌 오늘 내 영혼을 해방하러 온 거구나. 정말 고마워. 그리고 너는 앞으로도 우리 동창들의 영혼을 해방하는 여행을 이어나갈 거야. ⋯대단하다. 존경스럽다. 너의 걸음걸음이 모든 이들의 마음에 들어찬 응어리를 풀어줄 거야. 대단하다."

기분이 들뜬 마나베는 큰 소리로 블루하츠의 '달의 폭격기'를 부르기 시작했다. 고요한 주택가에 말 그대로 폭격 같은 목소리가 울려 퍼졌다. 내가 당황한 순간, 잠옷을 입은 마나베의 어머니가 집에서 나와 마나베의 입을 틀어막으며 억지로 실내에 끌고 들어갔다. 마나베의 어머니는 우연히 길을 지나던 중년 남성과 나에게 고개를 숙였다.

"얘가 진짜, 나잇값도 못하고…. 창피해 죽겠네."

결국 내 손에는 MD 여러 장이 남겨졌다. 나는 사라지는 마나베의 뒷모습을 지켜보다가 나를 기다리는 택시로 돌아갔다. 줄곧 상황을 지켜보던 택시 기사는 역시나 흰 장갑으로 입을 가리며 웃었다.

06

  결국 동아리방에서 프라모델을 만드는 나를 맨 처음 발견한 사람
은 후타와 미사키나 내 소문을 듣고 찾아온 미소녀가 아닌, 정수리가
홀딱 벗겨진 초로의 남성이었다.

  축제가 끝나자, 예상대로 구관은 즉시 폐허처럼 황량해졌다. 언제
나 성수기인 국제교류부를 제외하면, 가끔 동아리 활동이라는 명목
으로 몬스터 헌터 게임 대회를 여는 사진부와 프라모델 만들기에 몰
두하는 신문부—라기보다는 나 한 사람—말고는 방과 후 구관을 이
용하는 학생이 없었다. 그래도 나는 축제 직전에 약간 소란스럽던 구
관보다 썰렁하고 조용한 구관이 좋았다. 조용한 공간에서 작업하는
편이 더 숭고하게 느껴졌기 때문이다.

12월에 들어서자, 희망하는 동아리방에는 석유난로가 지급되었다. 나는 석유난로 소리만 쓸쓸하게 울리는 동아리방에서 곱은 두 손을 비비며, 꼭 하교해야 하는 시간이 될 때까지 묵묵히 프라모델을 만들었다. 이때 이미 프라모델 다섯 개를 완성한 상태였다. 완성된 프라모델은 창가 책장에 놓았다. 아직 자동차 프라모델밖에 만들지 않았지만 다섯 개나 늘어놓으니 자그마한 모터쇼처럼 보였다. 제법 멋있었다. 나는 사기가 떨어질 만하면 만족스러울 때까지 완성작들을 감상하며 스스로 의욕을 고취했다.

그러던 어느 날, 갑자기 동아리방 문이 벌컥 열렸다. 큰 소리에 깜짝 놀라서 문을 쳐다보니, 아시다 교감 선생님이 거기에 서 있었다. 아, 끝났다. 나는 직감했다. 명색이 신문부 동아리방인데 신문과 아무 상관도 없는 프라모델을 늘어놓고 시너 냄새까지 풀풀 풍기고 있지 않은가. 당연히 혼날 것이다. 교감 선생님은 긴 책상 위에 놓인 프라모델과 내 얼굴을 번갈아 보더니, 왜 이런 시간까지 동아리방에 불이 켜져 있나 하고 와봤다고 말했다. 나는 설교를 들을 마음의 준비를 했다.

"여기 무슨 부지?"

"…신문부요."

"모형하고는 관련 없잖아. 여기 모형부 아니야?"

"신문부예요."

"모형 좋아하나?"

"…네."

"그래?"

교감 선생님은 천천히 동아리방에 들어와서 창가 책장으로 향했다. 그리고 내 프라모델들을 하나하나 살펴보며 "오"나 "흠" 같은 소리를 냈다. 잠시 후 내 앞에 놓인 철제 의자에 앉아서, 내가 처음 만든 RX-7을 가리키며 말했다.

"로터리 엔진이라고 알아?"

"…로터리 엔진이요?"

교감 선생님은 고개를 끄덕이고는 RX-7에 대해, 나아가 마쓰다와 로터리 엔진의 관계에 대해 특유의 억양으로 설명하기 시작했다. 엔진이 어떤 구조로 되어 있는지, 고강도 카본 스페인 파라그래페이트를 어떤 식으로 응용했는지, 로터리 엔진의 소리가 얼마나 독특한지, 로터리 엔진의 실질적인 장단점이 무엇인지. 너무 갑작스럽게 이야기가 시작된 탓에 내가 혼나는 것이 아니라는 사실을 깨닫기까지는 시간이 꽤 걸렸다.

이날 이전에는 교감 선생님과 대화를 나눠본 적이 한 번도 없었다. 심지어 목소리를 실제로 들은 것도 처음이었다. 마른 체형에 머리숱이 빈약해서 어쩐지 해골이 걸어 다니는 것 같다는 막연한 이미지가 머릿속에 있었을 뿐, 그 이상 교감 선생님에 대해 아는 것은 아무것도 없었다. 당시 고등학교에는 교감 말고도 부교장이라는 직위가 있었는데, 그 둘이 뭐가 어떻게 다른 역할인지 나는 아직도 모르겠다. 부교장 선생님은 툭하면 학생들에게 미주알고주알 잔소리하는 모습이 보였지만, 교감 선생님은 무언가를 하는 기색이 없었다. 저 사람은 무슨 일을 하는 사람일까. 어쩌면 정말로 아무것도 하지 않는 것은 아닐까. 그런 생각을 했다.

교감 선생님과 실제로 대화해보니, 역시나 그는 속을 알 수 없는 사람이었다. 결국 완성된 프라모델 다섯 개와 관련된 지식을 전부 제공한 교감 선생님은 자기 머리를 탁 치고 일어섰다.

"그래서 학생네 집 차는 뭐야?"

"…저희 집 차요?"

"그래."

"닛산 써니요."

"오호, 그럼 써니야."

그날부터 졸업할 때까지 나는 계속 써니라 불렸고, 교감 선생님은 끝까지 내 본명을 묻지 않았다. 우리 집 차가 혼다 레전드였으면 레전드라 불렸겠다고 상상하니 조금 아쉬운 생각도 들었지만, 내 키를 고려하면 써니가 훨씬 적절했다. 아니, 당시의 내가 얼마나 음침했는지 생각해 보면 써니조차도 과분한 칭호였다.

"내가 진열대를 만들어주마." 교감 선생님은 검지로 공중에 진열대 모양을 그려 보였다. "이 책장은 멋이 부족해. 이걸 치우고 여기에 두꺼운 베니어합판으로 선반을 만들면 여덟 단 정도 될 거야. 그럼 모형을 50개는 둘 수 있을 거다. 50개라고, 50개."

"…네에."

"그럼 써니야, 차 말고 다른 것도 만들어라. 총 50개를 만드는 거야."

"…네에."

며칠 후 교감 선생님은 정말로 공구를 들고 와서 창가에 선반을 만들어 줬다. 이유는 모른다. 그 이후에도 종종 다과를 들고 동아리 방을 찾아왔다. 고구마스틱, 일본 전통 과자, 별사탕, 만쥬, 딸기 찹쌀

떡. 어떤 간식을 먹든 물통에는 항상 따뜻한 호지차가 담겨 있었다. 교감 선생님은 내가 작업하는 모습을 곁눈으로 관찰하면서 소소한 일화들을 이야기해 줬다. 하지만 공부나 진로에 관한 이야기는 일절 꺼내지 않았다. 내가 자동차를 만들면 그 자동차에 얽힌 에피소드를, 순양함이면 순양함, 성이면 성, 비행기면 비행기 에피소드를 이야기해 줬다. 그런 다채로운 이야기들이, 예의상 하는 말이 아니라 진심으로 재미있었다. 그때는 나이가 들면 자연스레 알게 되는 것들이겠거니 하며 대수롭지 않게 여겼지만, 지금 와서 돌이켜 보니 오로지 나이 덕에 얻어지는 지식들은 아니었다. 범상치 않은 박식함이었다. 나는 붓 도색만을 추구했기에 건담 프라모델은 한 번도 만들지 않았는데, 시험 삼아 만들어 볼 걸 그랬다. 그랬으면 교감 선생님은 이렇게 말했을지도 모른다. '써니야, 그거 아냐? 이 모빌 슈트는 지구연방이 개발한 신형 병기 중 하나인데…' 아무리 그래도 그것까지는 모르셨으려나.

어쨌든 나는 속을 알 수 없는 사람이라는 점까지 포함해서 교감 선생님을 좋아했다. 교감 선생님이 없었다면, 나는 신문을 읽다가 만 것처럼 프라모델 만들기도 도중에 그만뒀을지 모른다. 그리고 교사라는 존재에 대한 나의 평가도 크게 달라졌을 것이다. 정말 감사한 마음이다.

마나베를 만난 그다음 주 월요일, 또다시 맞은편 승강장에서 후타와를 발견했다.

나이 든 마나베를 만난 직후라 아직 열여덟 살인 후타와 미사키가 훨씬 어리게 보였다. 그녀의 시간이 멈춰 버렸다는 사실을 절실히 실감했다. 문득 마나베가 내게 맡긴 MD가 생각났지만, 공교롭게도 지금은 수중에 없었다. 만약 있었다고 해도 굳이 MD를 전해주러 반대편 승강장까지 가기는 멋쩍었을 것이다. 고등학생 때였으면 몰라도, 지금의 후타와는 엄연한 **요즘** 고등학생이다. MD를 받아봤자 난처할 것이 분명했다. 그건 이제 구시대의 유물이니까.

그렇게 멍하니 후타와를 보고 있는데, 휴대전화에 메시지가 하나 도착했다. 발신자는 놀랍게도 후타와 미사키였다.

'반대편 승강장에서 저를 빤히 쳐다보는 사람이 있어요. 살려주세요.'

나는 웃으며 한숨을 쉬었다. 눈이 마주치지는 않은 것 같은데, 아무래도 들킨 모양이다. 고개를 들고 확인해보니, 후타와는 무표정하게 휴대전화를 만지작거리고 있었다. 그나저나 번호가 아직 그대로구나. 그런 생각이 머리를 스쳤다. 그녀에게 전화번호를 물어보던 그 날, 결사의 각오를 다지던 내 모습이 떠올랐다. 순간 가슴속에서 폭죽이 터진 것처럼 뜨거운 통증이 번졌다. 나는 답장을 썼다.

'미안해. 네가 모르는 줄 알았어. 그나저나 지난주 금요일에 마나베를 만났어. 너에 관해서 물어보려고.'

'와, 스토커다! 그런데 다른 사람도 아니고 왜 마나베를?'

'국제교류부 부원이었으니까.'

'ㅋㅋ 마나베는 동아리 활동을 거의 안 했어. 마나베는 잘 지낸대? 혹시 프로 가수가 됐으려나?'

'음악은 그만뒀나 봐. 백화점에서 CD를 판대. 그래도 일이 제법 재미있다고 했어. 좀 과하지 않나 싶을 정도로 기운이 넘쳤어.'

내가 보낸 메시지를 끝으로 후타와는 완행열차에 올라탔다. 메시지는 거기서 끊겼다. 후타와는 끝까지 나와 눈을 맞추지 않았지만, 메시지 내용을 보면 내가 뒷조사한 것을 불쾌하게 여기는 낌새는 없었다. 어느 정도 비난받기를 각오한 상태였기에 김새는 느낌마저 들었다. 어쩌면 후타와는 자신을 열여덟 살에서 구출해줄 무언가를, 누군가를, 마음속 깊은 곳에서 기다렸는지도 모른다. …그런 해석은 조금 과할까.

나는 역사 지붕 사이로 엿보이는 하늘을 올려다보며 이번에도 역시 프로펠러 달린 비행기를 띄워 보냈다. 하늘에 뜬 프로펠러기가 아무도 따라잡을 수 없는 속도로 하늘을 가르고 나아갔다. 어린애 같은 공상이었지만 이 나이가 되어서도 멈출 수 없었다. 은색 비행기를, 거대한 잠자리의 날갯소리 같은 바람 소리를, 만년필처럼 가느다란 은빛 동체를, 하늘에 그렸다. '나를 따라잡을 적기 없음.'

프라모델 '채운(彩雲)'이 하늘 저편—고등학교 시절로 사라져 갔다.

07

아즈마 렌타로가 야구장 B게이트 앞에 나타난 것은 약속 시간이
되기 5분 전이었다.

"오랜만이다. 마제 맞지?"

나는 천천히 걸어오는 그에게 가볍게 인사했다. "오랜만이야."

"여기까지 와 달라고 해서 미안해."

"아니야. 갑자기 연락한 건 나잖아. 나야말로 관람권을 공짜로 받은
셈이라 미안하다."

"괜찮아. 다 같이 보는 게 재밌잖아. 이리에는?"

"아직이야. 직장이 아사쿠사라서 좀 걸릴 거야."

고등학생 때의 아즈마를 한마디로 표현하자면, 고독을 사랑하는 얼

음 조각상 같은 미소년이었다. 그는 반에 소속된 누구와도 접촉하지 않기를 원하는 듯 보여서, 나도 그에게 접근하지 않으려고 했다. 쉽게 말하면, 아즈마는 다른 남학생들에 비해 정신연령이 서너 살쯤 많아 보였다. 원래 친구가 없는 것은 고등학생들에게 그다지 달갑지 않은 일이고, 주변에서 긍정적인 평가를 끌어내기도 어려운 요소다. 그런데 아즈마만은 정반대였다. 몰려다니기를 거부하는 아즈마의 모습은 그가 자신만의 세계에서 고고히 살아가는 사람임을 증명하는 듯했다.

마나베에게 잠깐 언급했듯 나는 아즈마와 같은 초등학교를 다녔다. 내가 기억하기로 아즈마는 5학년 때 전학을 갔으니까, 우리는 아마 4학년 때 같은 반이었을 것이다. 그림 대회 에피소드는 지금도 잊을 수 없다. 아즈마는 고등학생 때 미술부였던 만큼 초등학생 때도 그림 실력이 무척 뛰어났다. 얼굴 윤곽도 똑바로 그리지 못하는 어린아이들이 대다수인 가운데, 아즈마는 각박하다는 생각이 들 정도로 정확한 데생 실력을 자랑했다. 그도 그럴 것이, 그림을 너무 사실적으로 그리는 탓에 아즈마는 예쁘지 않은 아이를 예쁘게 그리지 못했다. 압도적인 실력이었다. 그런 그가 초등학교 그림 대회에서 과감하게 비스듬히 기울인 종이에 같은 반 친구를 그린 적이 있다. 초등학교 4학년 같지 않은 참신한 발상이었다. 물론 그림 자체도 무척 훌륭했고, 종이를 기울여 사용한 덕분에 모델인 여자아이의 내향적인 성격이 매우 효과적으로 표현되었다. 대단했다. 그러나 감동한 나나 반 아이들 대다수의 기대와는 달리, 그는 은상을 받았다. 그의 그림 밑에 담당 교사의 짧은 비평이 달려 있었다.

'그림이 아주 예뻐요. 잘 그렸어요. 하지만 종이는 똑바로 사용합시다.'

아즈마를 제치고 금상을 받은 그림은 누가 봐도 아즈마의 그림보다 어설펐다. 다만 종이에 여백이 하나도 없어서 어설프게나마 열심히 그린 그림이라는 점은 느껴졌다. 좋은 의미로도 나쁜 의미로도 아이다운 그림이었다. 내 뇌리에는 고등학생 때 같은 반이던 아즈마보다 자신의 그림에 달린 짧은 비평을 물끄러미 바라보던 초등학생 아즈마의 옆얼굴이 훨씬 강렬하게 새겨져 있었다. 그는 억울해하지도, 침울해하지도 않았다. 그저 물끄러미, 마치 다음 수를 고민하는 바둑기사 같은 눈빛으로 짧은 비평을 진득이 바라보았다.

"그런 걸 다 기억하는구나." 게이트 앞에서 웃는 아즈마의 옆얼굴에는 초등학생 때보다, 그리고 고등학생 때보다도 훨씬 친근감 넘치는 온화함이 배어 있었다. 여전히 잘생긴 얼굴이지만, 예전처럼 얼음 조각상 같은 딱딱함이나 차가움은 없었다. "지금 생각해 보면 선생님들은 그 그림에 좋은 점수를 줄 수 없었을 거야. 우리는 **초등학생**이었으니까."

그로부터 얼마 지나지 않아 일명 이조라 불리는 이리에 노부요시가 B게이트 앞에 나타났다. 이조는 고등학생 때보다 훨씬 넉넉하게 붙은 군살을 흔들며 달려와서는 늦어서 미안하다고 했다. 야간 경기는 이미 진행 중이었다.

리나는 아즈마 렌타로의 이름을 어느 SNS에서 찾았다고 했다. 마나베 때보다 훨씬 쉽게 찾았다고 들었다. 내가 연락하자, 아즈마는 기왕 만나는 김에 프로 야구 경기를 보러 가자고 제안했다. 마침 관람권이 세 장 있으니 가능하면 다른 사람을 한 명 더 부르라고 했다. 누구를 부를지 잠깐 고민하다가 결국 가장 부르기 쉬운 이조를 선택했다. 이조는 나와 마찬가지로 2학년 때 아즈마와 같은 반이었다. 완전히 모르는 사이는 아니었다. 커브를 불러도 됐겠지만, 유부남을 부르자니 왠지 망설여졌다.

이조를 마지막으로 본 것은 겨우 몇 달 전이라 그다지 오랜만은 아니었지만, 셋이서 모이니 약간 동창회 같은 느낌이 들어 신선했다. 우리는 1루 쪽 내야 자유석에 앉아서 잠시 경기 흐름을 지켜보았다. 구장에서 야구를 보는 것은 무려 중학생 때 이후 처음이라 이 또한 신선했다. 약간 늦게 들려오는 외야 응원단의 커다란 함성과 판촉에 나선 맥주 판매원의 목소리를 듣자, '맞다. 그랬지' 하며 희미한 기억이 되살아났다. 바로 이런 게 야구장이었다.

수시로 야구장을 찾는 듯한 아즈마가 말하길 시즌 막바지라고 했다. 홈 팀은 이미 포스트시즌 진출이 확정돼서 주력 선수들이 벤치를 지키는 모양이었다. 하지만 아즈마는 그래서 더 재미있다며 전광판에 뜬 선수들 이름을 가리켰다.

"평소에는 좀처럼 보기 힘든 젊은 선수들이 스타팅 멤버로 출전하거든. 이런 건 포스트시즌 진출이 확정된 이후나 시범경기에서만 볼 수 있어. 아주 귀한 기회지."

"네가 야구를 본다니 좀 의외다."

"나도 그렇게 생각해." 아즈마는 웃었다. "내가 야구를 보게 될 줄은, 적어도 고등학생 때는 상상도 못 했어. 내가 이렇게 발이 닳도록 야구장을 드나들게 된 건 사회인이 된 이후야."

아즈마는 시청 세무과에서 일한다고 했다. "전표를 엑셀로 만드는 게 전부인 지루한 공무원이지"라고 자조했지만, 음료 회사에서 계약

직으로 일하는 이조는 부럽다고 말했다.

"난 그냥 일회용이야. 안정적인 게 최고야, 안정적인 게."

나보다는 야구장을 잘 아는 듯한 이조는 매점에서 사 온 치킨과 햄버거를 먹으며 아즈마에게 현재 팀 상황을 물었다. 아즈마는 모든 질문에 조금도 망설이지 않고 대답했다. 정말 엄청난 열성 팬인가 보다. 나도 시험 삼아 기억 속에 있는 야구 선수들 이름을 대봤는데, 모두 은퇴했다는 대답이 돌아왔다. 시간이 참 빠르다.

4회 초가 끝날 즈음, 이조의 휴대전화로 회사 전화가 걸려 왔다. 이조가 얼굴을 찌푸리며 자리를 뜨자, 아즈마가 조용히 이야기를 꺼냈다.

"후타와와 관련된 일이랬지?"

나는 고개를 끄덕이고 아즈마에게 현재 후타와의 상황을 알렸다. 당연하게도 마나베와 똑같은 반응이 돌아오리라 예상했건만, 어찌 된 일인지 아즈마는 후타와의 나이가 열여덟 살에서 멈췄다는 사실을 듣고도 전혀 놀라지 않았다.

"…혹시 졸업하고 나서 후타와를 만난 적이 있어?"

"대학생 때 아주 잠깐. 니시치바에서 교복을 입은 후타와랑 마주쳐서 몇 분간 얘기를 나눴어. 그게 다야."

"이상하다고 생각하지 않았어?"

"음, 뭐가?"

"나이가 멈췄다는 게."

"누구나 나이에 발목을 잡힐 수 있어. 딱히 이상하다고 생각하진 않았어. 처음 봤을 때는 좀 놀랐지만."

나는 고개를 끄덕이며 머릿속에서 정보를 정리했다. 역시나 후타와와 동창이었어도 나이가 멈춘 이후의 후타와를 보면 나이가 멈춘다는 사실을 이상하게 여기지 않게 되는 모양이다. 이렇게 되니 나만 그 법칙에서 벗어났다는 것이 점점 더 기묘하게 느껴진다. 나는 다시 본론을 꺼냈다.

"아즈마, 너 후타와를 좋아했어?"

아즈마는 눈을 가늘게 뜨며 웃었다. "하여튼 마나베는 입이 가볍다니까."

"미안."

"네가 사과할 일은 아니지. 이미 옛날 일이니까 공소시효도 지났어."

"고백했다며?"

"했지. 방과 후 교실에서. 시원하게 차였지만."

"혹시 남자친구가 있다든가… 그런 말은 안 했어? 아무래도 남자 관계로 인한 트라우마 때문에 후타와의 나이가 멈춘 것 같거든."

"남자친구가 있다곤 안 했어." 아즈마는 마운드에 시선을 던졌다. 다만 그가 본 것은 투수가 아니라 그 너머에 있는 추억인 것 같았다. 눈동자가 묘하게 향수 어린 빛을 띠었다. "내가 Yes인지 No인지만 말하라고 했거든. 그랬더니 No라는 대답만 돌아왔어. 괜한 허세를 부렸지. 그래서 남자친구가 있다느니, 얼굴이 마음에 안 든다느니, 성격이 별로라느니, 그런 구체적인 이유도 모르고 차였어. 후, 사실은 약간 승산이 있었는데…. 아무튼 멋들어지게 차였어. 후타와는 진짜 매력적인 애였지."

나는 말없이 고개를 끄덕였다.

"너도 후타와를 좋아했어?"

잠깐 대답을 망설였다. 이조에게는 절대 말하고 싶지 않았지만, 아즈마에게는 말해도 괜찮겠다는 생각이 들었다.

"뭐, 그렇지."

"고백했어?"

"…러브레터를 썼어."

"그래? 답장은?"

"그건…." 4회 말이 시작되었다. 나는 다시금 울려 퍼지는 응원단의 함성 속에서 살짝 말을 흘렸다. "못 받았어."

"그래?" 아즈마는 씩 웃었다. "그래도 꽤 가능성이 있었다는 뜻 아니야? 적어도 나처럼 대번에 차이지는 않았잖아."

"…아니야."

아즈마는 한동안 무슨 말을 하고 싶은 눈빛으로 나를 쳐다봤지만, 나는 꿋꿋이 모르는 체했다. 머릿속에서는 후타와를 두고 도망친 그날의 기억이 어른거렸다. 아즈마는 이내 체념하고 쾌활하게 웃었다.

"너는 언제부터 후타와를 좋아했어?"

언제부터였을까. 생각하는 사이에 이조가 돌아와서 우리가 나누던 후타와와 얽힌 연애담은 거기서 끊기고 말았다. 역시 아즈마도 이조에게는 알리고 싶지 않은 모양이다. 이조가 통화하러 나간 김에 사 온 곱창조림을 셋이 나눠 먹으면서 나는 재차 생각했다. 나는 언제부터 후타와를 좋아했을까. 언제부터였는지는 모르겠다. 정신을 차리고 보니 후타와를 좋아하는 마음이 이미 거기에 있었다. 하지만 내 감정을 처음 자각한 순간을 대자면, 그건 아마 2학년 그때였을 것이다.

벽에 붙은 반 배정표에서 후타와 미사키의 이름을 발견했을 때, 나는 내 인생에서 열 손가락 안에 꼽을 만큼 큰 행복감에 젖었다. 2학년 때부터는 같은 반이다. 고등학생들은 사소한 우연에서 있지도 않은 필연성이나 신의 계시를 읽어내고야 만다. 운명일지도 모른다는 생각이 들었다. 나는 입술을 깨물며 새어 나오는 웃음을 겨우겨우 참았다.

후타와는 교실에서 나를 발견하고는 "같은 반이네" 하며 미소 지었다. 그때까지 나를 신문부 부원으로만 인식하던 그녀는 이조와 커브에게 영향을 받아 그날부터 나를 마제라고 편하게 부르기 시작했다. 꽤히 심숩이 나서 나도 허물없이 후타와라고 불렀다. 갑자기 사이가 가까워진 것 같기도 했고, 말로 다 할 수 없는 어색함이 피어오르는 것 같기도 했다.

그리고 그해부터 동아리에 반드시 가입해야 한다는 규칙이 없어졌다. 그래서 아주 고맙게도 신문부에는 신입생이 들어오지 않았다. 변함없이 동아리방을 독차지할 수 있었다. 그런 희소식까지 더해지자, 온 세상의 운이 내 뒤를 밀어주는 것 같다는 착각이 들었다. 나는 프라모델 만들기에 더욱더 힘을 쏟았다. 그즈음 완성된 프라모델 개수가 이미 두 자릿수였다. 그리고 작업에 익숙해질수록 욕심이 생겨서 내가 만든 작품에 나만의 개성을 추가하고 싶다는 생각을 하게 되었다. 그래서 아주 사소하지만, 모든 프라모델에 빨간 도료로 내 사인을 작게 넣기로 했다. 그냥 마제라고 쓰면 촌스러우니 알파벳 소문자로 'maze.'라고 적으면 어떨까. 그러면 이탈리아 출신의 유명 화가처럼 보이지 않을까. 메리시 카라바조 마제. 꽤 자연스럽지 않은가. 나는 작품을 마무리할 때마다 사인을 넣었고, 멋있게 써지면 몹시 만족스러웠다.

도색한 부품을 말리러 옥상에 가는 과정을 끼워 넣기 시작한 것도 그 무렵이었다. 엄밀히 말하면 옥상이 아니라 옥상에 도착하기 전에 나오는 볕이 잘 드는 공간이었지만, 아무튼 부품을 들고 구관 계단을 오르내렸다. 도색이 끝나면 옥상 쪽에 가져다 두고 다 말랐을 즈음 다시 가지러 갔다. 물론 그런 단계를 거칠 필요는 전혀 없었다. 도료는 동아리방에서도 충분히 잘 말랐기에 괜히 품만 드는 과정이었다. 그런데 왜 이런 불필요한 과정을 추가했냐 하면, 매우 단순한 이유 때문이었다. 그저 누군가와 마주치고 싶었다. 부품을 든 상태로 누군가와—아니, 그 당시에 나는 이미 후타와 말고는 아무도 생각할 수 없었다—후타와와 마주치면, 자연스레 프라모델에 관해 이야기하게 될 터였다. 그러면 내가 매일 열정적으로 프라모델을 만든다는 사실을 후타와가 알게 되지 않겠는가. 물론 그때 나는 매우 진지했지만, 지금 와서 생각해 보니 쓴웃음만 나온다. 정말이지, 헛된 노력을 거듭하던 청소년기였다.

훗날 나는 그 과정을 계기로 매우 충격적인 사건에 휘말리지만 그건 차치해 두고, 그 과정을 추가한 보람을 느낀 순간이 적어도 한 번은 있었다. 애석하게도 부품을 위층에 두고 내려오던 때라 빈손이었으나, 그런 것은 사소한 문제였다. 그날 국제교류부 동아리방 앞에는 후타와가 있었다.

"어? 마제! 마침 잘 만났다. 나 사진 좀 찍어줄래?"

후타와는 나를 불러세우고 디지털카메라를 건네더니 복도에서 차렷 자세를 취했다. 후타와는 어서 찍으라고 재촉했지만, 나는 전혀 상황 파악이 되지 않았다.

"동아리 소식지에 실을 사진이 필요해." 후타와가 말했다. "해외 사람들도 볼 사진이니까 최대한 예쁘게 찍어줘야 돼."

심장이 두근거렸다. 나는 디지털카메라 화면에 시선을 고정하고 허리를 꼿꼿이 세우는 후타와를 비추며 셔터를 눌렀다. 손이 떨려서 처음 두 장은 완전히 초점이 어긋났다. 사과하고 두 장을 더 찍었다. 하지만 이번에는 후타와의 표정이 딱딱했다. 마치 당장이라도 만 엔짜리 지폐 속 초상화가 될 것 같은 느낌이었다. 후타와는 찍힌 사진을 확인하더니 웃음을 터뜨렸다. 눈을 아주 가늘게 만들며 작게 손뼉을 쳤다.

"안 되겠다. 난 진짜 모델은 못 하겠어." 웃음이 잦아들자 후타와는 푸념했다. "왜 항상 표정이 이렇지? 설마 나 실제로는 이렇게 생겼나?"

"…아니야." 당치도 않다.

"하하. 다행이다."

"편하게 있으면 되지 않아?"

"그게 잘 안 돼. 나도 모르게 이렇게 굳어버려. 찍히는 거 말고 찍는 건 좋아하는데."

후타와는 그렇게 말하며 휴대전화를 꺼냈다. 그리고 자신이 예전에 휴대전화로 촬영했다는 사진들을 보여주었다. 그 시절 휴대전화에 내장된 카메라의 화질은 뻔했다. 화소 하나하나가 커서 확대하거나 출력하기도 어려웠다. 따라서 휴대전화 카메라로만 찍는 사람을 사진사라든가 사진 애호가라고 부를 수는 없었다. 그래서 후타와는 집에 제대로 된 카메라가 있다고 거듭 변명했다.

"그래도 휴대전화치고는 잘 찍었지?"

나는 고개를 끄덕였다. 확실히 휴대전화치고는 잘 찍었다.

"그래, 그래. 이건 말이지." 화면에는 커다란 까마귀가 나는 모습이 담겨 있었다. 뒤쪽에 보이는 전봇대와 비교해봐도 상당한 크기였다. 생동감이 넘쳤다. "여기서 찍었어. 이렇게."

후타와는 그렇게 말하며 해맑은 표정으로 복도 창문을 열었다. 그러자 부드러운 바람이 건물 안으로 불어와 그녀의 머리칼을 눈부시게 흔들었다. 그녀는 창문 너머로 고개를 내밀면서 까마귀가 있던 방향을 가리켰다. 그리고 그 까마귀가 어디에서 와서 어떻게 날아갔는지 몸짓을 섞어 가며 열심히 설명했다. 하지만 나는 그 이야기를 거의 듣지 못했다. 푸른 하늘을 배경으로 머리칼을 흩날리는 그녀의 모습을 그저 넋 놓고 보았다.

아, 나는 이 사람을 정말로 좋아하는구나.

깨달음과 동시에 셔터를 눌렀다. 마침 나를 돌아본 후타와가 카메라 속에 예쁘게 담겼다. 그 사진은 아주 자연스럽고 아주 일상적이고, 그러면서도 무척이나 아름다운 후타와의 모습을 훌륭히 담아낸 결과물이었다. 그야말로 내가 평소에 교실에서 바라보는 후타와 미사키의 모습이었다. 왜 말도 안 하고 찍냐고 화를 내던 후타와도 사진을 보고는 미소 지으며 만족스러워했다.

"아, 이거 좋다! 고마워, 마제. 실물보다 훨씬 예쁘게 나왔다. 그치? 이거 예쁘지?"

'응, 예뻐'라는 말이 당시의 내게는 내 아이를 낳아 달라는 말만큼 파렴치하게 느껴져서, 무난한 말로 대충 답할 수밖에 없었다. 후타와는 그런 내 마음을 전부 꿰뚫어 본 듯 장난스레 미소 지었지만 다른 말을 덧붙이지는 않았다.

"맞다. 이렇게 된 김에 그것도 들어 달라고 해야겠다. 아, 시간 괜찮아?"

괜찮다고 하자, 후타와는 동아리방에서 MD 플레이어를 가지고 왔다. 왼쪽 이어폰을 내게 내밀었다. 내가 당황하는 사이에 후타와는 오른쪽 귀에 이어폰을 꽂았다. 그리고 그대로 벽에 몸을 기댔다. 나는 긴장하는 것을 들키기 싫어서 아무렇지 않은 척 이어폰을 왼쪽 귀에 꽂고 후타와처럼 벽에 기댔다. 얼굴이 화끈거렸다. 귀와 귀가 연결되었다. 어깨와 어깨가 당장이라도 닿을 것 같다. 나는 헤벌쭉한 표정만은 절대 짓지 않으리라 다짐하며 필요 이상으로 미간에 깊은 주름을 새겼다.

후타와가 재생 버튼을 누르자 흘러나온 것은 음악이 아니라 영어 스피치였다. 처음에는 목소리의 주인이 누구인지 몰랐는데, 듣다 보니 후타와였다. 하지만 그 이상은 아무것도 알 수 없었다. 나는 심장의 움직임이 교복 위로 보일 만큼 긴장한 상태였다. 가뜩이나 영어 듣기에 약한 내가 잔뜩 긴장한 채로 영어 스피치를 들었으니, 무슨 말인지 알 수 없다는 점에서 반야심경을 듣는 것과 크게 다르지 않았다.

이윽고 스피치가 끝나자, 후타와는 이어폰을 꽂은 채 나를 돌아보았다.

"어땠어?"

"…네 스피치야?"

"응." 후타와는 웃었다. "이 스피치를 외국 학교에 보낼 거야. 캘리포

니아에 있는 자매학교에."

"그… 매년 종이학 천 마리를 접어서 보내는 곳?"

"맞아, 맞아. MD가 아니라 CD를 보낼 거지만. 미국에서는 MD가 흔하지 않은 가봐. …그래서 어땠어?"

나는 용기를 내서 한 번 더 들려달라고 부탁했다. 이 상태로는 소감이고 뭐고 생각해낼 여유가 없었다. 두 번째로 들을 때는 처음보다 다소 침착하게 들었다. 그런데도 단어 몇 개가 드문드문 들릴 뿐, 문장 전체를 이해할 수는 없었다. 영어 듣기에는 정말 소질이 없다.

다만 후타와의 영어 발음이 딱 적당하다는 생각은 들었다. 후타와에게는 미안한 말이지만, 나는 후타와의 장래 희망이 통역사라는 이야기를 들었을 때 순수하게 멋있다고 생각하지 못했다. 왜냐하면 유창하게 영어를 구사하는 여성은 실로 멋지지만, 한편으로는 거만한 인상을 주기 때문이다. 편견인 것은 인정한다. 하지만 원어민인 양 손짓 몸짓을 해 가며 '어허'나 '음흠' 같은 추임새를 넣는 이들에게 왠지 모를 거부감을 느끼는 것은 어느 정도 보편적인 현상이라고 믿는다. 하지만 그런 의미에서 후타와의 영어 발음은 적당히 서툴렀다. 발음이 불쾌하지 않았다. 일본인이 지나치게 원어민을 흉내 낼 때 생겨나는 부자연스럽고 불필요한 혀 굴림도 없었고, 한편 고집스럽게 일본어 발음에서 벗어나지 않으려 하는 촌스러움도 없었다. 나는 영어 교사이기도 한 국제교류부 지도 교사 아미자와 선생님의 화려한 발음보다 후타와의 영어가 훨씬 듣기 편했다. 멋진 영어였다.

"영어를 못해서 솔직히 다 알아듣지는 못했는데…." 나는 그렇게 운을 뗐다. "듣기 편한 영어였어. 발음이 깔끔했어."

"하하." 후타와는 기쁘게 웃었다. "고마워."

"어떤 내용이었어?"

"내가 좋아하는 말과 그 말과 관련된 것들을 설명하는 내용이야."

후타와는 스피치 내용을 요약해서 알려주었다. '제가 좋아하는 말은 '영태류전(永苔流轉)'입니다. 저에게 큰 영향을 미친 사람이 가르쳐준 말로, 그 사람이 만든 말이기도 합니다. 이 말은 이끼가 자라도록 영원 같은 시간을 견디며 노력하면서도, 한편으로 변화를 두려워하지 말고 움직여야 한다는 뜻입니다. 이끼에 대한 인식은 일본, 영국, 미국이 서로 조금씩 달라서…' 그런 식으로 후타와의 설명이 한동안 이어졌지만, 내 머릿속에 가장 강렬하게 남은 것은 '저에게 큰 영향을 미친 사람'이라는 구절이었다.

후타와에게 큰 영향을 미친 사람… 그때 내가 조금 더 이성적이었더라면 그 인물이 사카모토 료마 같은 위인이겠거니 하고 추측할 수 있었을 테지만, 당시의 내가 상상한 이미지는 훤칠하고 잘생긴 20대 초반 청년이었다. 후타와에게 좌우명을 만들어줄 만큼 박식하고 후타와와 잘 어울릴 만큼 잘생긴 남자가 이 세상 어딘가에 있다니, 대체 누구일까. 그런 생각만 머릿속에 가득해서 터무니없는 불안감에 시달렸다.

후타와는 이야기를 마친 뒤 자신의 귀에서 이어폰을 뺐다. 나도 왼쪽 이어폰을 뺐다.

"여러모로 정말 고마워. 그럼 안녕."

"…잠, 잠깐만."

나는 초조해져서 대책 없이 후타와를 불러세우고 말았다. 후타와는 엷은 미소를 띠며 고개를 갸웃했다. 무슨 말이든 해야 했다. 한 발짝 앞으로 나아가야 했다. 초조함만 짙어지던 그때, 열린 창문으로 까마귀 울음소리가 들려왔다.

"까마귀."

"까마귀?"

"응. 아까 그 까마귀 사진… 한 번 더 보여줘."

후타와는 휴대전화를 꺼내서 사진을 다시 보여주었다.

"이거?"

"아, 응." 나는 사진을 가리켰다. "그거 마음에 들어. 그래서… 나도 갖고 싶어."

"줄 수는 있는데…."

"번호 가르쳐 줄래?"

지금 생각해 보면 조금 부자연스러운 제안이었다. 왜냐하면 당시에는 휴대전화끼리 사진을 주고받을 때 데이터 요금이 들지 않는 적외선 통신을 사용하는 것이 훨씬 효율적이었기 때문이다. 바로 옆에 있는 사람끼리 사진을 문자 메시지로 보내서 얻어지는 이점은 하나도 없었다. 그러나 당시의 나는 번호를 알아내겠다는 목적을 달성하는 데에 눈이 멀어 그런 부자연스러움을 자각하지 못했다.

후타와는 나의 어설픈 계략을 다 안다는 듯 웃더니 "어쩔 수 없네에" 하며 번호를 가르쳐 주었다. 물론 번호는 적외선 통신으로 전달받았다. 우스운 이야기다. 신문부 동아리방으로 돌아간 뒤 얼마 후, 후타와에게서 까마귀 사진이 첨부된 문자 메시지가 왔다. 본문에는 노란 병아리 이모티콘이 붙어 있었다. 나는 오른손을 꽉 쥐었다.

집에 돌아가서 컴퓨터로 '영태류전'이라는 말을 검색해보니, 이 일대에서 꽤 유명하다는 서예가의 사진이 나왔다. 1939년생으로 멀쩡히 살아 있다는데, 길고 흰 턱수염을 기른 모습이 선인 같은 남성이었다. 다리에 힘이 풀려 주저앉을 만큼 안도했다.

"뭐야, 뭐야? 후타와가 아직 고3이라고?"

6회 말이 끝났을 때, 경기는 1 대 1 동점이었다. 상대 팀 선수들이 벤치 앞에 동그랗게 둘러선 모습이 보였다.

몇 번이나 전화를 받으러 나갔다가 돌아온 이조는 우리의 대화를 몇 마디 주워듣고는 그렇게 말했다. 아무래도 이조는 후타와가 고3이라는 말을 듣고도 나이가 멈추는 현상을 이상하게 여기지 않는 것 같았다. 본인에게 자각은 없는 듯했지만, 아마 이조도 졸업한 뒤에 어디선가 후타와를 본 적이 있을 것이다. 미츠히라도 후타와와 말 한마디 섞지 않고 차 안에서 그녀의 모습을 보기만 했는데도 인식에 변화가 생겼다. 어쨌든 대화가 복잡해지지 않아서 다행이었다.

"난 후타와랑 얘기해본 적이 거의 없어." 이조는 마운드를 바라보며 말했다. 다행히도 나와 아즈마가 후타와를 좋아했다는 이야기는 듣지 못한 것 같다. "뭐, 근데 아마 사소한 일이 계기였을 거야. 잘은 모르지만, 고등학생 때 못다 한 일이 있었다든가 고등학교 생활에 미련이 남았다든가…"

"아니면 고등학생 때 반드시 완벽한 남자친구를 만나고 싶었다든가." 아즈마가 나를 쳐다보며 말했다.

"그것도 아니면…" 이조는 또 언제 사 왔는지 모를 참마 튀김을 먹으면서 즐거운 표정으로 말했다. "좀 더 멀쩡한 졸업장으로 졸업하고 싶었다든가."

"졸업장?"

"아니, 농담이야. 근데 마제, 그거 기억 안 나?" 이조는 웃으며 말했다. "우리 때 졸업장 말이야. 인쇄 회사 실수인지 뭔지 때문에 졸업식 당일까지 배송이 안 돼서 진짜 졸업장 대신 연습용으로 진행했잖아. 졸업한 뒤에 진짜 졸업장을 받긴 했지만, 그날은 다들 성명란에 '졸업 타로'*가 적힌 졸업장으로…."

"아, 맞다. 하나오카가 그걸로 개그를 쳤지?"

"그래, 그래. 맞아."

하나오카는 우리 동창 중에서 꽤 유명인이다. 자주는 아니어도 심야 예능 프로그램에서 종종 볼 수 있다. 어쩌면 '극악 말미잘'이라는 개그 콤비의 이름을 들어본 사람이 있을지도 모르겠다. 하나오카는 아직 젊은 신출내기이긴 해도 엄연한 개그맨이다. 파트너의 이름은 잊어버렸지만, 항상 덜떨어진 역할을 맡는 키 큰 녀석이 우리의 동창 하나오카다. 그들이 자주 활용하는 콩트가 있는데, 하나오카가 파트너에게 "죽어!"라고 야단을 맞으면 "못 죽어!"라고 받아치고, "왜!"라고 추궁당하면 "아직 꿈을 못 이뤘으니까!!"라고 절규하는 구성이다. 이렇게 글로 적으니 전혀 웃기지 않지만, 실제 영상으로 보면 과할 정도로 박력이 넘쳐서 재미있다. 나는 하나오카와 같은 반이었던 적이 없어서 사실 모르는 사이에 가까웠지만, 조용히 그를 응원했다. 그는 우리 동창들의 스타다.

---

* '타로'는 이름란에 예시로 자주 사용되는 이름이다. 이 이름에 적절한 성씨를 만들어 붙이는 경우가 많은데, 여기서는 '졸업'이 성을, '타로'가 이름을 뜻한다. 한국에서 사용되는 '홍길동'과 쓰임새가 비슷하다.

그런 하나오카가 졸업식 때 답사를 맡았다. 하나오카는 단상에서 멋지게 답사를 하고 마지막에 큰 목소리로 이렇게 끝을 맺었다.

"이상, 졸업생 대표 졸업 타로!"

눈물짓던 졸업생들마저 반사적으로 웃음을 터뜨렸다. 교장 선생님과 부교장 선생님은 망신스럽다는 듯 얼굴을 찌푸렸다. 그리운 추억이다.

"아, 맞다. 후타와 얘기하니까 생각났는데, 난 그걸 봤어."

"그거?"

이조는 고개를 끄덕였다. "3학년 때 구관 복도에서 후타와가 남자랑 얘기하는 걸 봤어. 뭐 때문에 다퉜는지는 모르겠지만, 남자가 우는 후타와를 두고 도망쳤어."

나는 가슴이 철렁해서 이조를 바라보았다. 입안에 있던 수분이 순식간에 모래 속으로 빨려 들어가듯 사라졌다. 숨이 멈췄다. 땀이 쏟아졌다.

그곳에 이조도 있었단 말인가.

"보면 안 될 걸 본 것 같아서 급하게 비상계단을 올라가서 위층으로 도망쳤어."

"그 남자," 나는 이조 쪽으로 몸을 내밀었다. "남자가 누구였는지 봤어?"

"어? 남자?"

"그래. 얼굴 봤어?"

"아니, 잘 보이지도 않았고 기억도 안 나."

"정말 하나도 몰라? 모르는 사람이었어?"

"…모르는 사람이었는지 어떤지도 모르겠고 그냥 잘 안 보였어."

"…그래."

나는 작게 고개를 끄덕이며 오른손으로 얼굴을 쓸었다. 아즈마의 시선이 신경 쓰여 얼른 표정을 고치면서 가방에서 수첩을 꺼냈다. 화제를 돌려야 했다.

"아즈마, 넌 오다기리라는 애 알아? 국제교류부였대. 후타와랑 마나베하고 같이."

"마나베가 국제교류부였어?"하며 이조가 놀랐다. 별안간 큰 소리를 내준 덕분에 자연스럽게 이야기의 흐름을 돌릴 수 있었다.

"오다기리 당연히 알지. 나랑 꽤 친했어."

"졸업앨범에는 없었는데, 왜인지 알아?"

"자퇴했거든, 갑자기."

"자퇴?"

"응. 그게 아마… 3학년 가을쯤이었나? 3학년 때는 나도 오다기리랑 반이 달라서 자퇴했다는 소식을 미술부 부원한테 전해 들었어. 조금만 있으면 졸업인데 자퇴했대서 엄청 충격이었지. 정말로 갑자기, 아무 전조도 없이 학교에 오지 않았어."

"이유는 몰라?"

"몰라. 나도 궁금해서 이 사람 저 사람한테 묻고 다녔는데, 결국 그럴듯한 이유는 알아내지 못했어. …근데 어떤 사건에 휘말린 것 같다고 하는 사람은 몇 명 있었어."

"사건?"

"진지하게 듣지는 마." 아즈마는 웃었다. "근거가 없어. 고등학생 때는 다들 자기 좋을 대로 소문을 퍼뜨리잖아. 그때는 선생님이 화나서 수업을 중단한 것도 사건으로 취급했는걸. 어떤 애는 누가 오다기리의 목숨을 노린다고 했고, 어떤 애는 반대로 오다기리가 누군가를 해쳤다고 했어. 또 어떤 애는 오다기리의 아버지가 어마어마한 빚을 졌다고 했지. 그냥 소문 부풀리기 대회 같은 거였어."

아즈마는 한숨을 쉬었다.

"오다기리는 그림을 진짜 잘 그렸어. 그 왜, 신관 입구 쪽에 커다란 그림이 걸려 있었잖아. 신발장 앞에 있던 유화 말이야."

"…아, 기억나. 해파리 그림 같은 거였지?"

"맞아. 그걸 그린 사람이 오다기리였어. 정말 넋을 잃을 정도로 잘 그렸지. 나랑은 비교도 안 됐어."

"그렇게 그림을 잘 그렸는데 미술부가 아니라 국제교류부였어? 미술부는 구관 동아리가 아니었잖아."

"구관 동아리… 정말 오랜만에 듣는 말이다." 아즈마가 살짝 웃었다. "아마 미술부 지도 교사가 별로여서 그랬을 거야. 모르긴 몰라도 내 말이 맞을걸. 엄청 꼬인 사람이었거든. 자기 마음에 드는 터치로 그려진 작품만 받아들였어. 만약 오다기리가 미술부에 들어왔으면 분명히 그 아이의 재능을 억압당했을 거야. 세계를 목표로 국제교류부에 들어간 건 옳은 선택이었어. 실제로 프랑스였는지, 오스트리아였는지, 아무튼 해외 전시회에 오다기리의 작품을 출품한다는 소문이 들렸을 정도야. 정말 대단해. 그림을 외국에 보낼 때는 배로 옮기려나? 나로서는 상상도 안 되는 스케일이야."

나는 수첩에 '오다기리 자퇴(3학년 가을)'라고 적었다. 이조에게는 이런저런 사정을 설명하기 귀찮아서 들키지 않도록 조심하며 메모했다.

"그러고 보니 오다기리는 조각도 하고 싶댔어. 미술부 비품을 빌려준 기억이 나. 흔히 볼 수 있는 일반 조각도가 아니라 석상 같은 걸 만들 때 쓰는 끌이랑 망치를 빌려 갔어. 어떤 조각을 만들려고 했을까. 아, 보고 싶었는데. 정말 재능이 뛰어난 애였어. 요즘도 궁금해서 가끔 걔 이름을 검색해. 전시회나 대회 포스터 한쪽에 이름이 나오지 않을까 하고. 그런데 아무것도 못 찾았어. 어디서 뭘 하고 지내는지도 몰라."

"그럼 너도 지금 오다기리의 연락처는 모르는 거야?"

"그렇지. 번호를 바꾼 것 같아. 대학생 때 이미 연락이 안 됐어."

나는 오다기리의 성과 이름을 다시 물어보고 '오다기리 카에데: 3학년 가을에 자퇴. 현재 연락처 알 수 없음'이라고 고쳐 적었다. 그리고 잠시 머릿속으로 정보를 정리한 뒤 조용히 펜과 수첩을 집어넣었다.

"그런데 마제."

아즈마가 입을 연 순간 홈 팀의 9번 타자가 홈런을 쳤다. 1 대 4로 멋지게 역전에 성공했다. 가장 흥분한 사람은 이조로, 하마터면 손에 든 입가심용 맥주를 몽땅 쏟을 뻔했다. 나는 타격 순간을 놓쳤지만 분위기에 맞춰 박수를 보냈다.

"—선수, 프로에 입단하고 첫 홈런입니다" 하는 안내 방송이 들려오자, 아즈마는 만족스러운 얼굴로 고개를 끄덕였다.

"좋은 순간을 함께했네. 다음 시즌이 더 기대된다." 아즈마는 잠시 여운에 젖어 있다가 다시 나를 돌아보았다. "미안. 아까 하려던 얘기 마저 할게. 쓸데없는 오지랖일지도 모르지만, 후타와의 문제를 해결하기 위해서 네가 조사해야 할 대상은 오다기리가 아닌 것 같아."

"…왜 그렇게 생각해?"

"어디까지나 내 추측이지만, 네가 직면해야 할 건 외적인 부분이 아니라 조금 더 내적인 부분 같아. 너는 네 마음속에 이미 답을 갖고 있어. 아니야? 나는 네가 진짜 적과 싸우는 게 무서워서 괜히 먼 길을 돌아가는 것처럼 보여. 답은 이미 여기에 있는데, 괜히 배율 높은 망원경을 들여다보면서 애써 보이지 않는 척하는 것 같아."

나는 작게 고개를 저었다. "네가 잘못 생각한 거야. 나한테는 아무 것도 없어."

"그럼 됐고." 경기는 드디어 마지막 회인 9회에 접어들었다. "그나저나 너는 왜 그렇게까지 후타와의 나이를 이상하게 생각해? 나이가 어긋나는 사람도 가끔은 있을 법하잖아."

"…나는 그런 생각이 안 들어."

"이건 진짜 쓸데없는 오지랖일지도 모르지만, 마제, 이 세상에서 일어나는 이해할 수 없는 일들을 붙들고 너무 깊이 고민하지 마. 잘못하면 거기에 발목 잡혀. 때로는 그냥 그렇구나 하고 넘어가는 태도도 필요해. 봐야 할 것만 보면서 살아."

"봐야 할 게 뭔데?"

"야구."

나는 웃었다.

"내가 왜 야구를 보게 됐는지 알아?"

"글쎄. 왜 보게 됐어?"

"내 꿈이 죽어 버렸기 때문이야."

9회 마운드에 오른 투수에게 아낌없는 응원이 쏟아졌다.

"꿈을 잃은 사람이 할 수 있는 일은 딱 두 가지야."

"두 가지?"

"하나는 내가 지금 야구를 보듯이 누군가의 꿈에 자신의 꿈을 동화시키는 것이고, 다른 하나는 꿈꾸는 사람을 비웃으면서 자기보다 더 꿈이 없는 이들을 보며 사는 거야. 다시 말하면, 나는 우리 팀을 응원하는 게 아니야, 마제. 나는 말이지, 나 자신을 응원하는 거야. 저 투수는 나 대신 공을 던지는 거고, 내야수, 외야수도 나 대신 수비 위치에 서는 거야. 그리고 프런트는 나 대신 편성을 고민하지. 스카우트도, 2군 선수도, 배팅볼 투수까지도 나 대신이야. 그래서 팀 상태가 나쁘면 진심으로 화가 나. 내 꿈을 망치는 것 같아서. …이렇게 제멋대로에 오만하지만, 온몸이 떨릴 정도로 간절한 마음, 뭔지 알아?"

"글쎄…"

"모르는 게 좋아. 만약 안다면, 네 꿈이 죽었다는 뜻이니까."

경기는 1 대 4로 아즈마가 응원하는 팀이, 아니, 아즈마 자신이 승리를 거두었다.

나는 이조가 버스를 타고 떠난 뒤에야 마나베가 맡긴 MD를 아즈마에게 전하지 않은 것을 깨달았다. 하는 수 없이 전철역 승강장으로 가서 MD를 건네자, 아즈마는 맞다, 하며 손뼉을 쳤다.

"너한테 메시지를 받았을 때부터 무슨 노래일지 궁금하더라. 사실 집에서 MD 플레이어까지 챙겨왔어. 충전도 했고."

아즈마는 벤치에 앉아서 내가 건넨 MD를 곧장 플레이어에 넣었다. 그리고 잠시 혼자서 음악에 귀를 기울였다.

"스피츠 노래네. 추억이다. 내가 이런 걸 빌려줬구나."

아즈마는 이어폰을 빼서 줄을 플레이어 본체에 감고는 나에게 내밀었다.

"괜찮으면 이거 네가 가져."

"이 플레이어를?"

"응. MD도 같이." 아즈마는 어깨를 으쓱했다. "필요 없으면 버려도 돼. 어차피 우리 집에는 MD가 한 장도 없어. 플레이어만 갖고 있어봤자 쓸데도 없잖아. 너도 마나베한테 돌려받은 MD를 듣고 싶을 것 같아서 주는 거야."

아즈마의 말대로 이제 내게는 MD 플레이어가 없다. 마나베가 돌려준 MD에 어떤 음악이 들었는지 궁금한 것도 사실이었다. 그렇다고 해서 플레이어를 갖고 싶냐고 묻는다면, 꼭 그렇지는 않았다. 하지만 결국 나는 단호히 거절하지 못했다. 아즈마는 나에게 플레이어를 건네고 고맙다며 웃었다. 어쩐지 무거운 업에서 벗어난 것 같은 후련한 미소였다.

볏짚 하나로 물물교환을 거듭해서 저택의 주인이 됐다는 전래동화의 주인공이 된 느낌이었다. 아니면 마나베의 말처럼 내가 정말 동창들의 영혼을 해방하는 여행을 하는 것일지도 모르겠다. 지금까지 마나베와 아즈마를 만났고, 다음은 오다기리, 아니 어쩌면 곧바로 후타와일 수도 있다. 그렇다면 언젠가 내 차례도 올까. 만약 온다면, 그때는 누가 내 마음을 정화해줄까.

08

'아즈마는 화가가 되고 싶다고 했는데, 지금은 어땠어?'

아즈마를 만났다고 메시지를 보내자, 맞은편 승강장에서 금방 답장이 돌아왔다. 후타와는 여전히 나와 눈을 맞추려 하지 않았지만, 그래도 메시지를 주고받는 것 자체를 꺼리는 기색은 없었다.

'시청 세무과에서 일한대. 그림은 마음이 내킬 때만 그린댔어. 이제 프로가 되고 싶은 마음은 없대.'

'그렇구나.'

'그래도 매일 야구 관람하는 게 재미있어서 그런대로 만족스럽다고 했어. 실제로 즐거워 보였어. 분위기도 예전보다 훨씬 부드러워졌더라. 대화하기도 편했어.'

'다행이네.'

'그건 그렇고 계속 궁금했는데, 너 이제 국제교류부 활동은 안 해? 저번에 보니까 꽤 이른 시간에 하교하던데.'

후타와가 답장하지 않은 이유는 하필 그때 전철이 들어왔기 때문일까, 아니면 질문에 답하고 싶지 않았기 때문일까. 나는 휴대전화를 집어넣고 후타와가 사라진 맞은편 승강장을 바라보았다. 메시지를 주고받을 수 있는 시간은 서로 승강장에서 마주 보고 있을 때뿐이라는 기묘한 불문율이 만들어지는 느낌이었다.

그 주 토요일 오전, 전에 만난 그 공원에서 또다시 리나와 만날 약속을 잡았다. 메시지와 전화는 여러 번 주고받았지만, 실제로 얼굴을 보는 것은 약 3주 만이었다. 리나가 저번과 똑같은 벤치, 똑같은 위치에 앉아 있어서 나도 지난번과 똑같은 위치에 앉았다. 10월에 접어들자 공원을 에워싼 공기에서 여름의 자취가 완전히 사라졌다. 밖에서 시간을 보내기 딱 좋은 날씨다.

"…오늘 왜 만나자고 했어요?"

눈을 내리뜨며 물은 리나는 지난번과는 사뭇 달라 보이는 옷차림이었다. 가을을 연상시키는 진홍색 긴소매 블라우스에 하얀 스카프. 하의는 검은 롱스커트를 입었고, 발치에서는 부츠가 둔하게 빛을 반사했다. 틀림없는 나들이 복장이었다. 안경도 끼지 않았고, 얼굴에는 옅은 화장까지 했다. 오후에 어디로 놀러 가는 모양이다.

"후타와가 학교에서 어떤지 물어보려고."

"…그랬군요."

"미안해. 짧게 끝낼게."

"짧게…. 왜요?"

"네가 오후에 일정이 있는 것 같아서."

리나가 앞쪽에 시선을 고정한 채 침묵하자, 나는 속으로 섬세하지 못한 발언이었다고 후회했다. 상대는 사춘기 여자아이다. 본인이 사적인 부분이라고 생각한다면, 애용하는 젓가락이 무슨 색인지조차 물어서는 안 된다. 나는 본론에 들어갔다.

"후타와는 아직 국제교류부 소속이야?"

"…네." 리나가 대답했다. "그런데 활동은 거의 안 하는 것 같아요."

"후타와가 활동에 참여하지 않는다는 뜻이야? 아니면 국제교류부 자체가 활동하지 않는다는 거야?"

"후자예요. 아마 지금 국제교류부 부원은 후타와 혼자일 거예요. 다른 부원은 본 적도 들은 적도 없어요. 후타와는 일주일에 한 번 방과 후에 동아리방을 찾는 것 같은데, 청소만 하고 금방 집에 간대요."

"청소만?" 나는 놀랐다. "정말 활동다운 활동을 전혀 안 해? 국제교류부인데?"

"그게 그렇게 이상해요?"

"내가 학생일 때는 아주 활발한 동아리였어. 어설픈 운동부보다 훨씬 늦은 시간까지 활동했거든. 작은 관료조직 같은 느낌이었어."

"…상상도 안 되네요. 마제 씨가 학생이던 시절에 국제교류부는 무슨 활동을 했어요?"

"이것저것 했지. 예를 들면…." 잠시 생각했다. "그때는 미국에 있는 자매학교에 매년 종이학 천 마리를 접어서 보내는 행사가 있었어."

"아, 그건 아직 있어요. 근데 국제교류부가 아니라 학생회가 주도하는 걸로 알아요. 아미자와 선생님을 중심으로 종이학을 모으는 것 같았어요. 아무튼 후타와하고 관련 없는 건 확실해요. …그거 말고는요?"

나는 당시 국제교류부가 어떤 활동을 했는지 떠오르는 대로 나열했다. 하지만 현재는 다른 동아리가 주도하거나 그런 활동 자체가 없다는 대답만 돌아왔다. 한때는 교내에서 손꼽히는 활동량을 자랑하던 동아리가 지금은 완전히 구관 동아리가 되어 버렸다. 관계자도 아닌 내가 왜 은근한 아쉬움과 서운함을 느끼는 것일까.

"구관 동아리요? 뭐예요, 그게?"

"이게 사어인가 뭐구나." 당연하다며 당연한 일이다 "근데 아미자와 선생님이라면 영어 가르치는 여자 선생님 말이야?"

"네."

"그럼 내가 아는 아미자와 선생님이겠다. 그분은 이제 국제교류부 지도 교사가 아니야?"

"예전에는 국제교류부 지도 교사였어요?"

나는 고개를 끄덕였다.

"죄송해요. 솔직히 잘 모르겠어요. 국제교류부 지도 교사가 누구지…? 그런데 아미자와 선생님이 지도 교사였다니 좀 의외네요. 아미자와 선생님은 후타와랑 사이가 안 좋은 것 같거든요."

"그래?"

"네. 저만의 착각일지도 모르지만, 왠지 묘한 거리감이 있는 것처럼 보여요. 복도에서 마주쳐도 후타와하고만 인사하지 않는다든가, 수업 때 일부러 후타와를 지명하지 않는다든가…. 제 착각일 수도 있지만요."

"뭐, 워낙 까다로운 분이니까."

마나베는 아미자와 선생님을 히스테릭한 여자라고 평했는데, 그 표현이 꼭 틀린 것은 아니었다. 아미자와 선생님은 언제 어디서 화를 낼지 도무지 예측할 수 없는 사람이었다. 비유하자면, 걸어 다니는 해적왕 룰렛이었다. 숙제를 깜빡한 학생을 웃으며 용서해주는가 하면, 수업 중에 펜 돌리기를 한 학생에게 한 시간 가까이 설교를 퍼붓기도 했다. 그 당시 나는 해적왕 룰렛에 걸리지 않으려고 아미자와 선생님을 대할 때마다 조심조심했다. 그런 아미자와 선생님이 후타와와 사이가 좋지 않다고 한다. 얼마나 믿을 만한 정보인지는 모르겠지만, 일단 가슴 한쪽에 잘 새겨두었다.

나는 수첩을 꺼내고 리나에게 우리와 같은 학년이었다는 오다기리 카에데의 연락처를 찾아달라고 부탁했다. 마나베를 제외하면 오다기리는 유일하게 후타와와 같은 학년인 국제교류부 부원이었으니, 후타와와 관련된 정보를 알 것이라고 말했다.

"혹시나 하고 조금 검색해봤는데 나는 아무것도 못 찾았어. 네가 찾아주면 좋겠어."

"알았어요."

짧게 끝내겠다고 해놓고 미적거릴 수는 없었다. 내가 일어서자, 리나는 햇볕을 쬐어야 하는 한 시간을 다 채웠다며 자리에서 일어났다. 사실은 다음 일정 때문에 일어나는 게 아닐까 싶었지만 괜한 말은 덧붙이지 않았다. 그리하여 둘이서 공원 입구로 걸어가는데, 어쩐지 리나의 걸음걸이가 불안해 보였다.

"어디 다쳤어?"

"아, 아뇨…. 아니에요." 리나는 멈춰 서서 얼굴을 빨갛게 물들이며 입술을 깨물었다. "죄송해요. 앞이… 잘 안 보여서."

"앞이? 안경을 안 써서?"

그녀는 창피하다는 듯 고개를 끄덕였다.

"콘택트렌즈 낀 거 아니었어?"

"…항상 안경만 써서 콘택트렌즈가 없어요."

그런데도 특별한 날이라 기어이 안경을 벗고 왔다는 말인가. 웃으면 창피해할 것 같아서 가까스로 참았지만, 저절로 미소가 지어지는 모습이었다. 오늘 리나와 만날 상대가 만약 남학생이라면, 틀림없이 그 노력에 무척 감동할 것이다.

"지금 갖고 있으면 안경 써. 잘 어울리니까 걱정하지 않아도 돼."

리나는 입을 꾹 다문 채 가방에서 안경을 꺼내더니, 장물을 감추는 도둑 같은 손놀림으로 잽싸게 착용했다. 나는 속으로만 웃으며 리나의 톡톡 튀는 젊음을 조금 질투했다.

입구를 향해 걸으며 앞으로 후타와 미사키에 관한 정보를 어떻게 모을지 생각했다. 나츠카와 리나가 오다기리 카에데의 연락처를 금방 찾아준다면 좋겠지만, 만약 찾지 못하면 내게는 다음 단서가 없다. 다시 졸업앨범에서 후보를 추릴까. 아니면 학교 관계자를 만나 볼까. 그러나 그다지 가깝지 않은 아미자와 선생님에게는 연락하고 싶지 않았다. 그렇다면….

"미우라 선생님은 아직 계셔? 우리 동아리 지도 교사셨는데."

"미우라… 음, 전함 같은 걸 좋아하시는 사회 선생님이요?"

"맞아." 아직 계시나 보다. "그럼 국어를 가르치는 스기모토 선생님은?"

"머리가 긴 선생님이죠? 그분 수업을 들어본 적은 없지만, 아마 계실 거예요."

그 이후에도 생각나는 이름들을 꺼내 보니, 대부분 아직 계시는 듯했다. 역시 사립고등학교다. 이동이 거의 없다. 사실 내가 지금 다시 만나고 싶은 선생님은 딱 한 명이었다. 나이가 많으셔서 조금 불안했지만, 학교에 남아 있기를 바라며 물었다.

"교감은 아직도 아시다 선생님이야?"

"네."

"써니야, 너를 위해서 충고 하나 하마. 종이학에는 아무 의미도 없으니까 그만 접어."

고등학교 3학년 봄, 교감 선생님이 그런 말을 했다.

커다란 기대와 희망을 품고 시작한 고등학교 2학년은 정신을 차리고 보니 이렇다 할 사건도 없이 끝나고 말았다. 절대 과장된 표현이 아니라, 국제교류부 동아리방 앞에서 후타와 영어 스피치를 들은 그때가 가장 인상 깊고 드라마틱한 순간이었다. 후타에게 미움받을 만한 일은 없었지만, 가까워질 일도 없었다. 다행히 3학년 때도 후타와 같은 반이 되었건만 마냥 좋아할 수는 없었다. 같은 반에서 넋 놓고 지내봤자 우리의 관계에는 아무런 변화도 일어나지 않는다는 사실을 그때의 나는 잘 알고 있었다.

그래서 나는 종이학으로 눈을 돌렸다. 리나의 말에 따르면 지금도 명맥을 이어가는 활동이라는데, 우리 모교에는 종이학 천 마리를 접어서 캘리포니아에 있는 자매학교에 보내는 연례행사가 있었다. 봄이

오면 으레 종이학을 걷는 우편함 같은 것이 학교 현관에 설치되었고, 참여를 원하는 학생은 거기에 종이학을 넣을 수 있었다. 대체 누가 그리 적극적으로 종이학을 접는지는 몰라도, 아무튼 연말이 되면 정확히 천 마리에 도달해서 학들은 매년 큰 차질 없이 바다 너머로 날아갔다. 일본 문화에서는 힘든 일을 겪는 이에게 종이학을 보낼 때가 많지만, 캘리포니아 자매학교에서 어떤 비극이 일어난 것은 아니었다. 우정의 증표로, 그리고 일본의 문화를 소개한다는 의미에서 학을 보낸다고 했다.

인제 ᅵᅵ는 그런 활동에 관심이 없었지만, 학유 ᄆ ᄋᄂ는 주체가 국제교류부이며 심지어 종이학을 국제교류부 부원에게 직접 건네도 된다는 사실을 알게 되자, 이야기가 조금 달라졌다. 작년까지는 왜 아무도 그 사실을 알려주지 않았을까. 종이학만 접으면 후타와와 공적으로 대화할 구실이 생긴다는 것 아닌가. 번호를 교환해놓고도 용건 없이 메시지를 보낼 용기가 없어 주저하던 내게는 이루 말할 수 없이 기쁜 소식이었다.

나는 계속 프라모델을 만들면서도 방과 후 동아리방에서 보내는 시간 얼마를 종이학 접기에 할애했다. 하지만 대량으로 접지는 않았다. 천천히 시간을 들여 정성껏, 정성껏, 하루에 세 마리만 접었다. 중요한 것은 양보다 질이었다. 한 번 접을 때마다 자를 대며 모양을 잡았고, 조금이라도 어긋난 부분이 있으면 가차 없이 폐기했다. 흠잡을 데 없는 종이학이 완성되면 다음 날 아침 후타와에게 직접 전달했다. 시간이 남아서 심심풀이로 접었을 뿐이라는 태도를 늘 고수하면서.

"고마워, 마제. 네가 접은 종이학은 항상 예쁘다. 손재주가 좋은가 봐."

"…그런가."

"시간 나면 또 접어 줘."

"뭐, 생각나면."

기껏해야 두세 마디 말을 섞는 것이 전부였으니 비용 대비 효과가 좋은 작업은 절대 아니었다. 하지만 당시의 나는 거기에서 충분한 가치를 발견했다. 나는 종이학을 건네면서, 후타와가 신문부 동아리방을 찾아오는 날을 끝없이 상상했다. 그즈음 완성된 프라모델은 40개에 달했다. 만드는 속도는 약간 떨어졌지만, 다른 이유 때문이 아니라 모형 하나하나에 더 높은 질을 추구하게 되었기 때문이었다. 진열대에 늘어놓은 완성작들은 내가 만들었지만 실로 훌륭했다. 자동차, 군함, 비행기, 성이 각각 열 개 안팎으로 죽 늘어섰다. 이 정도면 후타와가 깜짝 놀라며 감동할 것이 분명했다. 이것만 보여주면, 하나부터 열까지 모든 게 완전히 변할 것이다. 얼토당토않은 자신감과 확신이 가슴속에서 나날이 부풀어 갔다.

그러던 어느 날 신문부 동아리방에서, 앞서 적은 그 말을 교감 선생님에게 들었다. 내가 신중하게 종이학을 접고 있을 때, 교감 선생님은 여느 때와 마찬가지로 옆에서 따뜻한 호지차를 마시고 있었다.

"써니야, 너를 위해서 충고 하나 하마. 종이학에는 아무 의미도 없으니까 그만 접어."

"왜요?"

"그냥 종이 쪼가리니까. 접으면 접을수록 종이 쪼가리가 늘어날 뿐이야."

"종이 쪼가리가… 늘어날 뿐이라고요?"

"무의미한 걸 만들 필요는 없어."

"…프라모델은 괜찮고요?"

"모형은 자기 자신을 위해서 만드는 거잖아. 하지만 종이학은 남을 위해 접는다는 대의명분이 따라붙어. 그런 건 새빨간 거짓말이야. 그런 기만으로 만들어진 학을 천 마리나 모아서 상대를 위하는 척한다는 점이 지저분한 거야. 상대를 정말 진심으로 생각했다면 그런 무의미한 종이는 필요 없다는 걸 진작에 깨달았을걸."

"…무의미한 종이…."

당시의 내게는 교간 선생님의 말이 두무지 와닿지 않았지만, 지금은 안다. 그의 말대로 종이학 따위에는 아무런 의미가 없었다. 그러나 그때의 나는 후타와와 대화하겠다는 대의명분을 내세워 한동안 묵묵히 종이학을 접었다.

그리고 그해 종이학은 청소부의 실수로 모조리 폐기되는 바람에 캘리포니아에 한 마리도 도착하지 못했다는 우스운 일화가 있지만, 당연하게도 그때의 나는 그런 미래를 알 수 없었다.

"마제 선배님, 몇 시쯤에 나가세요?"

나는 손목시계를 확인하고 열두 시쯤에 나간다고 미츠히라에게 말했다. 영업소에서 처리해야 할 잡무와 주문이 조금 남았다.

"어? 선배님, 골프 대회 나가세요?"

나는 대회 참가 신청서에 필요한 내용을 써넣으면서 고개를 끄덕였다. "업무 개선 제안서를 내려면 참가하는 게 좋다고 들었거든. 본부장님한테 얼굴도장을 찍지 않으면 통과될 제안서도 퇴짜를 맞는대."

"그런 얘기는 누구한테 들으셨어요?"

"코구레 선배한테."

"마제 선배님한테 업무 개선 제안서를 내지 말라고 하신 분이 코구레 선배님 아니에요?"

"맞아. 그런데 조언도 해주셨어."

내가 웃자, 미츠히라도 웃었다. "자상하시네요."

"내 말이. 제안 내용까지 꼼꼼히 보고 조언해주시더라. 덕분에 제안서가 훨씬 좋아졌어. 참 든든한 선배야."

말하면서 쓴 탓인지 기재할 내용을 잘못 적었다. 얼른 수정 테이프를 찾았다. 골프를 친 적은 전에도 몇 번 있었지만, 그때마다 이걸 골프라고 해도 될지 의구심이 들었다. 다섯 번에 한 번은 헛스윙이었고, 세 번에 한 번은 땅을 쳤다. 대회 날까지 조금 연습해둘 생각이었다. 민폐를 끼치고 싶지는 않았다.

신청서를 다 작성했을 즈음 목에 이물감이 있어 몇 번 기침했다. 기침이 잦아든 뒤 입에 대고 있던 손수건을 확인하자, 소량의 피가 묻어 있었다. 미츠히라가 보면 귀찮아질 테니 얼른 뒤집어 접어서 주머니에 넣었다. 예전부터 기관지가 약했지만 기침할 때 피가 섞여 나온 지는 얼마 되지 않았다. 자각은 없었으나 어쩌면 코구레 선배의 말대로 조금 과로했는지도 모르겠다. 최근에는 마나베와 아즈마를 만나려고 업무를 무리하게 하루 일찍 끝마치기도 했다. 나는 탕비실에서 입을 헹구고 입 주변에 피가 묻지 않는지 확인했다. 혹시 그때 노래방에서 과하게 놀아서 그런가 잠깐 고민했지만, 두 곡밖에 부르지 않았으니 그 때문은 아닐 것이다. 다행히 기침 말고는 아직 이렇다 할 문제가 없지만, 언제 한번 시간을 내서 병원에 가는 게 좋겠다.

"역시 시계를 차는 게 낫겠죠?"

"시계?"

주차장으로 내려가는 엘리베이터 안에서 미츠히라가 물었다.

"네. 다음 주부터 드디어 저 혼자 다니게 되잖아요. 역시 손목시계를 차는 게 낫나 고민돼서요."

"흠, 글쎄. 차는 사람도 있고 안 차는 사람도 있지. 나는 차지만, 휴대전화로 시간을 확인하는 사람도 많아."

"하지만 고객 앞에서 휴대전화를 꺼내면 안 되잖아요?"

"그야 그렇지."

"추천하고 싶은 시계 있으세요? 선배님은 어떤 시계를 차세요?"

나는 소매를 걷어서 손목시계를 꺼내 보였다. 딱히 고집하는 제품은 없으나 세이코의 파일럿 워치를 애용한다. 특별한 기능이 없는 쿼츠 시계라서 그리 고가는 아니지만, 나는 개인적으로 하늘과 관련된 상품에 끌리는 경향이 있었다.

"파일럿 워치요?"

"나도 잘은 모르는데, 비행기 조종사들이 이런 시계를 찬대. 그냥 디자인이 마음에 들어서 차고 다녀."

"선배님은 하늘을 좋아하시죠?"

"…어떻게 알았어?"

"하늘을 자주 올려다보시잖아요."

남이 알아차릴 줄은 몰랐다.

"내가 그렇게 하늘을 자주 봐?"

"네, 그런 편이죠. …사실 처음에는 코구레 선배님한테 듣고 알았어요. '저 녀석, 매일같이 하늘을 올려다보는데 무슨 고민이라도 있나?' 하시더라고요. 그 뒤로 저도 의식하게 됐죠."

정말 여러 방면에서 눈치가 빠른 선배다.

"예전에 어떤 얘기를 들은 뒤로 계속 하늘이 신경 쓰이더라고. 그래서 하늘을 올려다보는 습관이 생겼어."

"그래요? 어떤 얘기인데요?"

또 교감 선생님 이야기다. 어쩌면 인격 형성에 가장 큰 영향을 미치는 시기는 어른과 아이의 중간 지점인 청소년기일지도 모르겠다. 갈 곳 없이 넘쳐흐르는 열정과 충동, 이를 억누르려는 고약한 절망과 좌절이 절묘한 균형을 이뤄 마음의 형태를 만들어낸다. 잘하면 완벽한 동그라미에 가까운 고운 마음이 완성되고 무엇 하나라도 과하면 극단적으로 일그러진 울퉁불퉁한 마음이 완성된다. 어느 쪽이 인간에게 진정 행복한 방향인지 나는 모르겠다. 내가 아는 것은, 사람은 원하든 원치 않든 일단 살아가야 한다는 것뿐이다.

프라모델에만 집중할 수 없게 된 이유는 대학교 입시가 얼마 남지 않아서였다. 나는 자율학습에 힘을 쏟았다. 다행히 신문부 동아리방은 자습실로 쓰기에도 훌륭했다. 나는 동아리방에서 보내는 방과 후 시간을 종이학 접기 1, 프라모델 만들기 3, 입시 공부 6의 비율로 사용했다. 내 목표는 그저 그런 수준의 사립대학교였기에 잠잘 시간을 아껴가며 공부할 필요성을 딱히 느끼지 못했다. 현재 성적을 유지하면 분명히 합격할 터였다. 입시와 관련해서는 의외로 낙관적인 편이었다.

교감 선생님은 내가 동아리방에서 공부하는 모습을 보자, 못내 아쉽다는 표정을 지으며 호지차와 과자를 쓸쓸히 입으로 가져갔다. 교직에 있는 사람으로서 부적절한 태도였지만, 내가 교감 선생님에게 설교를 늘어놓을 위치는 아니었다. 나는 가끔 모르는 문제를 맞닥뜨리면 참고서를 밀며 교감 선생님에게 질문했다.

"죄송한데, 이 문제…."

"몰라."

"네?"

"나 아무것도 몰라. 공부는 어려워."

몇 번을 물어도 똑같았다. 그 뒤로 나는 공부와 관련된 질문을 하지 않았고, 교감 선생님이 있을 때는 그를 생각해 최대한 프라모델을 만드는 시간으로 삼았다. 교감 선생님은 예상대로 기뻐하며 다양한 지식과 일화를 이야기해주었다. 기본적으로 교감 선생님은 속을 알 수 없는 사람이었지만, 이럴 때만큼은 정말 속이 훤히 들여다보이는 사람이었다.

그러던 어느 날, 교감 선생님이 정찰기 '채운(彩雲)' 이야기를 들려주었다. 그 이야기는 다른 이야기들과 성격이 조금 달라서, 교감 선생님의 인생과 밀접하게 얽혀 있었다. 그래서 내 마음을 크게 뒤흔들었고 또 가슴속 깊이 파고들었다.

그날 나는 비행기 프라모델을 조립할 생각이었다. 그 비행기를 선택한 이유는 단순히 상자에서 꺼내기 쉬운 위치에 있었다는 점과 동체가 가늘고 길어서 멋있다는 점이었다. 그런 대수롭지 않은 이유였다.

"채운이구나."

교감 선생님의 말을 듣고 다시 상자를 확인해보니 정말 비행기 이름이 채운이었다.

"예전에 우리 아버지가 그걸 탔단다."

"…이 전투기를요?"

"아니, 그건 정찰기야. 전투기하고는 달라."

교감 선생님의 이야기는 두 시간 정도 이어졌다. 역대 가장 긴 이야기였다. 이제 여기에 그 내용을 요약해서 적을 텐데, 어쩔 수 없이 많은 부분을 생략해야 했다. 교감 선생님이 직접 전해주던 생생한 느낌을 글로는 제대로 전할 수 없어 진심으로 안타깝다.

교감 선생님의 아버지는 항공대의 일원으로 전쟁에 참여한 적이 있다. 사실 채운보다는 이전 모델인 폭격기를 탄 기간이 더 길었다는데, 채운에는 각별한 애정이 있었다고 한다. 채운은 전쟁 말미에 실전 투입되었고, 당시에는 드물던 정찰 전용기라 희소성이 있었다. 가장 큰 특징은 속도였다. 최고 속력 329노트로, 그 시절 항공기 중에서 월등히 빠른 속도를 자랑했다. 유명한 에피소드도 있는데, 어떤 채운 조종사가 '나를 따라잡을 적기 없음'이라고 무전을 쳤다고 한다. 좌석이 세 개라 승무원 세 명이 탑승할 수 있었다. 맨 앞에는 조종사가, 중간 자리에는 정찰대원이 탔고, 맨 뒷자리에는 통신원이 후방을 바라본 채로 탔다. 교감 선생님의 아버지는 조종사였다.

"아버지의 임무는 적의 사진을 찍어 오는 거였단다. 적군의 항공모함과 구축함, 전투기가 우글거리는 곳으로 날아가서 사진을 찍고 정확한 정보를 무전으로 알리면서 돌아와야 했어. 그걸 계속 반복했지. 가끔은 아버지의 무전을 신호 삼아 전투기가 날아갈 때도 있었어. 본인이 보낸 신호 때문에 동료가 사지로 나가는 셈이니 마음이 엄청 무거웠대."

말 그대로 몸을 내던져야 했던 전투 부대와 달리, 정찰기 조종사인 교감 선생님의 아버지에게 요구된 것은 확실한 생환이었다.

"하루가 멀다 하고 상관이며 동기며 하나둘 죽어 나가니까, 죽음이 무섭지 않고 본인도 얼른 저쪽 세상에 가고 싶더라는 거야. 하늘에서 떨어져 죽으면 조종사로서 명예롭겠지. 하지만 지상에 있을 때 폭격을 당해서 죽기는 싫었대. 그래서 차라리 얼른 하늘에서 떨어져 사라지고 싶었대."

현재의 기술이면 몰라도, 당시의 기술로 적군의 사진을 찍으려면 해가 있는 대낮에 촬영을 해야 했다. 그러면 자연히 적진 상공에 모습이 드러날 수밖에 없었다. 채운이 아무리 빨라도 언제 공중에서, 혹은 군함에서 탄환이 날아올지 모를 일이었다.

"그렇다고 어두운 밤이 나은 것도 아니었어. 아버지가 일하시던 당시에 적군이 어둠 속에서 강한 탐조등 빛으로 조종사의 눈을 속여서 적기를 추락시키는 작전을 편 적이 있다더구나. 한마디로 어둠 속에 있는 비행기 조종사에게 가장 위협적인 건 더 깊은 어둠이 아니라 갑작스럽고 강력한 빛이라는 뜻이지. 밝은 곳도, 어두운 곳도 똑같이 위험했어."

죽음과 긴밀히 얽힌 정찰 임무를 하는데도 그에게는 죽음이 허용되지 않았다.

교감 선생님의 아버지는 어느 날 동기에게 가슴속에 있는 말을 쏟아냈다. 자신이 어떤 임무를 맡았는지는 잘 안다. 하지만 문득 조종간을 힘껏 내리고 기관총을 쏘며 적진으로 날아들고 싶은 순간이 있다. 심상치 않음을 감지한 동기는 교감 선생님의 아버지에게 한 가지 제안을 했다. 다른 사람이 보면 죽을 만큼 창피할 무언가를 엉덩이 밑에 깔고 하늘로 나가면 어떠냐고, 그러면 죽고 싶어도 그 무언가가 마음에 걸려서 죽기를 망설이게 될 것이라고 했다. 적들이 시체를 살펴보다가 웃을 테니까. 사실 전황이 좋지 않아 잔뜩 날이 선 전선에서 조금이나마 분위기를 누그러뜨리려고 던진 농담이었을 것이라고 교감 선생님은 추측했지만, 교감 선생님의 아버지는 그 말을 진지하게 받아들여 실천에 옮겼다.

"남에게 말할 수 없는 장래 희망과 꿈을 종이에 죽 적어서 엉덩이 밑에 깔고 앉았대. 한심하지? 하지만 아버지는 그 덕분에 살아남았어. 나쁜 마음이 들려는 순간마다 엉덩이 밑에 있는 종이를 생각했대. 그래, 나는 돌아가야 해, 돌아가서 이 종이를 회수해야 해, 하면서. 물론 그건 하찮은 부적일 뿐이었어. 하지만 벼랑 끝에 있는 사람에게는 무엇이 피난처가 될지 알 수 없어. 종이 쪼가리 한 장이 때로는 죽음의 마력을 잠재우기도 해."

교감 선생님은 그밖에도 채운의 구체적인 성능과 일화, 특징을 설명해주었지만, 뇌리에 가장 깊이 박힌 것은 역시나 그 이야기였다. 꿈을 적은 종이 한 장과 아무도 따라잡지 못하는 고속 정찰기. 그리고 교감 선생님의 아버지가 살아남은 덕분에 그 유전자를 이어받은 교감 선생님이 여기에 있다는 자그마한 기적이 이루 말할 수 없이 감격스러웠다. 모든 것이 너무나 덧없고 귀하다.

나는 프라모델 채운을 조립하면서 문득 교감 선생님의 아버지처럼 꿈을 적어서 채운 안에 넣자는 생각이 들었다. 내게도 말할 수 없는 소망이 있었다. 일단 해야겠다는 생각이 들면 그 행위에 어떤 의미가 있는지 돌아보지도 않고 기어이 실행에 옮기고 마는 것이 고등학생이다. 나는 공책을 찢어서 볼펜으로 꿈을 적고 반듯하게 접어 핀셋으로 기체 내부에 숨겼다. 내가 기억하기로 좌석 근처에는 부품이 밀집되어 있어서 좌석 쪽이 아닌 몸체 중간 부분에 집어넣었다. 다만 거기에 적은 내용은 아쉽게도 망각의 강 저편으로 완전히 사라져 버렸다. 꿈이 없다는 콤플렉스 때문에 프라모델을 만들기 시작한 내가 꿈 하나를 적었다는 이야기인데, 과연 그때 내 꿈은 대체 무엇이었을까.

아무튼 하늘을 올려다보는 습관이 생긴 것은 그때부터였다. 현실 도피를 할 마음까지는 없지만, 지평선 너머 아무도 따라잡을 수 없는 속도로 사라지는 채운의 모습을 상상하면 마음이 맑아지는 기분이었다. 채운은 작은 종이 한 장을, 꿈을 나른다. 나를 어딘가 먼 세상으로 데려가 줄 가능성을 품고 있다.

전부 교감 선생님의 아버지가 살아 남아준 덕분이다. 몇몇 생명과 말이 대물림되었음에 진심으로 감사해야겠다.

09

전화기에 대고 여러 번 "마제예요"라고 말했는데도 모르겠다는 반응이 돌아온 것은 당연한 일이었다. 나는 마제가 아니라 써니였으니까.

교감 선생님은 목요일 오후 한 시에 시간을 내겠다고 했다. 물론 그때는 근무시간이지만, 영업의 일환으로 방문한 셈 치면 될 터였다. 영업 구역 안에 있는 학교 법인이면 훌륭한 거래처 후보다. PPC 용지 소개 전단만 가져가도 엄연한 영업 활동이 아닌가. 이건 다른 이야기지만, 몇 개월 전부터 공을 들인 큰 계약 건이 드디어 성사될 낌새를 보였다. 이대로 가면 앞으로 3개월은 영업 실적 1위의 자리를 지킬 수 있을 것이다. 평소에 성실히 일했으니 이 정도 일탈은 눈감아줘도 되지 않을까.

이번 주부터 미츠히라가 홀로 거래처를 돌게 된 덕분에 나는 혼자 모교를 방문할 수 있었다. 바로 교실 쪽으로 올라가지 않고 행정실로 걸음을 옮기니, 내가 완전히 외부인이 된 것 같아서 묘한 상실감이 들었다. 사무직원에게 인사한 뒤 안내받은 신관 2층 응접실로 향했다. 모교 벽에 밴 먼지 냄새가 이따금 코끝을 스치며 내 기억 위에 덮인 딱지를 간질였다.

닳아서 바닥이 너덜너덜한 슬리퍼로 계단을 오르다 감회에 젖었다. 결국 내가 슬리퍼를 신을 차례가 됐구나. 바람이 빠지는 듯한 맥없는 발소리를 내며 걷던 나는 남몰래 웃었다. 슬리퍼는 그냥 신발이 아니라 자신의 권위를 확인하기 위한 상징이다. 그런 해학적이면서도 매우 흥미로운 가설을 들은 것은 고등학교 3학년 어느 여름날이었다.

갑자기 누가 동아리방 문을 두드렸다. 교감 선생님은 노크할 사람이 아니라서 나는 되레 긴장하며 자세를 고쳤다. 대체 누구일까. 문을 연 사람은 검은 정장을 입은 젊고 아름다운 여자였다.

"오랜만이야." 여자가 산뜻한 미소를 지으며 말했다.

나는 그 여자가 누구인지 단번에 알아보지 못했다.

"뭐야, 나 잊어버렸어?"

"…츄간지 선배님?"

"다행이다. 기억하는구나."

약 2년 만의 재회였다. 스스로 변명하자면, 금방 알아보지 못할 만도 했다. 츄간지 선배는 2년 전보다 훨씬 어른스럽고 세련된 분위기를 풍겼기에 내 기억 속에 있는 그녀와 같은 인물이라고 생각하기 어려웠다. 소녀 같은 사랑스러움이 옅어진 대신 요염함이 더해졌다. 같은 공간에 있을 뿐인데 나도 모르게 허리가 꼿꼿이 펴질 정도였다.

잠깐 대화해보니, 츄간지 선배는 입사할 회사가 정해졌다는 사실을 은사님에게 알리러 온 모양이었다. 온 김에 동아리방을 구경하러 들렀다고 했다.

"아무도 없을 줄 알았는데, 있어서 좀 놀랐어."

"⋯벌써 취업하세요?"

"전문대라서 내년에 졸업하거든. 정말 순식간이지?"

츄간지 선배는 평소 교감 선생님이 애용하는 철제 의자에 앉아서 천천히 동아리방을 둘러보았다. 그러다가 창가에 늘어선 프라모델에 눈길을 던졌다.

"저게 뭐야?"

"⋯그게, 취미로 만들었어요."

"오, 다 네가 만든 거야?"

"⋯네."

"혼자서?"

"네. 그⋯ 죄송해요."

"뭐가?"

"⋯동아리방을 제 마음대로 써서요."

"됐어." 츄간지 선배는 미소 지으며 긴 책상에 턱을 괴었다. "딱히 전통 있는 동아리도 아니었잖아. 원하는 대로 쓰면 되지. 오히려 덕분에 훨씬 멋있어졌는걸. 나 잠깐 구경해도 돼?"

물론이죠, 라고 대답하는 목소리가 미세하게 떨렸다. 교감 선생님이 아닌 다른 사람에게 프라모델을 보여주기는 처음이었다. 깊이 고민할 것도 없이, 이게 바로 내가 그동안 애타게 기다리던 상황이었다. 나는 츄간지 선배와 같은 타이밍에 일어나면서 손바닥에 밴 땀을 얼른 주머니 안쪽에 닦았다.

츄간지 선배는 내 예상대로 프라모델 몇 개에 대해 질문했다. 이건 무슨 비행기인지, 이건 무슨 자동차인지. 나는 그때마다 교감 선생님에게 들은 정보를 섞어서 하나하나 해설했다. 긴장했지만 말은 막히지 않았고, 오히려 나중에 돌이켜 보니 설명이 조금 과했다는 생각이 들 정도였다. 열심히 쌓은 지식을 전부 발표해야 한다는 생각에 상대의 기분을 살피지 않고 혼자서 열을 올렸다.

한편 츄간지 선배는 내 설명에 추임새를 넣으며 듣다가 이내 침통한 표정으로 입을 다물었다. 설명이 어려웠나. 그런 걱정이 든 순간, 뜻밖에도 선배가 작게 코를 훌쩍이더니 쌓인 감정을 터뜨리듯 눈물을 쏟았다. 나는 당황했다. 떨어진 눈물방울이 눈 깜짝할 사이에 바닥에 스며들었다.

"미안해. 너 때문이 아니야." 츄간지 선배는 억지로 웃어 보이며 고개를 저었다. "동아리방에 있으니까 이것저것 생각나서 갑자기 기분이 이상하네. 선배가 돼 가지고 정서 불안이라 미안해."

츄간지 선배는 원래 자리로 돌아가서 눈에 손수건을 대고 잠시 울었다. 내가 어쩔 줄 몰라 허둥대는 사이 선배가 고개를 들었다. 한 5분쯤 울었을까.

"추한 꼴 보여서 미안해."

"…아니에요. 괜찮으세요?"

"고마워." 츄간지 선배는 다시 한번 손수건으로 눈물을 닦더니, 책상 위에 펼쳐둔 내 참고서와 공책을 바라보았다. "입시 공부해?"

"…네."

"어디 가려고?"

내가 지원할 학교를 말하자, 츄간지 선배는 깊이 고개를 끄덕였다.

"좋다. 4년제 대학교에 가야 해. 남자들은 원래 대부분 4년제에 가려고 하겠지만, 아무튼 전문대는 갈 데가 아니야." 선배는 어쩐지 괴로운 표정으로 고개를 까닥이다가 자신이 신은 슬리퍼를 빤히 바라보았다. "조금 더 일찍 깨달았으면 좋았을걸. 고등학생 때부터 발을 잘 보고 다녔어야 했어."

"…발이요?"

"응."

츄간지 선배는 앉은 자세로 다리를 쭉 뻗었다. 아마 슬리퍼를 보여주려고 그런 것이겠지만, 내 눈에는 치마 사이로 드러난 허벅지가 유독 선명하게 보였다. 얼굴이 빨개질 것 같아서 얼른 눈을 돌렸다.

"일부러 학년별로 실내화 색을 다르게 해놨잖아. 더 일찍 알아차렸어야 했어. 이 나라에서는 나이가 제일 중요한 요소라는 걸."

"…그게 무슨 말이에요?"

"지금은 파란색 실내화가 3학년, 초록색이 2학년, 빨간색이 1학년 맞지?"

나는 고개를 끄덕였다.

"그런 걸 굳이 정해놓을 이유가 없지 않아?"

"음…."

"이건 중요한 메시지였어. 암암리에 교사들은, 어른들은, 나아가 이 나라는, 네 나이에 따라서 너에 대한 태도를 바꾸겠다고, 차별하겠다고, 선언해온 거야. 일종의 선동이지. 학년별로 계급이 드러나도록 강제로 색이 다른 실내화를 신기고, 교사들은 모든 권위의 정점에 선 상징으로 일반 신발을 신어. 외부인에게는 외부인의 증표로 슬리퍼를 주고."

좀처럼 요점을 파악할 수 없었지만, 가만히 들어보니 츄간지 선배는 전문대졸이라서 원하는 직종의 일을 구하지 못했다는 것 같았다. 원하는 일이 무엇인지는 묻지 못했지만, 선배가 들어가고 싶어 하던 곳은 4년제 대학교를 졸업한 학생만 채용한다고 했다.

"사람은 대학교 3학년과 4학년 사이에 비약적으로 성장하는 게 분명해. 그러니까 전문대졸한테는 중요한 일을 맡길 수 없는 거지."

선배답지 않게 노골적으로 비꼬는 발언에, 나는 할 말을 찾지 못했다.

"미안해. 왠지 내가 하소연하러 온 것 같네."

"…아니에요."

"만약 내가 일이 너무 싫어서 도망치면, 마제, 네가 나랑 결혼해 줄래?"

그럼요, 라고 망설임 없이 대답했으면 좋았을 것이다. 한술 더 떠서 저야 감사하죠, 라고 덧붙였으면 완벽했으리라. 선배는 진심으로 나와 결혼하기를 원한 것이 아니라 당장 자신의 마음을 다독여줄 다정한 말을 원한 것이니까. 하지만 사춘기 소년은 이상한 데서 올곧은 면이 있어서, 나는 도저히 그러겠다고 대답할 수 없었다. 그런 말을 하면 내가 마음을 준 후타와 미사키를 배신하는 것과 마찬가지라고 생각했다. 지금 돌이켜보면 누구를 위한 행동이었는지 모르겠다. 어쨌든 나는 절대 바람 비슷한 짓은 하지 않겠노라고, 합의된 건 아무것도 없는데 혼자 이상한 고집을 부렸다. 속으로는 펄쩍 뛸 정도로 기뻤으면서, 그런 감정은 모르는 체하며.

"미안, 미안. 농담이니까 난처한 표정 짓지 마."

"…죄송해요."

선배는 희미하게 미소를 지어 보이며 간단히 인사한 뒤 동아리방을 떠났다. 안녕, 하고 손을 흔들며 돌아선 쓸쓸한 뒷모습과, 동아리방에서 멀어져 가던 슬리퍼 소리가 타다 남은 신문지 재처럼 내 가슴 한쪽에 오래도록 검게 눌어붙어 있었다.

외부인의 증표인 슬리퍼를 끌며 응접실에 들어가 보니, 교감 선생님은 이미 따뜻한 호지차를 홀짝이고 있었다. 물통은 그 시절과 똑같았으나 군데군데 우그러든 곳이 있었다. 교감 선생님은 머리숱이 조금 줄어들고 주름이 깊어진 느낌은 있었지만, 겉보기에 특별한 변화는 없어 보였다. 내가 아는 아시다 교감 선생님이다. 나는 왠지 눈물이 날 것 같아서 얼버무리듯 황급히 고개를 숙였다. 한동안 보지 못한 사람은 기억 속에서 죽은 사람처럼 인식되는 경향이 있다. 무척 실례되는 이야기다.

"살아 있었구나, 써니야." 교감 선생님도 비슷한 심정이었나 보다. "못 알아볼 뻔했다. 번듯하게 넥타이 같은 걸 매고 와서."

"오랜만에 뵙습니다. 바쁘신데 시간 뺏어서 죄송합니다."

"뭐냐, 그 고상한 말투는. 난 한가해. 신경 쓸 필요 없어. 자, 앉아라."

교감 선생님은 잠시 기억을 점검하듯 고등학생 때 나를 보고 어떤 인상을 받았는지 늘어놓기 시작했다. 음침했다느니, 패기가 없었다느니, 무슨 말을 해도 반응이 미적지근했다느니, 긍정적인 이야기는 별로 없었다. 하지만 교감 선생님이 즐거워 보여서 신기하게도 기분이 나쁘지 않았다. 애초에 교감 선생님의 말은 전부 사실이었다. 기억해 주신 것만으로도 영광이었다.

"아무튼 갑자기 어쩐 일로 왔어?"

추억담으로 조금 더 이야기꽃을 피우고 싶은 기분이었지만 본론을 꺼내기로 했다. 신문부 부원과는 달리, 인쇄 회사 영업 사원에게는 시간이 그리 많지 않다.

"저랑 동갑이던 여학생이 아직 학교에 다니는 것 같아서요. 후타와 미사키라는 3학년 학생인데, 선생님은 아시나요?"

"아아, 알지. 근데 난 아무것도 몰라. 학교에 다니는 것만 안다. 그게 다야."

"그 애가 왜 계속 열여덟 살로 사는지 알고 싶어요. 그래서 지금의 학교 상황을 들려주십사 찾아왔습니다."

"흐음." 교감 선생님은 호지차를 끝까지 마시고 한숨을 쉬었다. "뭐라 할 말이 없구나. 사춘기 여학생의 고민은 저마다 천차만별이고 복잡하기 그지없지. 쉽게 알 수 있는 분야가 아니야. 하지만 그래, 나이라는 놈은 정말 부조리하지. 그 마음은 충분히 이해한다."

"…이해하신다고요?"

"당연하지. 나이 차이가 얼마 나지 않았으면, 나는 오드리 헵번과 연인이 될 수 있었을지도 몰라. 아쉽다는 말로 다 표현이 안 될 만큼 아쉬워."

"…네?"

"적어도 망상은 할 수 있었을 텐데." 교감 선생님은 진지하게 말했다. "망상조차 허락되지 않는 게 나이의 벽이지. 써니야, 너도 야마구치 모모에* 같은 연예인에게 빠져 봐라. 갈 곳 없는 감정에 몸부림치게 될걸."

"…네에."

"하여간 나이는 그 사람의 성격, 능력, 본질보다 훨씬 앞자리를 차지하는 얄미운 놈이야. 무슨 일을 하건 나이가 제일 먼저 결정권을 잡거든. 나도 그놈이 좋지는 않아. 아무튼 내 얘긴 이만하면 됐다. 써니야, 그래서 뭐가 궁금하냐?"

나는 수첩을 펴고 질문을 시작했다. 우선 현재 국제교류부의 상황을 물었다. 리나도 말했듯 국제교류부는 이제 활동다운 활동을 거의 하지 않는 모양이었다. 이유는 단순히 신입 부원이 들어오지 않아서였다. 내가 2학년이 됐을 때, 다시 말해 동아리에 반드시 가입해야 한다는 규칙이 사라졌을 때부터 부원이 한 명도 들어오지 않았다고 한다. 오다기리 카에데가 자퇴하고 유령 부원인 마나베가 졸업한 뒤, 국제교류부 부원은 지난 몇 년 동안 후타와 미사키 한 명이었다.

"이제 한 동아리에 무리하게 여러 일을 떠맡길 필요가 없다고, 지도 교사인 아미자와 선생님을 중심으로 학생회와 각 위원회가 국제교류부의 활동을 분담하기로 했어. 이건 여기가, 저건 저기가, 하면서 나눴지. 그전에는 부원이 모이지 않으면 위기감을 느끼고 열심히 동

---

* 일본에서 가수이자 배우로 활동한 1959년생 여자 연예인. 현재는 은퇴했다.

아리를 홍보하더니만, 그 뒤로는 홍보도 하지 않더구나. 새 부원이 생기지 않는 게 당연해."

"그런데 동아리가 없어지지는 않았네요."

"역사가 있는 동아리라서 이름은 남긴 것 같더라. 부원이 한 명 있기도 하고. 참 우습지?"

나는 씁쓸하게 웃었다. 교감 선생님은 불만스러운 표정으로 쌀과자를 입에 던져 넣었다.

이어서 오다기리 카에데에 관해 물었다. 내가 고등학교 3학년이었을 때 자퇴했다고 들었는데, 자퇴한 이유를 아느냐고, 예상은 했지만, 교감 선생님은 그런 학생을 모른다고 딱 잘라 말했다. 자료를 뒤지면 당시 연락처 정도는 찾을 수 있을 테지만, 그걸 가르쳐 줄 수는 없다고 했다. 자퇴했으니 동창회용 명단을 만들겠다는 명목도 통하지 않을 것이다. 교감 선생님은 내게 아무것도 못 가르쳐 준다고 말했다.

"그런데 말이다, 국제교류부의 활동 기록은 일반인들에게도 배포하던 거니까 너한테 줘도 문제없겠구나. 어쩌면 그 아이의 연락처도…, 음, 아무래도 거기 적혀 있지는 않겠지. 뭐 어떠냐? 동아리방에 있을 테니까 한 부 주마. 가지러 가자."

복도로 나서자마자 교감 선생님의 몸이 예전보다 작아진 것을 알아차렸다. 내 키가 자랐기 때문일까, 아니면 실제로 교감 선생님의 어깨가 좁아진 것일까. 교감 선생님은 노인이라는 말이 어울리는 나이는 아직 아니었지만, 내가 졸업한 뒤로 적잖은 세월이 지난 것은 사실이었다. 나는 약간 섭섭함을 느끼며 살짝 눈을 가늘게 떴다.

"조용하네요."

"수업 중에는 원래 이래. 다들 교실에서 따분한 공부를 하지."

나는 작게 미소 지었다. "뭐 하나 여쭤봐도 될까요?"

"공부만 아니면."

"왜 제가 프라모델을 만들길 원하셨어요? 진열대까지 만들어주셨 잖아요."

"하하!" 교감 선생님이 호쾌하게 웃었다. 너무 웃어서 기침을 했다. 기침이 멎자 또다시 작게 웃었다. "맞다. 그런 일도 있었지."

"별다른 이유는 없었…나요?"

"글쎄, 왜였을까. 나는 영문 모를 일을 하는 학생을 보면 가만히 내 버려 두지 못하는 성격이거든. 내가 겪은 후회를 아이들은 경험하지 않았으면 좋겠어. 결국 자기만족이지."

"교감 선생님이 겪은 후회요?"

"난 고리타분한 집에서 태어났어." 교감 선생님이 말했다. "다른 건 다 제쳐놓고 무조건 공부해라 공부해라 하셨지. 나도 뭘 하면 좋을지 몰라서 순순히 시키는 대로 했어. 부모님의 뜻대로 교사가 됐지. 정신 을 차리고 보니 나한테는 공부하는 능력밖에 없다는 걸 깨달았단다. 이대로는 안 되겠다 싶어서 새로운 일에 열심히 도전하기 시작한 게 서른쯤이었어. 그러다 마침내 재미있는 일을 찾은 게 마흔쯤. 이제 나 한테는 하고 싶은 일을 끝까지 해낼 젊음이 없다는 걸 깨달은 게 쉰 쯤이었지. 이제 와서는 뭘 하든 늦어. 그 모든 과정을 최소 20년은 일 찍 거쳤어야 했다. 적어도 내가 만나는 학생들은 그런 후회를 겪지 않았으면 좋겠어. 발버둥 칠 아이는 충분히 발버둥 쳐야 해. 발버둥 칠 수 있는 환경을 마련해주는 게 어른의 임무야. 결국 나이를 이길 수 있는 인간은 없으니까."

교감 선생님은 구름다리로 된 복도에 멈춰 서서 창밖을 내다보았다. 운동장에서 체육 수업을 받는 남학생들이 보였다. 축구를 하고 있었다.

"써니 네가 다닐 때는 동아리 활동이 필수였냐?"

"네. 1학년 때만요."

"그것도 참 한심한 제도였어. 어릴 때는 좋아하는 일에만 시간을 쓰면 돼. 젊음은 무엇보다도 큰 재산이야. 아무리 어른이어도 그걸 함부로 낭비하게 할 권리는 없어."

생각난 일화가 하나 있다. 고등학교에 입학한 지 얼마 안 되었을 때, 1학년이던 나는 작은 의문을 품었다. 동아리 활동을 강요하는 학교가 어째서 구관 동아리라는 일종의 도피처를 만들어 놓았을까. 아무리 생각해도 모순이었다. 그러던 와중에 입이 가볍다고 소문난 배구부 지도 교사가 흘린 정보라는 부연 설명과 함께 그럴싸한 소문이 교실을 떠돌았다. 동아리 활동을 강제하려는 사람은 부교장 선생님이고, 반대편에 서서 그러면 안 된다고 주장하는 사람은 교감 선생님이라고 했다. 부교장 선생님은 교장 선생님을 설득해서 어느 동아리에 든 반드시 가입해야 한다는 교칙을 몇 년 전에 만들었지만, 교감 선생님이 그에 반발하여 도피처로서 구관 동아리를 만들게 했다는 이야기였다. 나는 처음에 그 소문을 별생각 없이 받아들였지만, 교감 선생님의 성격을 조금씩 알게 되자 역시 헛소문이었다고 혼자 결론을 내렸다. 교감 선생님이 그런 귀찮은 일을 했을 리가 없다고 생각했다.

하지만 오늘 생각이 달라졌다. 굳이 사실을 확인하기는 민망해서 아무것도 묻지 않았다. 대신 감사 인사를 했다.

"감사합니다."

"뭐가? 진열대를 만들어줘서?"

"여러모로요."

교감 선생님이 작게 웃었다. 나도 웃었다.

"그런데 선생님이 마흔에 찾으신 재미있는 일이 뭐예요?"

교감 선생님은 쑥스럽다는 표정을 지을 뿐 대답하지 않았다. 괜히 뜸을 들이는 것이 아니라 진심으로 대답하고 싶지 않은 듯했다. 나는 그이상 물을 수 없어서, 다시 걸음을 뗀 교감 선생님의 뒤를 묵묵히 따라갔다. 누구에게나 열고 싶지 않은 마음의 문 하나쯤은 있는 법이다.

국제교류부 동아리방에 도착하자, 교감 선생님은 허리에 찬 마스터키를 꺼내서 잠긴 문을 열려고 했다. 하지만 문이 열리지 않았다. 가만 보니 문 잠금장치와는 별개로 작은 자물쇠가 달려 있었다.

"맞다, 국제교류부에는 이게 있었지. 잠깐 있어 봐. 교무실에서 열쇠를 가져올 테니까."

교감 선생님이 떠난 뒤, 나는 문에 달린 작은 창문으로 동아리방 안을 들여다보았다. 너무나 낯선 모습에 놀라서 목소리를 높일 뻔했다. 내가 국제교류부 동아리방에 들어가 본 적은 고등학교 생활 3년 동안 딱 두 번이었다. 첫 번째는 동아리 소개서를 내러 온 1학년 때였고, 두 번째는 소음 사건 때였다. 두 번 다 동아리방 안을 구석구석 관찰하지는 않았지만, 방 안이 서류와 책으로 가득하던 것은 기억한다. 압박감이 들 만큼 비좁은 공간이었다.

그런데 지금은 거의 빈방이었다. 남아 있는 것은 전에 내가 고정해

놓은 사물함과 책장, 그리고 기다란 책상과 철제 의자뿐이었다. 나는 과거와 달리 휑해진 동아리방에 홀로 우두커니 선 후타와 미사키의 모습을 상상해보았다. 한숨이 새어 나왔다. 그런 처지라면 신문부에서 혼자 프라모델을 만드는 것이나 다름없지 않은가.

"열쇠가 없어." 잠시 후 돌아온 교감 선생님이 어두운 표정으로 사과했다. "아미자와 선생님도 수업 중이라 없더구나. 미안하지만 문은 못 열겠다."

"그건 이제 없나요? 교무실 문 옆에 있던 열쇠함이요."

"응? 있어. 거기에 열쇠가 없었다는 말이야."

나는 귀를 의심했다. "그러니까, 후타와가 열쇠를 열쇠함에 돌려놓지 않았다는 건가요?"

"그렇겠지. 많이들 그래."

나는 다시 한번 창문으로 동아리방을 들여다보았다. 물론 실내 상태는 조금 전과 똑같았다. 거기에는 영혼이 빠져나간 듯 빛을 잃은 쓸쓸한 공간뿐이었다.

"동아리 활동 기록을 그렇게 보고 싶냐?"

"…네? 아, 그렇죠."

교감 선생님은 흐음 하며 잠시 고민하더니, 도서실에 몇 부 있을지도 모른다면서 다시 신관 쪽으로 사라졌다. 계속 교감 선생님을 부려먹는 것 같아 죄송했지만, 외부인인 내가 스스로 가지러 갈 수는 없었다.

기다리기 따분해지자, 내 발이 저절로 움직였다. 지나온 복도를 되돌아가서 계단을 내려갔다. 목적은 단순했다. 나는 신문부가 어떤지 궁금했다. 고등학교를 졸업한 그날부터 내내 참을 수 없이 신경 쓰이던 **그것**을 확인하고 싶었다.

그 많던 프라모델들은 어디로 갔을까.

나는 프라모델을 동아리방에 방치한 채 학교를 떠나 버렸다. 왜 직접 집에 가져가거나 처분하지 않았냐고 묻는다면, 거기에는 내 나름대로 이유가 있었지만, 자세한 이야기는 다음 기회에 하겠다. 어쨌거나 나는 그 많은 프라모델들이 어떻게 됐는지 모른다. 그것들은 지금 어떻게 됐을까…. 계단을 내려가면서 정체를 알 수 없는 기대와 불안이 뒤섞였다.

싱거운 결말이었다. 나는 1층으로 내려가자마자 쓴웃음을 지었다. 지금까지도 기억하는데, 당시 구관 1층에는 계단과 가까운 순서대로 수학연구부, 신문부, 과학부, 사진부, 이렇게 네 동아리방이 나란히 있었다. 예상은 했지만, 이제는 그 모든 동아리방의 표지판이 바뀐 뒤였다. 새롭게 달린 것은 관악부 예비실A부터 D까지를 나타내는 표지판이었다. 나는 뭘 기대했을까. 어깨 힘이 빠졌다.

한때 신문부 동아리방이었던 관악부 예비실B에 천천히 다가가 작은 창문을 들여다보니, 빽빽이 늘어선 악기 케이스 같은 것들이 보였다. 악기에는 문외한이라 어떤 악기가 들었을지 상상도 되지 않았다. 어쨌든 그곳은 내가 알던 동아리방이 아니었다. 긴 책상은 물론이거니와 철제 의자도 없었고, 교감 선생님이 만들어준 진열대도 없었다. 그 대신 동아리방 좌우에 악기를 보관하는 커다란 수납장이 설치돼 있었다. 그리고 그 수납장마저도 곳곳에서 세월의 흔적이 엿보였다. 이제 보니 국제교류부는 그나마 당시의 모습을 잘 유지한 편이었다.

그래서, 여기는 어디일까. 나는 천천히 눈을 감았다. 가슴속에서 무언가가 아주 자그마해진 느낌이 들었다.

"여기 멋대로 돌아다니는 손님이 있구먼."

감상에 젖은 탓인지 교감 선생님이 오는 기척을 알아차리지 못했다.

"어때, 모형부는 없어졌어?"

"네…, 완전히요. 신문부였지만."

"모형부였어, 그건. 신문은 만든 적도 없잖아."

"그래도 매년 벽신문은 만들었어요."

"만들었든 안 만들었든 똑같아."

교감 선생님은 희미한 미소를 지은 채 작은 창문에 얼굴을 대고 나처럼 잠시 실내를 바라보았다. 그런 교감 선생님의 옆얼굴이 울적해 보이는 이유는 향수에 젖은 내 눈이 착각을 일으켰기 때문일까.

"프라모델은….." 물으면 안 된다는 느낌이 들었지만 물을 수밖에 없었다. "프라모델은, 어떻게 됐어요?"

"난 써니 네가 모형 만드는 모습을 옆에서 계속 지켜봤어." 교감 선생님은 실내를 들여다보면서 말했다. "비가 오는 날에도, 바람 부는 날에도, 눈이 오는 날에도. 겨울에는 손을 비비면서, 여름에는 땀을 흘리면서 모형을 만드는 써니의 모습을 죽 지켜봤지. 뭐가 그리 필사적인지, 뭐가 그리 초조한지, 써니는 날이면 날마다 모형을 만들었어. 나는 그걸 다 봤어. 그런 내가 말이다, 너의 손때가 묻은, 오랜 노력의 결정체인 그 모형들을 내가 어찌 했을 것 같으냐?"

"…어떻게 하셨어요?"

"바보. 버릴 수밖에 없었지. 쓰레기통행이었어."

"…그렇…군요."

"써니는 정말 바보야." 교감 선생님은 살짝 얼굴을 찌푸렸다. "전부 내팽개쳐두고 가다니."

할 말이 없었다. 아하하, 죄송해요, 라고 가볍게 얼버무리는 것도 깊이 고개 숙여 사과하는 것도 적절하지 않은 것 같았다. 내가 사과해야 할 대상은 학교도 아니고 교감 선생님도 아니다. 고등학교 시절의 나 자신이다. 겸연쩍어진 나는 정장에 달린 실밥을 뜯는 척했다.

"자, 30부 넘게 남아 있더라. 연도별로 한 부씩 줄 테니 가지고 가."

교감 선생님이 건넨 것은 내가 고등학교 1학년일 때부터 3년간 국제교류부에서 발행한 활동 기록 세 권이었다. 역시 학교를 대표하는 동아리의 활동 기록답다. 두께가 꽤 있었고 제본 상태도 좋았다. 노란 레자크 용지에 단색 인쇄된 표지였다. 몇 부를 제작하냐에 따라 다르겠지만, 이 정도면 단가가 대충…. 생각할 필요도 없는 것들이 머리를 스친다. 업무 시간에 받아드는 종이 제품은 하나같이 샘플처럼 보인다. 완전히 일에 잡아먹힌 삶이다.

"오늘 감사했습니다."

"이제 가는 거야?"

"네. 오랜만에 봬서 좋았어요."

"써니 네가 올해 와서 다행이다."

"왜요?"

"올해까지만 일하거든."

그 말뜻을 이해하고는 입을 벌린 채 굳어버렸다.

"오는 세월에는 못 당하지. 그냥 정년퇴직이야."

"그…." 어떻게든 말을 이었다. "정말 노고가 많으셨습니다."

"노고는 무슨. 계속 놀고먹었는데." 교감 선생님은 껄껄 웃으며 가슴을 폈다. "이제 취미에 푹 빠져 사는 삶의 시작이야."

"뭘 하시려고요?"

"우선은 오토바이 투어."

"…그런 농담을."

"농담이라니, 실례야. 난 아주아주 진심이라고." 교감 선생님은 오른손으로 오토바이 액셀을 당기는 시늉을 했다. "일단 해보면 못 할 일이 없어. 이끼 한 말끼는 무순디지만, 나이 들어다고 후회하고 못한다고 절망하기는 너무 쉬워. 중요한 건 주어진 상황에서 얼마나 도약할 수 있느냐야."

정말로 아주아주 진심이었는지 나는 끝까지 알 수 없었다. 수년이 흘렀는데도 여전히 속을 알 수 없는 사람이다. 나는 교문까지 배웅해주는 교감 선생님에게 다시 고개 숙여 감사 인사를 한 뒤 주차장에 세워둔 업무 차량으로 돌아갔다. 추억의 여운이 남아 못내 섭섭한 탓인지 곧장 출발할 마음이 들지 않아서 잠깐 차 안에서 멍하니 하늘을 올려다보았다.

빠른 속도로 하늘을 가르던 채운이 곧 교감 선생님의 혼다 오토바이가 되어 구름 너머로 사라졌다. 그런 상상을 하니 나도 모르게 웃음이 나왔다. 교감 선생님 하면 역시 과자와 호지차다. 시속 30킬로미터를 넘는 탈것을 조종하는 모습은 상상하기도 어려웠다.

나는 교감 선생님이 준 국제교류부의 활동 기록을 집어 들고 운전석에서 펼쳐보았다. 내가 2학년이던 때의 활동 기록이다. 특정 페이지에서 손이 멈춰 버린 이유는 갑자기 떠오른 강렬한 기억이 나를 뒤흔들었기 때문이다.

부원 소개라고 적힌 페이지에 선배들을 포함한 국제교류부 부원 네 명의 개별 사진이 실려 있었다. 물론 후타와의 사진도 있었다. 사진 속 후타와는 창문에서 불어오는 바람에 머리칼을 흩날리며 창 너머를 가리켰다. 미소가 한없이 맑고 밝아서 아직도 내 가슴을 푸르게, 뜨겁게 달군다. 그녀가 가리키는 것이 무엇인지 나는 안다. 아마 이 세상에서 나만 유일하게 알 것이다. 그녀는 예전에 본 커다란 까마귀가 있던 곳을 내게 가르쳐주고 있었다.

뭐야, 내가 찍은 사진이잖아.

나는 사진을 바라보면서 혼자 차 안에서 중얼거렸다.

"추억이다."

과거를 되짚어 여행하다 보니 어쩔 수 없이 이 말이 자꾸 입에서 흘러나온다.

추억이다. 그 말을 뱉을 때마다 돌아오지 않는 나날에 대한 향수, 지나가 버린 시간에 대한 절망이 고개를 내밀었지만, 그보다 강한 것은 소소한 쾌감과 충족감이었다. 우리 외에는 아무도 모르는 그 무언가가 이 세상에 존재했음을 안다는 일종의 우월감이 가슴을 뜨겁게 달궜다.

입사한 지 얼마 안 되었을 때, 많은 선배 직원들이 "너희는 나카모리 아키나 같은 연예인은 잘 모르지?" "이 곡도 모르지?" 같은 질문을 종종 던졌다.

나는 그런 질문을 받을 때마다 선배들이 반길 것을 예상하며 "아뇨, 모를 리가요"라고 대답했다. "고등학생 때 나카모리 아키나 노래를 자주 들었어요. '북쪽 윙'이랑 '십계', '서던 윈드'도요. '슬로 모션'은 수백 번도 더 들었을걸요"라고 말했다.

하지만 선배들은 "이야, 너 재미있는 녀석이구나! 나카모리 아키나를 안다니 뭘 좀 아는 놈이네!"가 아니라, 기껏해야 "그래?"라고 반응했다. 아쉬운 표정을 짓는 사람도 있었다. 중요한 것은 나카모리 아키나의 노래를 몇 번 들었는지가 아니었다. 나카모리 아키나가 세상을 떠들썩하게 한 그 시간 속에서 살아 봤는지였다. 그래서 나카모리 아키나의 음악을 몇 번이나 들었든 내가 해야 할 말은 이것이었다.

"전혀 몰라요."

그랬다면 선배들은 아마 "그래, 그렇지?" 하며 수긍했을 것이다. 아무튼 내가 그 시절을 모르는 것은 사실이니까.

"그때가 좋았지. 아마 너희는 절대 모를 거다."

그 말대로다. 이 세상에서 사라진 것은 내 가슴속에서만 숨쉬기에 비로소 의미가 있다. 누구에게나 추억을 늘어놓을 기회가 필요하다. 추억은 맛이 옅어지지 않는 껌이다. 곱씹고 곱씹어도 또 곱씹고 싶어진다. 곱씹는 것이 지겨워지지는 않지만, 배를 채워주지도 않는다. 가끔은 배탈이 날 수도 있다. 자중하지 않으면.

후타와 미사키 말고도 상급생 두 명의 사진과 내가 찾던 오다기리 카에데의 사진이 실려 있었다. 마나베의 사진은 없었다. 오다기리 카에데는 아즈마도 인정하는 미적 재능의 소유자답게 붓을 들고 캔버스에 무언가를 그리는 모습이었다. 교복 위에 물감으로 얼룩진 앞치마를 입었다. 나는 그녀의 얼굴을 보자마자 기억이 떠올랐다.

이 아이가 오다기리 카에데였다니.

나는 그녀를 안다. 아니, 이 표현은 조금 과할지도 모르겠다. 왜냐하면 나는 딱 한 번 그녀에게 붙잡혀 일방적으로 이야기를 들었을 뿐이다. 그만한 교류밖에 하지 않은 그녀를 어떻게 기억하냐고 묻는다면, 그녀의 말이 너무나 자극적이고 강렬했기 때문이라고 대답하겠다. 그녀의 말은 내 마음을 무척이나 어지럽혔고 내 청춘을 셰이커에 넣고 뒤흔들었다. 신문부 동아리방에 들어가려던 내가 그 말을 들은 순간, 세상이 멈춘 것만 같았다. 3학년 가을 무렵이었다.

"후타와가 널 좋아하는 것 같아."

떨렸다.

사람의 말은 얼마나 강력한 무기인가. 나는 동아리방 문에 손을 댄 채 수수께끼의 여학생을 그저 멍하니 바라보았다. 방금 말도 안 되게 비현실적이고 터무니없이 충격적인 말을 들은 것 같다. 잘못 들은 건가. 아니, 잘못 들은 것이 분명하다.

"후타와 알지? 후타와 미사키. 후타와가 너를 좋아하는 것 같아."

나는 당황해서 복도를 둘러보았다. 당연하게도 방과 후 구관 1층에는 사람이 없었다. 나는 뭐라고 대답해야 할지 몰라서 입을 작게 열었다 닫기를 반복했다. 그나저나 이 여학생은 누구일까. 실내화를 보니 나와 같은 학년인 것 같았지만, 처음 보는 얼굴이었다. 몸집이 작고 눈이 커서 언뜻 보면 귀여운 외모인데, 팔짱을 껴서 그런지 조금 고압적인 인상이었다. 말투에도 여유가 없었다. 덕분에 매우 기쁜 말을 들었는데도 경고를 들은 것 같은 기분이었다.

"너 신문부 마제 맞지?"

나는 쭈뼛쭈뼛 고개를 끄덕였다.

"후타와가 항상 네 얘기를 해. 오늘은 너랑 이런 얘기를 했다, 네가 자주 학을 접어준다⋯. 들뜬 얼굴로 계속. 듣는 내가 지겨울 정도야."

나는 입을 다문 채 가만히 지구의 자전을 느꼈다. 무언가가 움직이고 있었다.

"말로만 듣던 마제가 어떤 애인지 궁금해서 너를 기다렸어." 그녀는 나를 머리부터 발끝까지 훑어보다가 고개를 작게 두 번 끄덕였다. "너, 마음이 있으면 얼른 후타와를 편하게 해줘."

"⋯편하게?"

"고백하라는 말이야."

총에 맞은 것처럼 묵직한 충격이 가슴을 꿰뚫었다. 가슴에서 피가 흘러나왔다. 물론 실제로는 흐르지 않았다. 하지만 흘렀다.

"사랑앓이 하느라 힘들 테니까. 얼른 편하게 해줘, 네가 남자라면. 나도 후타와의 짝사랑을 보고 있기 괴로워."

"⋯근거도 없는 말 지어내지 마."

나는 겨우겨우 목소리를 쥐어짜고는 도망치듯 동아리방 안으로 몸을 숨겼다. 문을 닫고 숨을 멈췄다. 문에 귀를 대고 그 여학생이 계단을 올라가는 소리를 들은 뒤에야 숨을 크게 뱉었다. 그리고 가슴 언저리에서 지금 당장이라도 분화할 것 같은 화산을 잠재우려고 동아리방을 정처 없이 돌아다녔다. 빠른 걸음으로 긴 책상 주변을 빙빙 돌았다. 연동하듯 머리도 빠르게 돌았다. 누구인지도 모를 애가 준 정보를 그대로 받아들이는 바보가 어디 있나. 그런 건 아무 의미도 없는 망언이다. 아니면 나를 다른 누군가와 착각한 것이다. 틀림없다. 그런데 그건 뭐였을까. 종이학 이야기는 신빙성이 높지 않나. 그건 틀림없이 내 이야기다. 그렇다면 혹시 후타와가 정말로 나를, 정말로, 어쩌면.

어쩌면.

결국 그날 밤 침대에 누워서까지도 끙끙대며 고민했다. 후타와의 사소한 언행을 돌이켜 보면서 끊임없이 일희일비했다. 물론 한숨도 못 잤다.

이튿날 교실에서 후타와는 평소와 똑같아 보였지만 어쩐지 나를 의식하는 것 같기도 했다. 나와 눈이 마주치면 어색하게 시선을 돌렸다. 슬쩍 말을 걸어보니, 어쩐지 들떠 보였다. 아니, 나는 뭘 나 좋을 대로 해석하는 것인가. 후타와는 누구에게나 늘 이러지 않았나. 그날도 나는 한숨도 못 잤다.

특별히 언급할 만한 일이 없어서 적지 않았지만, 3학년 때도 당연히 축제가 열렸고, 신문부는 동아리방 앞에 아무도 읽지 않을 벽신문을 붙였다. 여담으로 나는 드라마 비평가가 선정한 재미있었던 상반기 드라마 순위를 게재했다. 1위는 기무라 타쿠야가 주연을 맡은 《화려한 일족》이었고, 드라마 비평가는 누나와 엄마를 가리키는 말이었다.

문화 계열 동아리에 소속된 3학년은 대부분 축제가 끝나면 동아리를 졸업한 것으로 여겨진다. 따라서 그때의 나는 서류상으로 신문부 부원이 아니었다. 하지만 동아리방을 방치하려니 아까웠다.

"이 동아리방 지금처럼 사용해도 돼요?" 어느 날, 쭈뼛거리며 교감 선생님에게 묻자, 교감 선생님은 작게 흐음 하면서 고개를 갸웃했다.

"몰라. 좋을 대로 해."

확실한 보증을 받았다고 하기는 어려웠으나, 어쨌든 허락은 받았다. 여름 방학부터 입시 학원에 다니기 시작해서 수업이 있는 날에는 학원에 갔지만, 그렇지 않은 한 변함없이 동아리방으로 걸음을 옮겼다. 적어도 당분간은 개인실로 사용할 수 있을 터였다.

그러는 와중에 사건이 일어났다. 수수께끼의 여학생이 던진 말에 마음이 어수선하던 그날로부터 며칠이 지난 어느 날이었다.

나는 그날도 동아리방에서 입시 공부에 매진했다. 그런데 위층이 몹시 시끄러웠다. 누군가가 소란을 피우는 것 같지는 않고, 무언가를 길길 끄는 무지한 소리가 났다. 그것도 10분, 20분, 간헐적으로 났다. 명백히 신문부 바로 위에 있는 국제교류부에서 나는 소리였다. 나는 타고 나기를 그다지 예민한 편이 아닌데도 그쯤 되니 공부에 지장이 갈 정도로 거슬렸다. 귀마개 대신 이어폰을 꽂아 봐도 효과가 없었다. 중병에 시달리는 하마 울음소리 같은 소음이 이어폰으로 가린 고막을 흔들었다. 생각해 보니 국제교류부는 며칠 전부터 시끄러웠다. 어제까지는 무언가를 벽에 부딪치는 소리가 계속 들린 것을 보면 대대적으로 인테리어를 바꾸는 중인지도 모르겠다. 지난 사흘은 학원 수업 때문에 일찍 동아리방을 떠났지만, 오늘은 종일 동아리방에서 공부할 계획이었다. 천장을 쳐다보며 참고서를 덮자, 깊은 갈등이 시작됐다.

내버려 두면 어차피 곧 조용해질 테니 참으라고 나 자신을 타이르는 나약한 나와, 지금이야말로 클레임을 핑계로 국제교류부를 방문할 절호의 기회라고 부추기는 내가 절묘한 균형을 이루며 엎치락뒤치락했다. 가면 후타와를 만날 수 있다. 가야 할까, 가지 말아야 할까.

좋다. 10분만 더 기다려 보고 그래도 조용해지지 않으면 클레임을 걸러 가자. 그렇게 마음먹자마자 우습게도 소음이 멈췄다. 나는 얼굴을 찌푸렸다. 그러자 내 무언의 앙코르를 들었는지, 이번에는 다른 소리가 나기 시작했다. 모터 같은 것을 돌리는 소리였다. 나는 또다시 정적이 찾아올까 봐 잽싸게 동아리방을 뛰쳐나갔다. 아니, 잠깐. 후타와는 이미 국제교류부를 졸업하지 않았을까. 그렇다면 동아리방에 있는 사람은 후타와가 아닐 텐데. 그런 생각이 든 것은 동아리방 문을 두드린 후였다.

"네, 네엡!" 기우였다. 국제교류부 동아리방에서 들려온 목소리의 주인은 틀림없이 후타와였다. 동시에 소음도 멈췄다.

"나 마제인데." 나는 문 너머로 말했다. 시끄러워서 못 견디겠다는 목소리와 표정을 꾸며내려고 최대한 애쓰면서.

잠시 후 문을 연 후타와는 이마에 구슬땀을 흘리고 있었다. 운동이라도 한 것처럼 가볍게 숨을 헐떡였다. 나는 그 모습을 보고 순간 심장이 뛰었지만, 강하게 나가야 한다는 것을 떠올리고 얼른 표정을 고쳤다.

"…좀 시끄러운데."

"아, 시끄럽지…. 미안해." 후타와는 잠시 복도를 두리번거리더니, 미안한 듯 웃음을 지어 보였다. "사물함을 옮겨야 해서…. 하하."

"사물함을 끌고 있었어?"

"생각보다 무겁더라고."

"혼자 했어?"

"…뭐, 그렇지."

나는 순간적으로 모든 용기를 끌어모아, 내가 피해를 보기 싫어서 그런다는 태도로 무뚝뚝하게 말했다. 나로서는 제법 과감한 발언이었다.

"내가 할게."

"어…? 뭘?"

"사물함을 옮겨야 한다며. 계속 이렇게 시끄러우면 내가 힘드니까."

"괜찮아, 괜찮아. 사물함 옮기는 건 끝났어. 이제 내진용 고정쇠를 드릴로 박으면 끝이야. 약간 고전 중이지만, 곧 조용해질 거야."

"그럼 그걸 할게."

"괜찮아. 내가 미안하잖아."

"드릴 소리도 시끄러웠어."

후타와는 고집을 꺾었다. 내 말투가 너무 퉁명스러웠나 싶어서 약간 후회됐지만, 후타와와 같은 공간에 머물 기회를 잡으려면 꼭 필요한 일이었다고 나 자신을 다독였다. 나는 후타와가 어디선가 빌려온 전동드릴과 내진용 고정쇠를 받아들고 동아리방 오른쪽 구석으로 옮겨진 사물함에 다가갔다. 몹시 어중간한 위치라서 의아했지만, 나중에 도착할 책장이 들어갈 자리를 고려해서 놓았다고 후타와가 말했다. 역시 인테리어를 바꾸는 중이었나 보다. 날씨는 쌀쌀했지만, 후타와가 문을 꼭 닫고 작업한 탓인지 동아리방은 훈훈한 온기에 싸여 있었다. 단둘이 한 공간에 있다는 긴장감까지 더해져 자연스레 얼굴이 달아올랐다. 그리고 불현듯 수수께끼의 여학생이 몰래 전한 말이 강렬하게 떠올라서 더욱더 후타와를 똑바로 보기 힘들어졌다.

L자형 고정쇠는 콘크리트 벽이 아니라 목제 바닥에 박는 용도인 듯

했다. 지진이 일어났을 때 사물함가 앞으로 쓰러지는 것을 막아준다
고 했다. 원리를 이해한 나는 나사를 집어 들었다. 후타와가 나사를
조이려다 실패했는지 바닥에 작은 구멍이 뚫려 있었다.

"사물함 붙잡을게." 후타와가 다가오자, 나는 뺨을 더 벌겋게 물들
이면서 첫 번째 나사를 조였다. 작업 자체는 그리 어렵지 않았지만,
후타와의 치마가 흔들리며 시야 끝에서 언뜻언뜻 보일 때마다 가슴
이 울렁거렸다.

"고마워…. 이런 거 잘하는구나."

평소에 프라모델을 만들어서 손재주가 좋아. 이 정도는 식은 죽 먹
기지. 어디까지 이야기할까 고민만 하다가 정작 아무 말도 하지 못했
다. 프라모델을 만드는 기술과 전동드릴 사이에 어떤 연관성이 있는지
제대로 설명할 수 없었기 때문이다. 늘 그렇게 엉뚱한 순간에 논리를
따지고 만다.

"너도 아직 동아리방에 있었구나, 마제. 동아리 졸업한 거 아니었
어?"

"아…. 좀 일이 있어서 아직 안 했어."

"언제까지 활동해?"

"…아마 학교를 졸업할 때까지. 후타와 너야말로 동아리 졸업한 거
아니었어?"

"국제교류부는 종이학을 보낼 때까지가 활동 기간이거든."

"…아, 그렇구나."

고정쇠는 총 네 개였다. 나는 후타와가 내 벌건 얼굴을 보지 못하도
록 고개를 숙인 채 묵묵히 작업을 이어나간 끝에 큰 어려움 없이 고

정쇠 두 개를 박았다. 그러다 세 번째 고정쇠를 받아들었을 즈음, 후타와의 상태가 평소와 다른 것을 알아차렸다. 나처럼 얼굴이 빨간 것은 실내 온도 탓이라 해도, 눈동자가 불안하게 흔들리는 이유는 무엇일까. 사물함를 붙잡으면서도 머리카락을 쓸거나 귓불을 만지작거리며 안절부절못했다. 역시 착각이 아니다. 후타와는 확실히 긴장했다.

어쩌면, 혹시, 정말로 후타와도 나를 의식해서…. 그런 생각이 머릿속을 스쳤지만 이때까지는 아직 회의적인 시각이 우세했다. 그런 회의감을 송두리째 뒤엎은 것은 이어진 후타와의 말이었다.

"…저, 저기, 마제." 후타와가 머뭇거리며 말했다.

나는 일부러 무관심한 척 나사와 고정쇠만 바라보며 대답했다. "응?"

"있잖아, 무슨… 저기…."

"뭐라고?"

"무슨 얘기 **못 들었어?**"

나사를 조이다가 처음으로 헛손질을 했다. 나는 날아간 나사를 허둥지둥 붙잡고 후타와를 올려다봤다가 바로 시선을 피했다.

"…무, 무슨 얘기? 뭐 어떤 거?"

"그게, 그…. 뭐 생각나는 거 없어? 뭔가 이상한 얘기 들은 거 없어?"

"뭐가? 어떤 얘기?" 역시나 동요하고 마는 나 자신을 자각하며 나는 왼손으로 얼굴을 닦았다. 애써 목소리 톤을 낮췄다. "무슨 말인지 모르겠는데."

"정말?"

나는 시치미를 떼며 고개를 끄덕였다.

"그래…. 그럼 다행이고. 하하. 미안, 미안. 방금 한 말은 잊어버려."

그 뒤로 나사를 제대로 조이지 못하게 된 나를 누가 나무랄 수 있을까. 나는 떨리는 손을 이성으로 겨우겨우 붙들면서 나사를 하나, 또 하나, 조금 전보다 몇 배나 신경을 쓰며 조여 나갔다. 신중하고 의심 많은 나조차 이만큼 조건이 갖춰지니 감이 올 수밖에 없었다. 이건 가망이 있는 싸움이다. 그런 생각이 들자, 또다시 그 여학생의 목소리가 귓가에 맴돌았다.

'고백하라는 말이야.'

상상만 해도 온 세상이 새하얀 재가 된 것 같았다. 실내 온도가 30도를 넘어선 느낌이었다. 후타와에게 고백하는 내 모습을 상상해보니, 그것이 얼마나 어려운 일인지 실감이 됐다. 러브레터를 쓰겠다고 결심했다. 그나마 편지가 내 성격에 맞는다. 꼭 쓰자. 당장 쓰자. 아마도, 아니, 틀림없이 나쁜 대답이 돌아오지는 않을 것이다.

나는 내 결심이 흔들리지 않도록 마지막 나사를 온 힘을 다해 단단히 조였다. 목제 바닥이 약간 들썩일 정도로 세게, 깊게, 집요하게.

그날 저녁 나는 곧바로 서점에 가서 참고서 두 권 사이에 연애 교본이 될 책을 끼워 넣어 샀다. 프라모델을 만들기 시작했을 때처럼 미지의 영역에 발을 들이는 순간에는 참고문헌을 찾는 것이 습관이었다. 요즘만큼 인터넷 환경이 갖춰지지 않은 시절이기에 더 그랬다.

고백할 때 거절하기 힘든 분위기를 연출하면 안 됩니다. 항상 상대에게 도망갈 길과 선택지를 마련해 주고 당신이 여유 있는 남성임을 어필하세요. 나는 교본 속 조언을 참고하여 편지지 네 장에 달하는 러브레터를 다음과 같은 글로 끝맺었다.

'끝까지 읽어줘서 고마워. 답장은 급하게 주지 않아도 돼. 졸업할 때까지만 대답해 줘.'

10

과거를 돌이켜보는 작업에는 엷은 쾌감과 충족감이 뒤따른다. 이렇게 적어놓고는 모순이지만, 역시나 추억 여행이 끝에 다다르자, 아픔이 훨씬 강해졌다. 끝나버린 옛날 일이라고는 하나, 결코 남의 이야기는 아니다. 역사책을 들여다보는 것과는 다르다. 아픔이 여전히 뚜렷한 기억으로 남아 몸 안에 둥지를 틀고 있다. 쉽게 풍화되지 않는다.

그날도 맞은편 승강장에서 후타와의 모습을 발견했다. 나는 거의 반사적으로 휴대전화를 꺼냈다. 그런데 교감 선생님을 만난 자초지종을 설명하자니 귀찮은 문제가 여럿 얽혀 있어서 망설여졌다. 우선 후타와는 교감 선생님과 내 관계를 모른다. 이 분주한 아침 시간에 일일이 설명하기란 쉬운 일이 아니다. 체념한 나는 휴대전화를 집어넣고 여느 때처럼 하늘을 올려다보았다. 도톰한 구름 속에 채운이 빨려 들어간다.

그때 갑자기 맞은편 승강장이 소란스러워졌다.

무슨 일인가 하고 눈을 돌린 나는 얼굴이 새파래졌다. 예전 언젠가 처럼 허겁지겁 대기줄을 빠져나가서 에스컬레이터를 뛰어 올라간 뒤 맞은편 승강장으로 달렸다. 내가 도착했을 즈음에는 사람들이 후타와 주변에 모여 있었다. 후타와는 승강장 위에 쓰러진 채 꿈쩍도 하지 않았다. 몇몇 사람들이 그녀에게 말을 걸었다. 나도 사람들 틈을 비집고 들어가서 말을 걸었다. 몇 번이고 이름을 부르자, 후타와가 천천히 상체를 일으켰다. 하지만 호흡이 거칠었고 얼굴이 어두웠다. 그런데도 어찌어찌 오른손을 저으며 아무 문제없다고 하더니, 힘없는 다리로 일어섰다. 벤치로 가려고 하기에 내가 부축해서 앉혔다.

"…어? 마제?"

"어떻게 된 거야? 괜찮아?"

"빈혈. 빈혈이야." 후타와는 애써 웃어 보이고는 두 눈을 꼭 감았다. "별일 아니야. 항상 잠깐 쉬면 금방 괜찮아져."

"항상?"

소란을 알아차렸는지 역무원 두 명이 다가왔다. 역무원은 내게 가볍게 목인사하고 무릎을 굽혀 앉더니 벤치에 앉은 후타와에게 물었다.

"오늘도 역무원실에서 잠깐 쉴래?"

"…괜찮아요. 감사합니다."

"정말?"

"네. …심하지 않아서요. 소란 피워서 죄송합니다."

역무원은 걱정스러운 표정을 지으면서도 작게 고개를 끄덕이고 일어나 나를 돌아보았다.

"아는 사이세요?"

"…네."

"잠깐 지켜봐 주시겠어요?"

"혹시 이런 일이 자주 있습니까?"

"자주라…. 네, 그렇죠. 한 달에 한두 번은 있으니까요."

나는 떠나는 역무원에게 인사하고 조금 전보다 약간 호흡이 차분해진 후타와를 돌아보았다. 후타와는 손수건을 입에 대고 무언가를 꾹 참듯 눈을 감고 있었다.

"언제부터 이랬어?"

"…기억 안 나."

"옛날에는 이러지 않았잖아."

후타와는 아무 말도 하지 않았다.

"나이 때문이야?"

역시 아무 말도 하지 않는다.

"계속 열여덟 살에 머물려고 해서 이렇게 된 거야?"

"몰라. 난 의사가 아니니까." 후타와는 눈을 감은 채 웃었다. "이제 괜찮으니까 너도 출근해. 땡땡이치면 부장님이나 과장님한테 혼날걸. 나는 정말 괜찮으니까 가봐."

"…괜찮기는." 하고 싶은 말은 많았지만, 결국 나는 할 말을 찾지 못했다. 내 말에 무슨 힘이 있단 말인가. 그녀는 지금도 맞서 싸우고 있다. 괴로움과, 고통과, 그리고 시간의 흐름과. 후타와가 이렇게까지 열여덟 살에 매달리는 원인은 분명 **그것**일 것이다. 나도 어렴풋이 짐작이 간다. 물론 자세한 이유는 잘 모르지만, 교감 선생님에게 받은 활동 기록에서 한 가지 답을 찾아냈다. 다만 그 말을 입 밖에 꺼내자니 나도 너무 괴로웠고, 그리고 아팠다.

"만약…"

후타와는 작은 목소리로 말했다. 어쩌면 후타와는 내 귀에 들리지 않기를 바라며 중얼거린 것일지도 모른다. 실로 가냘프고 한숨 섞인 듯한 목소리였다. 지금껏 못 든는 게 나았을 거이다. 하지만 후회해도 소용없다. 후타와는 기도하듯 자그마한 목소리를 흘렸다.

"만약 마제가 아니었으면 부탁할 수 있었을지도 모르겠다. 이런저런 일을."

나는 조용히 눈을 감았다.

이제 곧 11월이다. 리나가 말하길, 올해 말까지는 후타와에게 열아홉 살이 되겠다는 결심을 심어줘야 한다고 했다. 나도 지금껏 그때를 목표로 움직였지만, 생각을 바꿔야겠다. 제한 시간과는 상관없이 하루라도 일찍 후타와에게 적절한 시간의 흐름을 되찾아줘야 한다.

그 주 토요일, 나는 리나와 지난번 그 공원에서 만났다. 역시나 리나는 전과 같은 벤치에 앉아 있었다. 지난번과 마찬가지로 나들이 복장이었고 화장도 한 것 같았지만, 내 충고를 받아들였는지 안경은 긴 상태였다. 역시 오후에 어딘가 갈 예정인 듯했다. 짧은 회색 치마가 이 계절에는 조금 추워 보였다.

"지난 목요일에 후타와는 어땠어?" 나는 신경이 쓰여 물었다. "역에서 봤는데 몸 상태가 안 좋은 것 같았거든."

"목요일…, 지각한 날이네요."

"괜찮아 보였어?"

"글쎄요…. 제가 보기에는 평소랑 똑같았어요."

일단 마음이 놓였다. 리나를 너무 오래 붙잡고 있으면 안 될 것 같아서 얼른 용건을 꺼냈다.

내가 리나에게 부탁할 일은 매우 간단명료했다. 후타와에게 들키지 않고 국제교류부 동아리방 안을 살펴봐달라는 것. 그것뿐이었다. 동아리방 열쇠는 적당한 핑계를 찾아서 아미자와 선생님에게 빌리든가, 정 어려우면 내 이름을 대고 교감 선생님에게 부탁해도 된다. 아마 후자가 확실할 것이다. 아무튼 동아리방에 들어가 줬으면 좋겠다. 아마 거기에 후타와가 남들에게 숨기고 싶어 하는 무언가가 있을 것이다. 그리고 그것이 나이와 연관되어 있을 가능성이 크다. 그렇게 말했다.

리나는 내키지 않는 기색으로 고개를 끄덕였다. 물론 나도 그런 일을 부탁하면서 마음이 편치는 않았다. 지금의 후타와에게 국제교류부 동아리방이 어떤 의미인지는 모르겠지만, 적어도 고등학교 시절 내게 신문부 동아리방은 내 방이나 마찬가지였다. 그런 곳을 함부로 살펴보려고 하는 셈이니 적잖은 죄책감이 들었다. 그래서 최소한의 배려로 동성 친구인 리나에게 맡기기로 했다. 가택 수색을 하듯 실내를 샅샅이 뒤질 필요는 없다. 비품을 확인하는 것처럼 가볍게 살펴보면 충분하다. 끈질기게 설득해서 겨우겨우 승낙을 얻어냈다.

"만약 내가 추가로 어떤 연락을 하면, 가능한 한 일찍 실행에 옮겨 줬으면 좋겠어. 나는 꼭 들러야 할 장소를 찾았어. 오다기리 카에데의 연락처는….”

“아직 못 찾았어요.”

“그럼 그것도 계속 찾아줘. 고생스러울 거야. 미안해.”

내 말투가 점점 조심스러워진 이유는 리나가 언짢아하는 것처럼 보였기 때문이다. 여성의 권력이 월등히 강한 가정에서 자란 나는 아버지와 마찬가지로 여자들의 눈치를 살피는 버릇이 있었다. 그다지 자랑할 만한 특성은 아니다.

“어디까지나 내 감이지만, 확실히 이 문제의 핵심과 가까워지고 있다는 느낌이 들어. 이제 얼마 안 남았어.”

“…정말 그렇게 생각해요?”

나는 리나의 신경을 거스르지 않으려고 신중하게 고개를 끄덕였다. 여기까지는 괜찮았다. 그런데 재빨리 이야기를 끝맺고 떠나려고 한 행동은 괜찮지 않았다.

“…왜 항상 그렇게 빨리 일어나려고 해요?”

리나는 땅을 응시하며 말했다. 미간에 잡힌 깊은 주름을 보고 나는 반쯤 뗀 엉덩이를 다시 천천히 벤치에 붙였다.

“저랑 있는 게 그렇게…, 그렇게 재미없어요?”

“…그런 게 아니야. 미안해.”

“뭐 하나만 말해도 돼요?” 리나는 내 대답을 기다리지도 않고 말했다. 목소리에 조금 힘이 들어갔다. “저는 마제 씨가 후타와 관련된 어느 기억을 토대로 어떤 가설을 세웠는지 몰라요. 마제 씨는 저한테 옛날 일을 전혀 알려주지 않으니까 당연히 모를 수밖에 없죠. 어쩌면 마제 씨가 내려는 답이 정답일 수도 있어요. 하지만 제 생각에는 분명히…, 분명히 오답일 거예요. 정답은 훨씬 단순할 테니까요."

리나는 무릎 위에 올려둔 두 손을 꽉 쥐더니 나를 똑바로 쳐다보았다.

"동아리도, 동아리방도, 오다기리 카에데 씨도, 다 아무 상관없어요. 마세 씨도 진작부터 알고 있었잖아요. 알면서 모르는 척하는 거잖아요."

"…그렇지 않아."

"거짓말. 그럼 제가 말할까요? 말해요?"

나는 끼어들 수 없었다. 리나는 전에 없이 강한 어조로 속사포처럼 말을 뱉었다. 그리고 과하게 열을 올리는 자기 자신이 부끄럽다는 듯 중간중간 입을 다물고 속도를 조절한 뒤에 다시 말을 골랐다. 하지만 금방 또다시 열을 올리며 같은 일을 반복했다. 모든 말이 달군 돌처럼 뜨거웠고, 무거운 포탄처럼 내 가슴 중앙을 강타했다. 나는 그 모든 말을 그저 가만히 들었다.

"후타와는 연애 문제로 나이를 앓아서 아직도 열여덟 살에, 고등학교 3학년에 머물러 있어요. 나이를 앓게 된 계기는 마제 씨와 같은 학년이던 시절에 있었던 어떤 일이죠. 마제 씨는 후타와를 좋아…, 좋아해서 러브레터를 썼어요. 하지만 답장은 못 받았죠. 그리고 얼마 전 후타와는 교문 앞에서 오랜만에 마제 씨를 보고 몹시 당황했어요. … 그걸로 다 설명되지 않나요? 그게 거의 정답인 거 아니에요? 후타와의 마음속에 남은 미련은, 후타와를 열여덟 살에 머무르게 하는 건, 후타와가 고등학교를 졸업하지 못하게 하는 사람은, 다른 누구도 아닌 마제 씨 아닌가요? 후타와는 아직도 마제 씨의 고백에 답하지 못한 채로 망설이는 거예요. 마제 씨와 같은 학년이던 시절부터 지금까지, **한결같이**. 마제 씨, 러브레터를 주면서 졸업할 때까지 꼭 대답해달라고 한 거 아니에요? 그것 때문에 후타와는 고등학교를 졸업하지 못했어요. 그리고 그렇기 때문에…, 후타와를 열여덟 살에 머무르게 하는 원인을 만든 장본인이기 때문에…, 마제 씨 혼자서만 후타와가 계속 열여덟 살인 걸 보고 남들과 다른 이상한 느낌을 받는 거에요. 제 말이 틀렸나요? 틀렸다고 단언할 수 있어요?"

차가운 바람이 공원을 에워싼 나무를 흔들었다.

어딘가 머나먼 세계가 술렁거리듯 잔잔하고 덧없는 소리가 난다.

나는 리나가 말을 마치 겨우 확인한 뒤, 시간을 충분히 써서 침묵을 만들었다. 아마 나와 리나 둘 다에게 필요한 침묵이었을 것이다. 리나에게는 마음을 가다듬을 시간이 필요했고, 나는 내 추억을 진지하게 대면해야 했다. 둘 다 쉬운 일은 아니었다.

이윽고 적당히 침묵에 익숙해졌다고 판단한 나는 천천히 입을 열었다. 내 인생에서 가장 괴로운 추억을 태어나 처음으로 말하기로 했다. 뜨거운 물을 끼얹은 것처럼 마음속 상처가 지독히도 욱신거렸지만, 주저할 수 없었다.

"틀렸어."

리나의 눈을 똑바로 들여다보며 말했다. 그러지 않으면 내 말이 리나의 마음에 제대로 닿지 않을 것 같았다.

"틀렸어. 그건 절대 아니야."

리나 역시 나를 똑바로 보았다. 말을 너무 많이 한 탓에 조금 지쳐 보였다. 나는 리나가 반박하지 않는 것을 확인하고 천천히 말을 이었다.

"거짓말할 생각은 없었어. 어물쩍 넘어갈 수 있으면 그냥 넘기고 싶었어. 사과할게. 미안해. 비참한 기억을 다른 사람에게 털어놓는 건 이 나이가 돼서도 힘들더라고. 내가 미련했어. 미안하다." 나는 크게 심호흡한 뒤 말을 이었다. 가능한 한 부드럽고 밝은 표정으로. "나는 후타와를 좋아했어. 그래서 러브레터를 썼어. 하지만 그게 다야."

심장이 꽉 짓눌려 작아진다.

"썼지만, 주지는 못했어."

리나의 눈이 휘둥그레졌다.

"어느 날 후타와에게 남자친구가 있다는 걸 알아 버렸거든. 후타와가 복도에서 처음 보는 남자랑 끌어안고 있는 걸 봤어. 그래서 러브레터를 버렸어."

또다시 바람이 불었다. 리나의 치마가 고통스럽게 흔들렸다.

"마나베랑 아즈마는 모르는 것 같았지만, 나는 계속 그 남자친구의 정체를 쫓았어. 네 말대로 후타와가 열여덟 살에 머무는 원인이 연애와 관련돼 있다면, 남자친구가 그 원인을 만들었을 가능성이 커. 그 사람은 우리 동창이 아니었어. 그런데 드디어 그 사람에 관한 단서를 찾을 수 있을 것 같아. 그러니까 오다기리 카에데와 동아리방을 조사해줘."

후타와와의 관계에서 확실한 가망을 느낀 나는 완성한 러브레터를 언제 줄지 신중하게 고민하기 시작했다. 이제는 어떤 이유였는지 잘 기억나지 않지만, 그 당시에는 여러 조건을 고려해서 11월 말일이 좋겠다는 결론을 내렸다. 정확한 날짜를 정해두지 않으면 나약한 내가 내 몸을 지배해 버릴 것 같았다. 러브레터는 동아리방 책장 안에 감

취 두었다. 그곳이라면 교감 선생님도 만지지 않을 터였다. 나는 그날
을 기다리며 동아리방에서 열심히 입시 공부를 이어나갔다. 괜찮아.
반드시 좋은 대답이 돌아올 거야. 불안해할 필요 없어. 그렇게 나 자
신을 다독이면서.

어느 날, 도저히 공부에 집중이 되지 않아서 기분 전환 삼아 프라
모델을 도색했다. 그때쯤에는 프라모델 만들기에 퍽 소원해진 상태였
다. 질리지는 않았지만, 입시 공부를 뒷전으로 미루면서까지 몰두할
열정은 없었다. 진열대에는 이미 교감 선생님이 목표로 제시한 프라모
델 50개가 완성되어 있었다. 내가 만들었지만 장관이었다. 이제는 프
라모델을 무리하게 만들 필요가 없었다.

도색을 끝낸 부품은 내가 정한 규칙대로 옥상에 들고 갔다. 프라모델
부품을 든 모습을 누군가에게—후타와에게—보여주고 싶었다. 그런
유치한 소망에서 비롯된 의미 없는 습관이 끔찍한 비극을 불러왔다.

"난 싫어!"

2층으로 올라가는 도중에 국제교류부 쪽에서 후타와의 목소리가
들려와 걸음을 멈췄다. 심상치 않은 목소리였다. 나는 황급히 계단을
뛰어 올라가서 복도 쪽을 확인하고는 얼른 몸을 숨겼다. 심장이 덜컹
내려앉았다. 순간적으로 내장이 연달아 썩어 들어가는 듯한 절망감
에 휩싸였고, 전신을 흐르는 혈액이 시퍼렇게 물들었다. 가슴속에서
영혼이 산산이 부서져 흩어지는 소리가 들렸다.

후타와는 국제교류부 동아리방 앞에서 사복을 입은 남자에게 안
겨 있었다.

그리고 울고 있었다.

남자의 등을 단단히 붙든 후타와의 팔을 보니 남자의 품이 불쾌해서 흘리는 눈물은 아니었다. 두 사람은 떨어지기를 거부하듯 상대의 몸을 꽉 끌어안았다. 아주 강하고, 강하고, 강하게. 후타와의 등을 감싼 남자의 오른손에 붕대가 감긴 것처럼 보였는데, 정확히 확인할 수는 없었다. 그저 하얀 천을 손에 쥔 상태였을 수도 있고, 애초에 하얀 물건 따위는 없었을지도 모른다. 나는 제정신이 아니었다.

"정말 미안해." 남자의 작은 목소리가 복도를 울렸다.

"약속은… 어떻게 되는 거야?" 후타와는 코를 훌쩍이며 말했다.

"미안해."

"내가 뭐든 할게. 힘이 될 테니까… 그러니까, 제발."

"고마워. 미안해."

나는 남자가 세 번째로 사과했을 때 옷이 스치는 소리를 듣고 두 사람이 포옹을 끝냈음을 알았다. 그리고 곧이어 남자의 발소리가 내 쪽으로 오는 것을 깨달았다. 도망쳐야 했다. 허겁지겁 계단을 내려가려고 하다가 한심하게도 발이 꼬여서 계단참에 요란스레 엎어졌다. 참담하게도 들고 있던 부품이 사방으로 흩어졌다. 등 뒤를 확인하지도 못하고 정신없이 부품을 그러모아서 신문부 동아리방으로 재빨리 도망쳤다.

문을 닫고 잠갔다.

찰칵하는 소리를 끝으로 정적이 찾아왔다.

동아리방은 조용했다. 조금 전에 헛것을 본 게 아닐까 하는 착각이 들 정도로 온갖 것들에게서 완벽히 격리되었다. 너무 조용해서 나의 거친 숨소리만 무의미하게 크게 울렸다. 계단참에서 엎어질 때 부딪

친 여기저기가 묵직하게 아팠다. 이제야 떠올랐다는 듯 욱신욱신하며 풋내 나는 통증이 가슴속에서 밀려왔다. 나는 더 비참해졌다.

웃기지도 않은 코미디 아닌가.

제멋대로 누군가를 좋아해서 몇 년이나 무의미한 노력을 거듭하고 별것도 아닌 일에 일희일비하며 혼자 구름 위를 날았다가 혼자 밑바닥으로 곤두박질쳤다. 이 얼마나 꼴사나운가.

그저 숨을 내쉴 생각이었는데 이상한 소리가 함께 새어 나왔다. 흥분한 들개처럼 목이 떨렸다. 나는 갈 곳 없는 감정을 토해낼 배출구를 찾듯, 손에 든 프라모델 부품을 난폭하게 쓰레기통에 던져 넣었다. 이제 필요 없는 물건이다. 그리고 책장 서랍에서 러브레터를 꺼내 걸레를 쥐어짜듯 강하게 비틀었다. 이것도 필요 없는 물건이자 의미 없는 종이였다. 한 번, 두 번, 세 번, 최대한 세게 비틀다가 그것도 결국 쓰레기통에 던져 넣었다. 그러자 다리가 저절로 프라모델이 놓인 진열대로 향했다. 저것들도 이제 필요 없는 물건이다. 다리가 떨렸다.

나는 가장 먼저 눈에 들어온 순양함 프라모델을 망설임 없이 집어서 머리 위로 높이 치켜들었다. 그리고 여세를 몰아 바닥에 내던졌다. 아니, 그러고 싶었지만 내던지지 못했다. 던지기 직전에 몸에서 힘이 빠지고 입에서 가냘픈 숨이 흘러나왔다.

강하게 움켜쥔 탓에 프라모델에서 부품 몇 개가 분리되어 비처럼 내 머리 위에 떨어졌다. 기관총이, 함재기가, 대포가, 전파 탐지기가, 약한 접착제에서 해방되어 내 머리를 쓸고 지나갔다. 아무리 깔끔하게, 정성스럽게, 진짜처럼 칠하고 조립했어도, 그래봤자 프라모델은 플라스틱으로 된 가짜였다. 나는 그제야 그 사실을 실감하고 프라모델을 제자리에 돌려놓았다. 가슴이 불에 덴 듯 아팠다.

버릴 수 없었다. 하지만 보고 싶지도 않았다.

나는 내가 신문부에 가입하기 전부터 줄곧 사물함에 처박혀 있었다는 차광 커튼이 떠올라서 그걸로 진열대를 완전히 덮기로 했다. 50개가 넘는 프라모델을 모조리 어둠 속에 가둬 버리자. 그러면 된다. 나는 그렇게 자신을 타일렀다. 그러면 될 것이다. 전부 잊어버리자. 전부 의미 없는 짓이었다. 종이학과 마찬가지였다. 교감 선생님이 말했다. 그런 종이 쪼가리에는 아무 의미도 없다고. 프라모델도 그랬다. 나를 위해 만드는 척했지만, 나는 사실 남이 봐주기를 바라며 프라모델을 만들어 왔다. 불순한 의도로 만든 것이니 누군가의 눈에 띄지 않으면 종이학보다 훨씬 의미 없는 물건이 된다. 이제 무의미한 것에 열정을 쏟지 않을 것이다. 종이학에도, 프라모델에도, 그리고 당연히 후타와 미사키에게도.

나는 동아리방에 몇 시간이나 가만히 앉아 있었다.

이튿날 내 공이 꽤 많이 들어간 종이학 천 마리가 청소부의 실수로 모두 폐기되었다. 프라모델은 어둠 속에 잠겼고, 종이학은 끝끝내 미국으로 날아가지 못했다.

11

'영태류전(永苔流轉).'

이런 연결고리가 있었다니. 나도 모르게 입꼬리가 올라갔다. 서예 교실 현관에 당당히 걸린 족자가 잠시 내 눈을 사로잡았다. 업무 시간이라 어디까지나 영업 사원으로서 처신하려고 했는데 그런 생각이 순식간에 사라졌다. 내가 온 이유를 확실히 밝히고 설명할 것을 분명히 설명한 다음 이야기를 들어야겠다. 잠시 후 한 여성이 나타났다. 나이는 일흔 언저리일까. 머리에는 흰머리가, 얼굴에는 자잘한 주름이 있었지만, 크고 동그란 눈 덕분에 화려한 인상을 풍기는 여성이었다.

"예, 예, 어떻게 오셨어요?"

"불쑥 찾아와서 죄송합니다." 나는 고개 숙여 인사한 뒤 국제교류부의 활동 기록을 꺼냈다. 그리고 거기에 담긴 사진 한 장을 가리켰다. "여기에 찍힌 곳, 이 서예 교실이죠?"

여성은 목에 걸린 돋보기안경을 쓰더니, "네, 네. 맞네요, 맞아." 하며 고개를 끄덕였다.

"이 남자를 아시나요?"

"…아, 키노모토요?"

나는 고개를 끄덕였다. 드디어 알아냈다. 후타와의 남자친구 이름을.

결론부터 말하자면 이 서예 교실을 찾아옴으로써 후타와 미사키와, 그녀가 당시 교제하던 키노모토 요지 사이에서 일어난 일련의 사건을 꽤 자세히 알아낼 수 있었다. 고등학교 시절 번민하던 나의 지난 날들을 비웃듯 너무나 싱겁게, 아무런 어려움 없이.

고등학생 때 그리 큰 비극이 일어났는데 그런 사건이 일어난 것조차 몰랐던 이유는 내가 둔감해서였을까, 아니면 후타와가 아무렇지 않은 척 꿋꿋한 모습을 보였기 때문일까. 아마 둘 다 아닐 것이다. 나는 분명 예민한 남자가 아니었지만, 그렇다고 후타와가 명배우인 것도 아니었다. 알아차리려면 알아차릴 기회가 얼마든지 있었을 것이다.

하지만 그러지 못한 이유는 매우 단순하게도, 그때의 내가 내 일만으로도 벅찼기 때문이리라. 신문을 읽느라, 프라모델을 만드느라, 자아를 확립하느라, 좋아하는 사람을 생각하느라, 모든 힘을 전력으로 쏟아야 했다. 주변을 살필 여유가 없었다. 아마도 나, 후타와 미사키, 마나베, 아즈마, 사춘기를 겪은 모든 이들이 방향성은 달라도 그 점만은 같았을 것이다. 그래서 우리는 학창시절을 그리워할 수 있는 시기가 되어서야 비로소 여러 진실을 깨닫는다.

아, 그래서 그랬구나, 하고.

후회는 이쯤 하는 것이 좋겠다. 한탄하고 아쉬워해봤자 얻어지는 것은 아무것도 없으니까.

교감 선생님이 준 국제교류부 활동 기록에 사진이 실려 있었다. 서예 교실에서 찍은 단체 사진으로, 국제교류부 부원들과 서예 교실 관계자로 보이는 사람들이 함께 찍혀 있었다. 아무래도 국제교류부는 일본 문화를 해외에 알리는 활동의 일환으로 붓글씨를 써서 외국에 보낸 모양이다. 그때 이 서예 교실에서 협조를 받은 것 같다. 사진에는 오다기리 카에데와 후타와 미사키는 물론, 지도 교사인 아미자와 선생님, 후타와를 끌어안고 있던 그 남자까지 함께 찍혀 있었다. 그나저나 용케 남자의 얼굴을 기억하는 나 자신이 감탄스러웠다. 사진에서 그 남자를 본 순간, 상처를 덮은 딱지가 갈라지는 듯한 통증이 느껴졌다. 구체적으로 얼굴 생김새가 이렇다느니 저렇다느니 곱씹어보지 않고도 본능적으로 확신했다. 그 사람이라고, 틀림없다고. 분하지만 다시 보니 그는 도시적으로 잘생긴 얼굴이었다. 머리는 짧게 손질해서 멀끔한 인상을 풍겼다. 미소는 온화하고 다정해 보였다. 키도 컸다. 적어도 사진상으로는 흠잡을 데가 없는 사람이었다.

활동 기록에 서예 교실 이름까지 상세히 기재된 덕에 찾는 데 별다른 수고가 들지 않았다. 이 서예 교실은 모교에서 도보로 20분쯤 떨어진 주택가에 있었고, 모르는 사람은 오래된 민가로 착각하고 지나칠 법한 외관이었다. 문패 옆에 자그마하게 서예 교실 이름과 전화번호가 적혀 있었다. 원래 가정집이던 곳을 학원으로 개조한 것 같았다. 실내에는 짙은 묵향과 새 다다미에서 나는 싱그러운 냄새가 공존했다. 전원생활을 한 경험이 없는데도 어쩐지 옛 추억이 떠오를 것 같은 이유는 무엇일까.

현관에 나타난 여성은 미나가와라는 직원이었다. 30년 가까이 이 서예 교실에서 일했다고 한다. 처음에는 다짜고짜 키노모토 씨에 관해 묻는 나를 경계하는 것 같더니, 후타와 미사키의 이름을 꺼내자 표정이 바뀌었다. 나는 미나가와 씨의 반응을 살피면서, 후타와가 아직 고등학생이며 열여덟 살이라는 말을 슬쩍 흘렸다. 그러자 그녀는 진지한 표정으로 천천히 고개를 끄덕였다.

"어머…, 그랬군요."

"계속 열여덟 살이라는 게… 무슨 뜻인지 아시겠어요?"

"네, 네. 알아요. 나이 드는 과정이 멈췄다는 거잖아요."

"혹시 나이가 멈춘 후타와를 만난 적이 있으십니까?"

"글쎄요…. 어땠더라? 없는 것 같은데."

이곳은 고등학교 근처에 있는 서예 교실이다. 미나가와 씨도 아마 이조처럼 자기도 모르는 새에 어딘가에서 후타와를 봤을 것이다. 길게 설명할 필요가 없어서 다행이었다. 그녀의 나이 문제를 해결하고 싶다는 의사를 밝히자, 미나가와 씨는 또다시 깊이 고개를 끄덕였다. 나는 죄송해서 거절하려고 했지만, 미나가와 씨는 "이 시간에는 한가해서 괜찮아요. 대화 상대가 필요하던 차에 오히려 잘됐어요" 하며 미소 띤 얼굴로 나를 손님방에 안내했다. 나는 미나가와 씨와 마주 보는 형태로 방석에 앉았다.

"키노모토는 정말 똑똑히 기억나요. 아주 인상적인 아이였거든요. 뭐든 물어보세요. 그나저나 타지마 씨가 아니라 내가 일하는 날에 와서 정말 다행이네요. 타지마 씨였으면 아무것도 몰랐을 거예요."

미나가와 씨가 스스로 밝힌 대로 그녀는 무척 수다스러운 사람이었다. 불필요한 내용까지 포함해 다양한 정보를 제공해줬는데, 가끔은 이야기의 앞뒤를 바꿔 말해서 시간 순서를 파악하기 힘들 때도 있었다. 따라서 죄송하지만 임의로 이야기를 재구성하여 적는다. 아마 내가 실제로 들은 이야기보다는 간결해서 쉽게 이해할 수 있을 것이다.

국제교류부는 매년 서예 교실과 제휴해서 서예 작품을 만들어 해외에 보냈다.

"미국, 캄보디아, 피리핀 그리고 다른 나라도 있었을 거예요. 초반에는 주로 왕희지의 임서를 보냈어요. 임서가 뭔지 아시나요?"

"아니요."

"글씨본을 따라 쓴 거예요. 말하자면 흉내 낸 작품이죠. 왕희지는 중국 서예가 이름이고요. 그런데 이왕에 일본 문화를 알릴 거면 일본 특유의 것을 보내는 게 좋겠다 싶어서 일본 문자 가나를 섞어 쓴 글도 보내게 됐어요. 넉넉한 여백에 물 흐르듯 이어지는 연면(連綿). 국제교류부에는 매년 여자가 많으니까 가나 섞인 글이 단아해서 더 좋을 것 같았어요. 그렇잖아요, 우리는 그런 유파니까."

키노모토 요지는 서예 교실에 다니던 학생이었다. 홋카이도 출신이었다고 한다. 정확한 나이는 알아내지 못했으나, 이야기를 들어보니 나보다 두세 살은 많은 듯했다. 그는 어릴 때부터 서예계에 관심을 보였지만, 아쉽게도 자신이 추구하는 유파의 선생님이 근처에 없었다. 그래서 누나를 통해 이 서예 교실을 소개받았다. 그렇게 치바에 왔다.

"누님이 이 서예 교실 관계자였나 보죠?"

"관계자까지는 아니었는데, 아마 아실걸요. 국제교류부 지도 교사였거든요."

진심으로 놀랐다. 아미자와 선생님은 결혼하기 전에 성이 키노모토였나 보다.* 키노모토 요지는 고등학교를 졸업하자마자 누나인 아미자와 선생님이 소개해준 이 서예 교실의 문을 두드렸다. 그는 아르바이트 몇 가지를 병행하면서 서예 선생님에게 가르침을 받아 매일 실력을 갈고닦았다. 대학교에는 가지 않았다고 한다. '주검이 되어도 상관없다. 반드시 서예계에 뼈를 묻으리라.' 그런 각오를 느꼈다고 미나가와 씨는 시대극 한 장면을 재연하듯 말했다.

"정말 성실한 아이였어요."

그는 누구나 놀랄 만큼 빠른 속도로 실력을 키워나갔다. 오래지 않아 선생님이 전시회 몇 군데에 그를 추천했다고 하는데, 미나가와 씨는 그 나이치고 이례적인 일이었다고 칭찬했다. 아무튼 비범한 재능을 지닌 사람이었다. 그런 그가 얼마 후 국제교류부와 함께하는 기획을 담당하게 되었다.

그 뒤로는 내게 달갑지 않은 이야기뿐이었다. 하지만 미나가와 씨가 너무 즐겁게 이야기해서 나는 끝내 말을 끊을 수 없었다. 나는 후타와 미사키와 키노모토 요지가 가까워진 과정을 가만히 귀 기울여 들었다. 두 사람이 어떻게 서로 좋아하게 됐고, 어떻게 연인이 됐는지를. 미나가와 씨가 두 사람의 관계를 어찌 그리 자세히 아는지는 모르겠다. 기억력이 좋은 것일까. 아니면 그때그때 적절한 보완과 각색을 한 것일까. 어느 쪽이든 키노모토 요지는 후타와와 겪은 이런저런

---

* 일본에서는 부부가 반드시 같은 성씨를 써야 하므로 결혼할 때 한쪽이 성씨를 바꾼다.

일을 미나가와 씨에게 기탄없이 털어놓은 모양이었다. 입이 가벼운 놈이라고 속으로 욕하다가, 내가 얼마나 쪼잔한지 깨닫고 부끄러워졌다. 정말이지, 얼마나 한심한 놈인가. 사담은 여기까지만 해야겠다.

아무튼 그런 와중에 두 사람이 작은 약속을 했다고 한다.

"정말 사랑스러운 약속이었어요." 미나가와 씨가 웃으며 말했다. "고등학교 3학년이던 여자친구가 학교를 졸업하는 기념으로 선물을 달라고 했대요. 그래서 키노모토가 따로 졸업장을 써 주겠다고 했어요. 그래 봬도 서예가였으니까. 멋진 이야기였죠."

"네, 그렇네요." 나는 미음에도 없는 말을 뱉으며 고개를 끄덕였다.

"그런데 어쩌다 보니 일이 커져서 국제교류부 지도 선생님까지 끌어들이게 됐어요. 이왕 이렇게 된 거 키노모토가 진짜 고등학교 졸업장을 써줄 수 없냐는 이야기가 나왔어요. 한마디로 필경(筆耕)*을 해 달라는 거였죠. 아, 죄송합니다. 필경이 뭔지 아시나요?"

"네. 제가 인쇄 회사에 다녀서요."

미나가와 씨는 고개를 끄덕였다. "첫발을 떼고 나니 뒷일은 순식간에 진행됐어요. 고등학교와 인쇄 회사, 하청 업체인 필경 회사까지. 모두의 동의를 얻어서 키노모토가 후타와와 같이 졸업하는 학생 전원의 졸업장에 이름을 써넣기로 했죠. 대단하지 않나요? 키노모토의 명예를 위해 말해두는데, 당시 키노모토의 실력을 생각하면 지나치게 사무적이고 간단한 작업이었어요. 젊긴 해도 엄연한 예술가였으니까요. 그런데도 키노모토는 여자 친구를 위해서, 그리고 일에는 늘 적극적인 성격이라 그 작업을 받아들였어요."

---

* 상장이나 졸업증서 등에 손으로 직접 붓글씨를 써 넣는 일을 말한다.

그런데 불행한 사건이 일어났다.

"어느 날 한밤중에 전화가 왔어요."

병원에서 온 전화였다고 한다. 긴급 호출을 받고 서둘러 병원에 가보니, 하얗게 질린 후타와가 로비에 있었다. 아미자와 선생님도 있었다. 아미자와 선생님도 얼굴이 새파랗게 질린 상태였지만, 그보다는 분노를 주체하지 못하는 느낌이 훨씬 강했다. 그 증거로 어깨가 들썩거릴 만큼 호흡이 거칠었다. 미나가와 씨는 살벌한 분위기 때문에 아무것도 물을 수 없었다고 한다.

"나중에 들어서 알았는데, 키노모토가 오른손 검지하고 중지를 베였다고 했어요."

"부상을 당한 겁니까?"

"그냥 부상이 아니고, 손가락이 아예…" 미나가와 씨는 검지와 중지의 첫마디를 왼손으로 톡톡 두드렸다. "완전히 없어졌어요."

그날 후타와는 국제교류부 활동의 일환으로 혼자 야외 사진을 찍을 예정이었다. 솔직히 말해서 이 정보는 미나가와 씨도 어디서 전해 들었다기에 얼마나 신빙성이 있는지 알 수 없었다. 아무튼 미나가와 씨가 말하길, 후타와는 야밤에 강에서 사진을 찍으려고 했다. 그리고 촬영에 앞서 아미자와 선생님에게 학교 비품인 LED 손전등을 빌렸다. 후타와가 무엇을 비추려고 했는지는 모른다. 피사체였을까, 아니면 자신의 발밑이었을까. 후타와가 갔다는 강 이름을 듣자 내 머릿속에서 어렴풋이 풍경이 떠올랐다. 여기서도 가까운 곳이다. 차로만 가봤지만, 확실히 그 일대에는 가로등이 적었다.

그렇게 어두운 강가에서 후타와가 사진을 찍는데, 우연히 한 청년이 자전거를 타고 다리 위를 지나갔다. 키노모토 요지였다. 후타와는 그를 불렀지만, 그는 다리 밑에 있는 후타와의 목소리를 듣지 못했다. 후타와는 그가 돌아보기를 바라며 반사적으로 그를 향해 손전등을 흔들었다.

"병원 로비에서 '빛이 너무 강하니까 사람한테 비추면 안 된다고 신신당부했잖아!' 하면서 키노모토의 여자친구를 야단치던 국제교류부 지도 선생님의 모습이 똑똑히 기억나요. 뺨도 한 대 때렸어요. 손을 높이 쳐들고 짝 소리가 나도록요."

키노모토 요지는 갑작스러운 강한 빛에 놀라서 자전거 핸들을 잘 못 틀었다. 시야가 완전히 차단되었다. 그 자리에 쓰러졌다면 기껏해야 타박상 정도로 끝났을 것이다. 하지만 그는 어떻게든 넘어지지 않으려고 오른손으로 가드레일을 붙잡았다. 그것이 실수였다.

"그 이후에 무슨 일이 있었는지 조사한 건 아니라서 잘은 모르지만, 지자체에서도 말이 많이 나왔대요. 주민 조합이 몇 년 전부터 계속 가드레일 상태가 나쁘니까 보수해달라고 요청했다더라고요. 다리 위로 통학하는 초등학생이 어깻죽지를 베이는 사고가 여러 번 있었대요. 금속이 꺾이고 녹슬어서 뾰족해진 상태였어요."

"아무리 그래도 손가락까지 잘릴 정도였나요?"

"이렇게…" 미나가와 씨는 오른손을 가슴으로 누르는 시늉을 했다. "체중이 전부 실린 거죠."

키노모토 요지는 자전거에서 떨어질 때 손끝의 감각으로 가드레일을 찾아내 자신의 체중을 전부 거기에 실었다. 그의 손가락은 깔끔하게 잘린 것이 아니라, 무게에 짓눌려 뜯겨나갔다. 불행히도 절단된 손가락은 발견되지 않았다. 강으로 떨어진 모양이다.

"이렇게 말하면 잔인하지만, 사실 우리 선생님은 전철 말고 다른 탈것은 절대 타지 않으셔요. 오토바이는 물론이고 자동차나 자전거도 타지 않으시죠. 당신의 오른손이, 당신의 몸이, 가장 귀중하다는 걸 누구보다 잘 아시니까요. 그런 의미에서 키노모토는 아마추어였던 거죠. 선생님은 눈물을 흘리시면서, 퇴원한 키노모토를 계속 나무라셨어요. 한 번도 그 여자친구를 비난하지 않았어요. 네가 멍청했다, 다 네 잘못이다, 하셨죠."

오른손은 잃었어도 왼손으로 하면 된다는 말이 통하지 않는 곳이 서예계다. 왼손으로 쓰는 서예가가 없지는 않지만, 은근히 아웃사이더로 취급된다고 했다. 정당한 평가는 받기 힘들다. 하지만 그때만 해도 키노모토 요지는 좌절하지 않았다. 퇴원하자마자 필경 작업을 마치려고 붓을 들었다. 그러나 당연하게도 남은 손가락 세 개만으로는 글자를 제대로 쓰기도 어려웠다. 먹 대신 격렬한 통증만 번져갔다. 그는 마감 직전까지 발버둥 쳤으나, 결국 작업을 포기할 수밖에 없었다. 그 결과, 그렇다. 우리 학년은 '졸업 타로'라는 이름이 들어간 연습용 졸업장을 사용해야 했다.

사건이 있고 난 뒤 고등학교와 서예 교실의 관계가 자연스레 멀어지면서 함께하는 활동도 없어졌다. 키노모토 요지는 결국 재기를 포기하고 홋카이도로 돌아갔다.

"그러니까 어쩌면…" 미나가와 씨는 자신의 추측으로 이야기를 끝맺었다. "그 여자친구가 아직도 고등학생인 이유는 키노모토가 써준 졸업장을 기다리고 있기 때문일지도 몰라요. 그 아이도 순수하고 착한 아이였으니까 분명 그럴 거예요. 자책하는 거겠죠. 몇 년을 한결같이."

미나가와 씨는 눈시울을 붉히며 말했다.

"할 수 있으면 그 아이를 도와주세요."

"키노모토 씨가 현재 사는 곳을 아십니까?"

"미안해요. 자세히는 몰라요. 홋카이도라는 것만 들었어요."

미나가와 씨는 갑작스러운 방문객인 나를 끝까지 정중하게 대접했다. 내가 몇 번이나 감사 인사를 하자, 그녀는 정말 한가했다며 "그 일이 늘 가슴 한편에 있었는데 덕분에 털어놓을 수 있었어요"라고 거듭 말했다. 내가 옛이야기를 꺼내서—마나베와 아즈마처럼—미나가와 씨의 영혼이 해방되었는지는 모르겠다. 하지만 미나가와 씨가 불쾌해하는 것 같지는 않아서 마음이 놓였다. 옛날 일을 들춰내서 불쾌해지는 사람은 나 하나로 족하다.

"이 영태류전이라는 족자는 선생님이 쓰신 겁니까?" 나는 현관에서 신발을 신으며 물었다.

"네, 네, 맞아요. 조어인데 잘 읽으시네요. 태(苔)라는 글자는 읽기 어려운데."

전부터 이 조어를 알고 있었다는 말은 어쩐지 입 밖에 내기 힘들었다.

"혀에 끼는 이끼라는 의미로 설태(舌苔)라고 읽는 걸 고등학생 때 신문에서 봤거든요." 이 말은 사실이었다. 지식은 항상 갑작스럽게 떠오른다. "선생님이 만드신 말이죠?"

"아…. 사실은 아니에요." 미나가와 씨는 즐겁게 어깨를 흔들며 말했다. "생각해 보니 이 말에도 재미있는 뒷이야기가 있어요. 영자팔법이라는 걸 아시나요?"

"아뇨."

"길 영(永)이라는 글자에는 서예에 필요한 여덟 가지 기법이 모두 들어가 있어요. 측(側), 늑(勒), 노(努), 적(趯), 책(策), 약(掠), 탁(啄), 책(磔). 아무튼 연습하기 좋은 글자라는 뜻이에요. 그래서 선생님이 길 영(永)을 넣어서 명언을 만들고 싶어 하셨어요. 그걸로 학생들에게 연습을 시키려고요. 그런데 만들지 못했어요. 선생님이 워낙 고지식하시거든요."

거기까지 말한 뒤 미나가와 씨는 족자를 바라보며 쓸쓸하게 미소 지었다.

"이 말을 생각해낸 사람은 사실 키노모토예요. 그 아이가 선생님께 이 말은 어떠냐고 제안했죠. 선생님은 몹시 마음에 들어 하시면서 곧바로 서예 교실의 캐치프레이즈로 삼으셨어요. 마치 당신이 생각해낸 말인 것처럼요. 참 약삭빠른 데가 있으셔요."

그렇군요, 라고 대답하면서 예전에 후타와가 들려준 영어 스피치를 떠올렸다. '저에게 큰 영향을 미친 사람이 가르쳐준 말로, 그 사람이 만든 말이기도 합니다.' 얄궂은 일이다.

"키노모토 씨한테 결점은 없었나요?"

"…결점이요?"

"네. 사소한 거라도요."

"글쎄요…. 딱히 이렇다 할 건 없었어요. 정말 좋은 아이였거든요. 밝고 성실하고, 가끔 농담으로 사람들을 웃겨 줬어요. 얼굴도 잘생겼죠. 그런데 그건 왜 물으세요?"

"아뇨, 큰 의미는 없습니다." 뒤늦게 한심한 질문을 했다는 생각이 들어 깊이 후회했다.

업무 차량으로 돌아가자 기침이 나왔다. 역시나 손수건에 피가 묻어 나와서 기분이 좋지 않았다. 며칠 전에 겨우겨우 시간을 내서 호흡기 내과에 가봤지만, 의사는 스트레스로 인한 일시적인 증상이라고 일축했다. 그렇게까지 스트레스를 받은 것 같지는 않은데 의사가 그렇다고 하니 그런가 보다 했다. 아픈 기억을 잠깐 들추기만 해도 바로 이렇게 피를 토하다니. 대체 정신이 얼마나 나약한 것인가.

나는 하늘을 올려다보며 먼 옛날에 겪은 실연을 곱씹었다. 채운이 거 멀리 날아가 주기를 바라면서.

2주 연속으로 나츠카와 리나를 만나게 됐다. 벤치에 앉은 리나가 어쩐지 어색해 보이는 이유는 지난번에 흐트러진 모습을 보인 것이 부끄러워서일까. 나는 짓궂게 굴 마음이 없었기에 여느 때와 똑같은 태도로 일관했다. 리나의 차림새에서는 전처럼 꾸민 티가 났지만, 옷이 전체적으로 모노톤이라 전보다 어른스러운 느낌이었다. 리나는 쭈뼛쭈뼛 인사하고는 아미자와 선생님과 이야기했다고 말했다.

"…마제 씨가 서예 교실에서 들은 대로였어요."

나는 서예 교실에서 미나가와 씨와 대화를 나눈 날 밤에 리나에게 전화를 걸었다. 리나는 내 이야기를 들은 다음 날 방과 후에 교무실로 가서 사무를 처리하던 아미자와 선생님에게 질문했다고 한다. 최대한 아무렇지 않은 척, 그야말로 잡담을 하는 말투로 물었다.

"키노모토 요지 씨가 선생님 동생분이에요?"

아미자와 선생님은 소스라치게 놀라며 어디서 그 이야기를 들었냐고 역으로 질문했다. 리나가 서예 교실에 아는 사람이 있어서 들었다고 대답하자, 수긍한 듯 고개를 끄덕이면서도 기분 나빠하는 것 같았다고 한다. 그 태도가 어땠을지 쉽게 상상이 됐다. 해적왕 룰렛이 발동된 것이다. 리나는 겁을 먹었다고 한다. 그럴 만도 하다. 원래는 더 많은 질문을 할 생각이었건만, 결국 아무것도 모르는 척 이렇게만 말했다.

"키노모토 씨가 엄청 전도유망한 서예가였다고 들었어요."

"…그래." 아미자와 선생님은 무뚝뚝하게 한마디만 던지고 일어나서 교무실을 나섰다고 한다. "하지만 이젠 다 잃었어. **누군가의 부주의함 때문에.**"

리나는 그 이상 캐물으면 안 된다고 판단했다. 나였어도 똑같은 판단을 내렸을 것이다. 서예 교실에서 들은 이야기를 뒷받침하기에는 충분한 데다, 다른 말을 덧붙여봤자 서로 기분만 상할 것이 분명했다.

"아미자와 선생님이 왜 그렇게 후타와를 차갑게 대하는지 이제야 알겠어요."

리나는 국제교류부 동아리방도 살펴봤다고 했다.

"동아리방 열쇠는 아미자와 선생님한테 빌렸어?"

"아니요. 아미자와 선생님은 동아리방 열쇠가 없다고 하셨어요."

"그래…. 그럼 교감 선생님한테?"

"아니요. 후타와한테 직접 말했어요."

놀랐다.

"어제 후타와가 동아리방을 청소한다길래 저도 돕겠다고 했어요. 청소 마치고 같이 집에 가자고 했죠."

"그래서 후타와가 승낙했어?"

"네. 동아리방에 들여보내 줬어요."

리나는 동아리방에 들어가서 후타와와 함께 빗자루질을 했다고 한다. 좁은 동아리방이라 시간은 오래 걸리지 않았다. 리나는 청소하면서 실내를 힐끔거리며 살펴봤지만, 딱히 눈에 띄는 것은 없었다. 그런데 후타와가 화장실에 갔을 때 우연히 열어본 사물함에서 공책 한 권을 발견했다고 한다. 리나는 스마트폰으로 사진을 찍었다며 공책 한 페이지를 보여줬다.

"이 공책 한 권만 달랑 들어 있었어요."

오래된 공책이었다고 한다. 사진으로는 공책이 얼마나 낡았는지 실감한 수 없었지만, 전체적으로 종이가 누렇게 바랜 상태였다고 한다. 표지에는 유성펜으로 '활동 일지'라고 적혀 있었고 안에는 후타와와 오다기리 카에데가 번갈아 쓴 그날그날의 활동 내용과 잡다한 감상이 적혀 있었다.

"뒤쪽 페이지는 지저분하게 찢겨 나간 상태였고, 마지막 글은 이거였어요."

사진이 작아서 알아보기 힘들었으나, 확대해보니 글자가 선명하게 읽혔다. 공책에 남은 마지막 기록은 후타와의 글이었다. 연약한 필치로 간결하게 적혀 있었다.

10월 24일
말도 안 되는 짓을 저질렀습니다. 돌이킬 수 없습니다.
이제 아무것도 필요 없습니다. 그에게 적절한 빚을 돌려주세요.
그러기 위해서라면 무슨 짓이든 하겠습니다. 잘못했습니다.

후타와 미사키

나는 눈을 감고 그 단어들을 온몸으로 빨아들였다.

지금껏 모은 정보를 토대로 리나와 함께 가설을 정리했다. 아니, 실제로는 미나가와 씨의 이야기를 재확인한 것이나 다름없었다.

후타와에게는 남자친구가 있었다. 그의 이름은 키노모토 요지. 그는 국제교류부와 인연이 있는 서예 교실의 학생이었다. 그는 후타와가 고등학교를 졸업할 때 졸업장을 써주기로 약속했다. 하지만 후타와의 실수로 사고가 일어나 그는 오른손 손가락 두 개를 잃었다. 서예가로서 미래를 잃어버린 그는 고향인 홋카이도로 돌아갔다. 아마 그 작별 인사가 바로 내가 목격한—그리고 비상계단 쪽에서 이조도 목격했다는—국제교류부 앞 복도 사건이었을 것이다.

"약속은… 어떻게 되는 거야?"

"미안해."

내 기억 속에 있는 대화 내용과도 앞뒤가 맞는다.

리나가 말하길, 후타와가 열여덟 살에 머무르는 이유는 연애와 관련되어 있을 가능성이 크다고 했다. 그렇다면 후타와는 역시 키노모토 요지가 써주는 졸업장을 기다리는 것일까.

"지금으로선 그게 가장 논리적이에요." 리나도 그 가설을 지지했다.

키노모토 요지에게서 서예가라는 꿈을 빼앗은 사람은 다름 아닌 후타와 자신이었다. 키노모토 요지가 써주는 졸업장 없이 후타와가 고등학교를 졸업한다면, 그가 재기할 것을 믿지 않고 단념했다는 의미가 된다. 후타와는 아직도 믿는 것이다. 키노모토 요지가 다시 붓을 쥘 거라고, 다시 서예가라는 꿈을 향해 나아갈 거라고. 믿지 않으

면, 후타와 미사키 자신이 다른 사람의 꿈을 망가트렸다는 것을 인정
해야 했다. 그러면 결국 후타와는 영원히 용서받지 못할 터였다. 일단
앞뒤 정황은 맞는 것 같다.

마나베, 아즈마, 교감 선생님…. 다양한 사람들에게서 정보를 모았
지만, 결국 가장 진실에 가까운 추측을 한 사람은 놀랍게도 이조였
다. 조금 통속적인 표현이긴 하지만 이조의 말을 빌리자면, 한마디로
후타와는 조금 더 멀쩡한 졸업장으로 졸업하고 싶었던 것이다.

리나는 스마트폰을 가방에 넣고 대화를 마무리 짓듯 말했다.

"…이제 어떻게 할까요?"

나는 대답하지 못했다.

"만에 하나 졸업장 때문이 아니라고 해도 키노모토 씨가 원인인
건 확실해요. 그러니까 역시 키노모토 씨가 있는 곳을 찾아서 연락한
다음…. 무슨 불만 있어요?"

리나의 말투가 날카로웠다. 나는 끼고 있던 팔짱을 풀었다. "…왜?"

"석연치 않은 표정을 짓고 있잖아요."

"아니, 그렇지 않아. 난 그냥…."

"그냥 뭐요?"

"조금 꺼림칙해서."

"…뭐가요?"

"조리 있게 설명하기가 어려워." 나는 그렇게 운을 떼며 내 생각을
말했다.

애초에 졸업장이라는 것이 그렇게 중요한 요소인지가 내게는 첫 번
째 의문이었다. 물론 가치관은 사람마다 다르다. 내가 교감 선생님의

제자라서 졸업장을 그저 종이 쪼가리라고 부당하게 저평가하는 것일 수도 있다. 그렇다 해도 뭐라 표현하기 힘든 부자연스러움이 느껴졌다. 과연 후타와는 졸업장을 그렇게나 중요하게 생각했을까. 그녀가 키노모토 요지의 재기를 진심으로 바랐다면, 오히려 그를 도우려고 고등학교를 졸업해서 홋카이도로 따라가지 않았을까. 미성년자에게는 다소 어려운 선택지였을지도 모르나, 아무튼 졸업한 뒤에 그를 도울 방법은 얼마든지 있었을 것이다. 굳이 자신을 고등학교라는 감옥에 가둬놓고 그를 압박할 필요가 있었을까.

"게다가 내가 기억하는 두 사람의 대화와도 묘하게 어긋난 부분이 있는 것 같아. 지극히 개인적인 느낌이지만, 너무 후타와답지 않아."

"후타와답지 않다고요?"

"그냥 내 느낌이야."

"…후타와를 정말로 좋아하시는군요."

비꼬는 말인 것은 눈치로 알아차렸지만, 그 말에 숨겨진 의도가 무엇인지는 알 수 없었다. 리나는 나와 눈을 맞추지도 않고 어딘가 먼 곳을 바라보았다. 눈빛이 차가웠다.

"…이 정도면 됐잖아요." 목소리가 떨렸다. "이거 말고 또 뭐가 더 있다는 거예요?"

"그건 나도 모르겠어. 하지만…."

"후타와한테는 남자친구가 있었다고요."

여기서 왜 그 이야기가 나오는지 모르겠다.

"아직도 그런 생각이 드는 거죠? 사실 키노모토 씨는 후타와의 남자친구가 아니었고, 마제 씨는 차인 게 아니었다고요."

208

내가 왜 이런 말을 들어야 하나. 갑자기 대화가 통하지 않는 느낌이다. 나는 신중하게 말을 고르며, 그런 생각은 하지 않았다고 최대한 친절하게 설명했다. 하지만 리나의 대답은 요령부득이었다. 나는 혼란스러웠다.

"계속 후타와 얘기만 하고."

"…그야 후타와의 문제를 해결하려고 만난 거잖아. 당연히 그렇게 되지."

"솔직히 아직도 속으로는 기대하죠? 그래서 그렇게 이상한 방향으로 생각하려는 거잖아요."

"왜 그런 식으로 말해?"

"왜냐하면…."

리나는 거기서 말을 끊더니, 더는 못 참겠다는 듯 눈물을 터뜨렸다. 안경을 벗어 오른손으로 눈물을 닦았다. 서투르게 바른 아이섀도가 손의 움직임을 따라 번졌다. 내가 손수건을 건네려고 하자, 리나는 목구멍 안쪽에서 소리를 쥐어짰다.

"마제 씨를 좋아해서 그래요."

나는 손수건을 쥔 채 얼어붙었다.

전혀 상상하지 못한 말이라 맥락을 정확히 파악할 때까지 다소 시간이 걸렸다. 그렇구나, 고마워, 하며 흘려들어도 될 고백이 아니라는 것을 깨달았을 즈음, 리나의 얼굴은 이미 빨갛게 물든 뒤였다.

"좋아하게 돼버렸어요."

리나는 안경을 꽉 쥔 채 말했다.

"나를 다정하게 대하니까, 피부가 좋다는 소리를 하니까, 안경이 어울린다는 말을 하니까, 내 기분을 이해한다는 소리를 하니까 이런 마음이 생겨 버렸잖아요. 저는 너무 단순해서, 학교 남자애들한테는 그런 말을 들어본 적이 없어서, 맨날 괴짜 취급만 당하던 애라서, 이런 마음이 생겨 버렸다고요!"

나무에서 쉬던 새들이 하늘로 날아올랐다. 사람은 정말 당황하면 아무 말도 하지 못한다. 나는 청소년기에 확실히 말주변이 없었다. 하지만 사회인이 되고 나서는 한 번도 거래처 사람들 앞에서 침묵을 만든 적이 없다. 그러나 지금은 어떤 말도 적절하지 않은 듯해 말이 나오지 않았다. 말하려고 할 때마다 입술 사이로 바람이 빠지듯 말이 사라졌다.

"무슨 말이든… 해보세요." 리나는 안경을 더 세게 쥐었다. 당장이라도 렌즈가 튕겨 나갈 것 같았다. "제가 바보가 된 것 같잖아요."

"…놀랐어." 재촉에 못 이겨 겨우 입을 열었다. 되도록 무난한 말을 찾는 나 자신이 한심스러웠다. "하지만 기뻤어."

"그럼 저랑 사귈래요?"

또다시 말문이 막혔다.

"아직도 후타와가 좋은 거예요?"

"…아니, 아니라니까."

"제가 싫어요?"

"아니야. 넌 멋있는 사람이야."

"제 외모가 마음에 안 들어요?"

"아니야."

"그럼 사실은 제 안경이나 옷이 이상하다고 생각했어요?"

"그만해. 너한테 정말 잘 어울려."

"그럼 성격이 마음에 안 들어요?"

"너한테는 아무 문제도 없어. 다만…."

"다만?"

"나는 이제…." 거기까지 말한 순간, 갑자기 영혼이 찢기는 느낌이 들었다. 뒷말이 나오지 않았다. 아니, 절대 입 밖에 내면 안 된다는 것을 직감적으로 알았다.

"대충 둘러대기만 하잖아요! 아까부터 계속!"

리나는 자신의 가방을 높이 치켜들고 내 어깨죽지를 세게 내리쳤다. 딱딱한 물건이 들었는지 생각보다 충격이 강했다. 그 충격에 떠밀리듯 가방 안에서 책 한 권이 땅으로 떨어졌다. 빅토르 위고의 《아! 무정》* 이었다. 도서관 라벨이 붙어 있었다. 리나는 황급히 책을 가방에 집어넣고 눈물을 글썽이며 공원 출구로 달려갔다.

"절대 쫓아오지 마세요!"

리나의 말을 액면 그대로 받아들일 생각은 없었다. 쫓아가야겠다고 생각했고, 쫓아가려고 했다. 그런데 다리가 움직이지 않았다. 벤치에서 엉거주춤 일어났다가 금방 중력에 눌리듯 주저앉고 말았다. 리나의 등이 나무 그늘 속으로 사라지는 모습을 가만히 바라볼 수밖에 없었다. 차가운 바람이 뺨을 스쳤다.

교감 선생님의 말은 언제나, 듣는 그 순간에는 진의를 알기 어려웠다. 하지만 때가 되면 꽃이 활짝 피듯 갑자기 전부 이해되는 순간이 온다. 문제는 그 순간이 때로 너무 늦게 온다는 것이다. 교감 선생님

---

* 아직 '아' 행에서 벗어나지 못했다고 한 나츠카와 리나의 언급과 일본어 원문을 토대로 《아! 무정》으로 번역했으나 현재 한국에서는 《레 미제라블》이라는 이름으로 더 익숙한 작품이다.

은 '나이 차이가 얼마 나지 않았으면, 나는 오드리 헵번과 연인이 될 수 있었을지도 몰라'라고 말했다. 그러니까 반대로 말하면, 나이 차이가 크기 때문에 오드리 헵번과는 영원히, 절대로, 무슨 일이 있어도 연인이 될 수 없다는 뜻이다. 다른 어떤 장벽을 뛰어넘는다 해도 나이의 벽은 넘을 수 없다.

리나는 못나지 않았다. 조금 무뚝뚝한 면은 있지만 예쁘장하다. 안경과 옷도 정말 잘 어울렸다. 내가 리나의 성격을 얼마나 아는지와는 별개로, 지루한 대화 상대는 결코 아니었다. 리나에게는 문제가 없다. 그렇다면 무엇이 문제일까. 이유는 너무나 단순하지만, 그래서 더 절망적이다. 누구도 어떻게 할 수 없는 일이기에 절대 입 밖에 내서는 안 된다.

'나는 이제 곧 서른이고, 너는 아직 열여덟이잖아.'

그런데 한편 우리가 동갑이었다면 리나는 절대 내게서 매력을 느끼지 않았을 것이다. 고등학교 시절의 나는 리나 옆에 있을 만한 녀석이 아니었다. 그녀는 나이 차이가 크기 때문에 내게 끌린 것이다. 나이가 들면서 생긴 여유와 안정감 같은 것을 내가 타고난 특성으로 착각한 것이다. 전부 나이가 보여준 환상이다.

그러나 내게 가장 큰 충격을 준 것은 다음과 같은 사실이었다.

후타와가 여전히 열여덟 살인 것을 내가 왜 순순히 받아들일 수 없었는지, 그 이유를 알아 버렸다. 단단하던 매듭이 풀린 것처럼 여러 의문이 아름답게 한 줄로 연결되었다. 그렇다. 그렇지 않은가. 그날 나는 맞은편 승강장으로 달려가서 후타와에게 열아홉 살이 되어야 한다고 말했다. 그녀의 건강을 걱정해서도, 곤경에 빠진 그녀를 내버려

둘 수 없어서도 아니었다.

후타와 미사키가 오드리 헵번이 되어 버렸음을 받아들이고 싶지 않았다.

그게 다였다.

12

후타와에게 남자친구가 있었다.

그 사실을 알았는데도 고등학교 3학년인 내 생활에는 아무런 변화도 없었다. 어찌 보면 당연한 일이었다. 애초에 그녀는 내 행동을 제한한 적이 없었다. 굳이 꼽자면 프라모델 만들기를 완전히 접은 것은 약간의 변화였지만, 앞서 말했듯 그러지 않아도 거의 손을 뗀 상태였다. 변화다운 변화는 아니었다. 나는 그동안 간직해 온 마음과 생각을 전부 소각장에 던져넣은 사람처럼 신문부 동아리방에서 입시 공부에만 전념했다.

누군가를 좋아하는 마음을 사념이라 부르는 것이 적절할지 모르겠으나, 쓸데없는 생각을 할 필요가 없어진 만큼 공부 효율이 눈에 띄게 좋아진 것은 사실이었다. 표준점수가 전 과목 평균 5점 정도 올랐다. 학원 선생님도 놀랐다. 1지망 학교가 어느새 안정권이 됐다. 한 단계 높은 대학교까지 사정권 안에 들어왔다. 물론 공부가 재미있어진 것도, 학벌에 특별히 큰 의미를 두게 된 것도 아니었다. 단순히 공부 말고는 할 일이 없었다. 프라모델은 누가 만들어 달라고 조르는 한이 있어도 두 번 다시 손대고 싶지 않았고, 당장이라도 무너져 내릴 것 같은 자아를 지탱할 새로운 무언가를 찾을 기력도 없었다. 고독은 서글프리만치 든든한 공부의 지원군이었다.

11월이 돼다 서류상 동아리를 졸업한 처지라 난로를 요청하지 않을 생각이었는데, 교감 선생님이 괜찮다며 설치해줬다. 교감 선생님은 프라모델 위에 덮인 차광 커튼을 께름칙한 눈으로 쳐다보더니 저게 뭐냐고 물었다. 나는 설명할 수 없었다.

"정신이 산만해지냐? 눈에 보이면?"

그때 아마 그렇다고 대답한 것 같다. 교감 선생님은 그 이상 아무 말도 하지 않았다. 그리고 내가 졸업하기 전에 프라모델을 만드는 일은 두 번 다시 없으리라는 것을 눈치챘는지, 그 뒤로는 프라모델에 관해 한마디도 하지 않았다. 지금 생각해 보니 내 상태가 심상치 않은 것을 보고 배려한 것일지도 모르겠다. 정말 그랬냐고 본인에게 직접 물어볼 걸 그랬다. 프라모델을 만드는 나를 즐겁게 지켜보던 교감 선생님께는 죄송했지만, 그래도 나로서는 다른 선택지가 없었다. 진열대를 장식한 위풍당당한 프라모델들이 이제 아픔의 유산이 된 셈이었다. 가능한 한 기억 저편에 남겨두고 싶었다.

후타와 미사키와는 두 번 다시 대화하고 싶지 않았다. 이렇게 말하니 다소 옹졸하고 공격적으로 들리겠지만 사실 후타와가 싫어진 것은 아니었다. 증오나 적대심은 없었다. 허세가 아니라, 갑자기 그녀를 적으로 돌려 지독하게 원망할 마음은 들지 않았다. 스스로 말하기는 뭣하지만 손바닥 뒤집듯 태도를 바꾸지 않은 것은 10대치고 대단한 일이었다고 생각한다. 내 가슴을 아프게 한 원인은 후타와 미사키가 아니다. 나의 헛된 노력이다. 그건 알고 있었다. 알지만, 그래도 그녀를 여느 때와 똑같이 대하는 것은 내게 너무 가혹한 일이었다. 교실에서는 눈도 못 마주치게 되었다. 이제 대화할 일도 없을 것이다. 어차피 곧 졸업이다.

그러던 어느 날이었다.

비가 오던 것을 아직도 기억한다. 덕분에 학교 안은 생명이 끝나버린 듯 서늘해졌다. 비가 추적추적 내려 지상에서 온갖 것들을 앗아갔다.

학원 수업이 없는 날이었다. 방과 후가 되자, 나는 동아리방에 가서 희뿌연 입김으로 두 손을 녹이며 석유난로를 켰다. 고장인가 싶은 이상한 소리가 나더니, 이내 특유의 매캐한 냄새와 함께 불이 붙었다. 나는 참고서를 펼쳤다. 동아리방이 데워지는 동안 코트를 입은 채로 공부했다. 공부 말고는 아무것도 눈에 들어오지 않았다. 달리 할 일이 없었다. 평소와 똑같은 그저 그런 방과 후였다.

공부를 시작한 지 한 시간쯤 지났을까. 누군가가 동아리방 문을 두드렸다. 조심스러운 노크 소리였다.

노크한 것으로 보아 교감 선생님은 아니었다. 그렇다면 지도 교사인 미우라 선생님일까. 그것도 아니면 츄간지 선배가 또 찾아온 것일까. 내가 생각해낸 후보는 그 정도였다. 누군지는 몰라도 문을 열 기미가 없어 밖을 향해 대답하자, 문이 아주 천천히 열렸다. 너무 느려서 고양이가 앞발로 살살 미는 건가 싶을 정도였다. 하지만 문을 연 것은 당연하게도 고양이가 아니었다. 거기에는 어떤 사람이 서 있었다.

내가 환각을 보는 것일까. 그게 아니라면 이건 무슨 짓궂은 장난일까. 믿기 힘든 상황에 열심히 눈을 깜빡여 봤지만 눈앞의 광경은 변하지 않았다. 문 앞에 선 사람은 후타와 미사키였다.

"…미안해, 불쑥 찾아와서."

나는 입을 헤벌리고 그녀를 응시했다. 웃는 얼굴이 어쩐지 지쳐 보였는데, 지금 돌이켜보니 착각이 아니었던 것 같다. 그 당시 후타와는 키노모토 요지와 관련된 문제 때문에 무척 피폐한 상태였을 것이다. 물론 그때의 나는 그 사실을 알지 못했다. 그저 그녀가 갑작스럽게 찾아왔음에 동요했을 뿐이다.

"있잖아, 마제. 나한테 잠깐만 시간을 내줄래?"

"…아, 어." 말이라기보다는 신음에 가까웠다. 잠꼬대나 마찬가지였다. "뭐…."

솔직히 말하면 거절하고 싶었다. 하지만 거절할 방법과 적당한 핑계가 떠오르지 않았다. 후타와는 조심스러운 태도로 고맙다고 한 뒤 뒷짐 진 손으로 문을 닫고 내 앞에 놓인 철제 의자에 천천히 앉았다. 교감 선생님과 츄간지 선배도 앉았던 의자인데, 후타와가 앉으니 새삼 의미가 달라지는 것 같았다. 나는 공연히 참고서를 몇 번이나 덮었다가 펼쳤다. 손이 떨리는 이유는 추위 때문이 아니었다. 실내는 충분하고도 남을 만큼 따뜻했다. 코트도 진작에 벗었다.

후타와는 비품을 빌리러 왔을 것이라고, 돌아가지 않는 머리로 추측했다. 박스 테이프나 셀로판테이프, 아니면 스테이플러일 수도 있다. 어쨌거나 용건이 끝나면 곧바로 동아리방에서 나가주겠거니 하던 나는 의자에 앉아서 5분이나 침묵을 지키는 그녀를 도무지 이해할 수 없었다. 그녀는 내 앞에 앉아서 자신의 손만 바라보았다. 편안한 자세를 찾으려는 듯 몇 번이나 엉덩이를 들썩이며 고쳐 앉았다. 손으로 머리카락 끝과 귓불을 만지작거렸다. 이야기를 꺼내고 싶지만 꺼내기 힘들어하는 눈치였다. 그러나 내게는 무슨 일이냐고 물을 여유가 없었다. 나도 정신적으로 한계였다. 나는 그저 공부에 집중하는 척했다.

생각해 보면 후타와가 동아리방을 찾아오는 것은 내가 기다리고 기다리던 최고의 상황이었다. 나는 프라모델을 만들면서, 후타와가 동아리방을 찾아오면 어떻게 할지 매일 상상했다. 우선 내가 만든 프라모델들을 멋지게 보여줄 것이다. 아니, 그러지 않아도 그만한 수량과 존재감이 있으니 저절로 눈길이 갈 것이다. 나는 프라모델을 보고 감탄하는 후타와에게 교감 선생님이 알려준 정보와 에피소드를 이야기해줄 것이다. 츄간지 선배를 상대로 일종의 예행연습도 했다. 이런 말은 선배에게 실례겠지만, 아무튼 덕분에 막힘없이 설명할 수 있을 터였다. 나는 별것 아니라는 듯 프라모델을 하나하나 소개하며 내가 얼마나 열정적인 사람인지를 보여줄 것이다. 그러면 아마, 아니, 틀림없이 후타와는 나를….

떠올릴수록 폐가 썩어 들어가듯 고통스러웠다. 프라모델을 어찌 그리 전능하게 생각했을까. **고작** 프라모델 따위를. 후타와 앞에서 소리를 지를 수는 없었다. 대신 나는 손에 든 샤프펜슬을 부러뜨릴 듯 세게 쥐었다. 이제는 오히려 정반대되는 생각이 머릿속에 가득했다. 제발 차광 커튼 너머에 있는 프라모델들이 후타와의 눈에 띄지 않게 해주세요. 그렇게 한심한 물건을 만들어온 멍청한 놈으로 보이고 싶지 않아요.

나와 후타와가 아무것도 하지 않는 동안 시간만 서서히 공중으로 사라졌다. 난로 돌아가는 소리가 유난히 크게 느껴졌다. 이따금 창문을 때리는 빗소리가 섞여들었다. 체감상 후타와가 동아리방에 온 지 세 시간은 지난 듯했는데, 시계를 보니 실제로는 15분밖에 지나지 않았다. 후타와는 말을 꺼낼 기미가 없어 보였다. 그녀는 대체 무엇을 하러 왔을까 내게 무슨 이야기를 하러 왔을까.

아, 하고 깨달은 순간, 가슴께를 지나는 굵은 혈관이 툭 끊어졌다.

생각하면 생각할수록 내 가설에 모순이 없다는 확신이 들자, 어두운 절망이 몸속으로 퍼져나갔다. 그렇다. 그렇지 않은가. 진실은 항상 잔인하다.

후타와는 내 입을 막으러 온 것이다.

남자친구와 껴안고 있던 것을 아무에게도 말하지 말라고 당부하러 온 것이다.

후타와와 남자의 밀회를 목격한 나는 허겁지겁 도망치다가 요란스럽게 계단참에서 넘어졌다. 프라모델 부품도 바닥에 흩어졌다. 냉정하게 생각하면 내가 거기 있던 것을 두 사람이 알아차리지 못했을 리가 없다. 만에 하나 나를 직접 보지 못했더라도, 방과 후 구관 1층을 쓸 법한 학생은 나뿐이었다. 목격자 후보는 나밖에 없다는 뜻이다.

그렇구나. 그래서 후타와가 이리도 말을 꺼내기 어려워하는구나. 상황을 이해하자 지옥이었다. 동아리방이 고문실로 변해 버렸다. 내가 뭘 잘못해서 그런 말을 들어야 하나. '내가 남자친구랑 안고 있던 거 다른 사람들한테는 비밀로 해줄래?' 그런 소리를 듣는다면 나는 절대 회복하지 못하리라는 확고한 예감이 들었다. 그런 건 사양이다. 이제 더는 아프기 싫어요. 제발 봐주세요.

나는 벌떡 일어나서 책가방에 참고서를 거칠게 쑤셔 넣었다. 책이 접히든 꺾이든 신경 쓰지 않았다. 한시라도 빨리 그 자리를 벗어나려고 되는대로 욱여넣었다. 의자 등받이에 걸어 둔 코트를 집어 들고 문으로 향했다.

"이제 갈 거야." 내 귀에도 낯설 만큼 가냘픈 목소리가 흘러나왔다. 후타와의 눈을 보지는 못했지만, 후타와가 당황한 것은 알 수 있었다. "열쇠는 거기 있으니까 집에 갈 때 문 잠그고 교무실에 반납해. 난로도 끄고…. 간다."

후타와는 무슨 말을 하려 했지만, 나는 그 목소리를 누르듯 덧붙였다. "걱정 마. 아무한테도 말하지 않을 테니까."

문을 닫고 달렸다. 어두운 복도를, 아무도 없는 복도를, 예전에 언젠가 후타와와 함께 걸은 복도를, 계속 달렸다. 어둠이 검은 연기처럼 소용돌이치며 끈적하게 내 몸을 핥고 지나갔다.

후타와 미사키를 처음 만난 그날부터 거의 3년 동안 헛된 노력을 이어온 내 로터리 엔진이 드디어 회전을 멈췄다. 나와 후타와 미사키의 이야기는, 아니, 내 고등학교 시절은 그 순간에 소리도 없이 막을 내렸다. 그래서 그 이상은 이야기할 게 아무것도 없다.

그로부터 얼마 후 나는 고등학교를 졸업했고, 원래 생각한 것보다 약간 높은 4년제 대학교에 들어갔다. 후타와 미사키는 졸업식 답사

때 하나오카가 외친 '졸업생 대표 졸업 타로'라는 말을 어떻게 받아들였을까. 다들 천진난만하게 웃는 체육관에서 홀로 고통을 견뎠을까. 울었을까. 아니면 동조하듯 억지로 웃어 보였을까. 애초에 후타와가 졸업식에 왔는지조차 정확하게 기억나지 않는다. 그때의 나는 자동 조종 장치로 운항하는 비행기처럼 자아와 의지를 완전히 잃은 상태였다. 그저 멍하니 하루하루를 보냈다. 역시 내 고등학교 시절은 신문부 동아리방에서 도망쳐 나온 그 순간에 끝나버린 것이다.

대학교에서는 그다지 재미있는 일이 없었다. 괜히 겸손하게 하는 말이 아니다. 정말 아무것도 없었다. 그저 강의를 듣고 주어진 과제를 제출하고 학점을 땄다. 그뿐이었다. 친구는 사귀었지만, 단짝은 만들지 못했다. 시간을 때우는 기술은 익혔지만, 그게 취미가 되지는 않았다. 3학년 말에 취업 준비를 시작해서 인쇄 회사에 입사했다. 그리고 지금에 이르렀다. 딱히 적을 만한 것이 없다.

그러던 어느 날, 나는 출근길 승강장에서 후타와 미사키의 모습을 목격했다. 두 번 다시 만나지 않기를 간절히 바랐고, 그러면서도 또 보고 싶었던 후타와 미사키와 해후했다. 가슴속에서 무언가가 다시 움직였다.

나는 그제야 리나가 떠난 공원을 벗어나 정처 없이 걷다가 가까운 패밀리레스토랑에 들어갔다. 간단히 점심을 때우고 잠시 소파에 몸을 묻었다. 창밖에 보이는 자동차의 행렬을 멍하니 바라보았다. 이윽고 해가 기울기 시작하자, 키노모토 요지가 손가락을 잃었다는 다리에 가보기로 했다. 걸어가기에는 조금 멀었지만 택시를 타고 싶지는 않았다. 한 시간 넘게 걸어서 목적지에 다다랐다. 도착했을 때는 이미 해가 저문 뒤였다.

다리 위에서 짙은 심야의 냄새가 났다. 확실히 어두웠다. 가로등도 거의 없었고 교통량도 적었다. 나는 문제의 가드레일을 눈에 힘을 주고 관찰했다. 그런데 녹슬거나 꺾인 곳이 없었다. 그 사건이 일어난 뒤에 정비한 모양이다. 페인트가 벗겨진 곳도 없어 보였다. 이번에는 뒤를 돌아 강 쪽을 보았다. 강이라고는 하나 물놀이를 할 만한 장소는 아니었다. 생활 배수를 흘려보내는 강인 것 같았다. 밤이라 명확히 보이지는 않았지만, 물이 녹색에 가까웠다. 강 옆에 포장된 보도가 나란히 이어졌다. 후타와가 서 있던 곳은 저기쯤이었을까.

나는 보도 위 적당한 위치에다 카메라를 든 후타와의 모습을 그려보았다. 그리고 내 쪽으로 손전등을 비추는 그녀를 상상했다. 자전거를 타고 다리 위를 달리는데, 갑자기 강렬한 광선이 시야를 가린다. 얼마나 눈이 부셨을까…. 어째서일까. 나는 그 눈부심을 어렴풋이 상상할 수 있었다. 어쩐지 공감이 되었다.

어둠 속에 있는 사람에게 가장 위협적인 것은 더 짙은 어둠이 아니라 갑작스럽고 강렬한 빛이다. 이를테면 자전거를 타고 어둠 속을 달리는 청년을 덮친 강렬한 빛처럼, 어두운 밤하늘을 나는 채운에 닥쳐오는 탐조등처럼, 어둠 속을 하염없이 걷던 내 앞에 나타난 후타와 미사키처럼.

언제나, 누구에게나, 빛은 환상을 보여준다.

그리고 환상은 그 강렬함으로 현실을 가린다.

끝내는 모든 것을 완전히 앗아간다. 손가락을, 생명을, 희망을, 꿈을.

'어둠 속에 빛을 비추지 마. 어둠은 어둠으로 둬. 그게 모든 이들에게 행복한 길이야.'

나는 방금 길거리 자판기에서 산 캔커피가 떠올랐다. 캔커피를 따서 한 모금 머금고 설탕의 단맛 속에 녹아드는 신맛과 쓴맛을 음미했다. 나는 조용히 물결치며 작게 반짝이는 수면을 바라보면서 가만히 한숨을 내쉬었다.

어쩌면 리나의 말이 맞을지도 모르겠다. 나는 미나가와 씨에게 들은 이야기를 속으로는 수긍하면서도 나도 모르게 부정하고 싶었을 뿐인지 모른다. 키노모토 요지와 관련된 일도 자세한 사건의 내용도, 후타와가 열여덟 살에 머무르는 이유도.

아니, 정말 그럴까.

나는 다시 생각했다. 그리고 꺼림칙한 점을 하나하나 면밀히 조사하기로 했다. 동아리방 열쇠, 후타와와 키노모토 요지가 그날 나눈 대화, 손전등을 남에게 비춘 후타와 미사키의 부주의함. 나는 사진을 찍는 후타와 미사키의 모습을 다시금 머릿속에 그렸다. 그러자 어떤 한 점에서 톱니가 맞물리는 느낌이 들었다. 전부 수긍이 간다.

그래. 그렇게 된 것이다.

13

혹시나 엇갈릴까 봐 평소보다 한 시간 일찍 전철역에 왔지만, 지극히 쓸데없는 걱정이었다. 후타와는 평소와 똑같은 시간에 나타나서, 완행열차가 서는 승강장 벤치에 앉은 나를 보고 눈을 동그랗게 떴다.

"…네가 왜 여기에 있어?"

"네가 열여덟 살에 머무르는 이유를 알았어."

후타와는 순식간에 표정을 지우고 내 말을 곱씹듯 입을 다물었다. 서로 마주 본 채 가만히 시간이 흘렀다. 완행열차가 연착한다는 안내 방송이 나왔고, 그 사이에 급행열차 한 대가 들어왔다. 승강장을 오가는 사람들이 몇 명이나 우리 앞을 지나갔고, 연착을 사과하는 안내 방송도 흘러나왔다. 그렇게 긴 침묵의 시간을 유지하다가 마침내 후타와가 입을 열었다. 내가 괜히 떠보는 것이 아니라는 감이 온 모양이다. 갑자기 아무 일도 없었다는 듯 미소를 지어 보인다.

"그래서?"

"먼저 사과부터 할게." 나는 후타와의 눈을 보며 말했다. "전에 여기서 네가 계속 열여덟 살인 이유를 조사하겠다고 했을 때, 너는 나한테 마음대로 하라고 했지. 나는 그 말을 진심으로 받아들여서 너와 관련된 정보를 모았어. 조사하는 동안에는 거기에만 정신이 팔려서 감각이 둔해졌지만, 냉정하게 생각해 보니 저질스러운 짓이었어. 아무리 너를 위한 일이었다 해도 결국은 남의 사생활을 멋대로 들춰낸 것에 불과해. 정말 미안해. 용서해 줘."

서서히 옅어지는 영화관 조명처럼 후타와가 천천히 미소를 거두었다. 나는 이어서 말했다.

"내가 세운 가설을 말하고 싶어. 그런데 알다시피 지금은 시간상 무리야. 가능하면 다른 날을 잡아서 얘기하자. 그리고 만약 내 가설이 맞다면, 열아홉 살이 되기 위해서 같이 노력하겠다고 약속해 줘. 최선을 다해 도울게."

"내가 싫다면?"

쓸쓸해 보이는 눈빛과 달리 어쩐지 기세등등한 입매가 지난날을 연상시켰다. 심술궂은데도 묘하게 친근감을 유발한다. 후타와 특유의 표정이다. 과거의 나는 그 표정에 휘둘려 수도 없이 내 페이스를 잃었다. 쩔쩔매며 한심할 정도로 입도 뻥긋 못 했다. 하지만 그렇기에 지금 나는 더더욱 차분한 태도로 대답해야 했다. 지금 여기에 있는 나는 과거의 내가 아님을 증명하기 위해서.

"그런 말 못 하게 할 거야."

예상치 못한 답변이었는지, 후타와는 눈이 휘둥그레져서 얼어붙었다.

"넌 이미 한 달에 몇 번이나 픽픽 쓰러지는 상태야. 거부하지 못하게 할 거고, 유예도 안 돼. 네가 계속 고집을 부리면 몸이 안 좋은 날을 노려서 고문이라도 할 거야."

"…진심으로 하는 말이야?"

"물론 농담이야."

후타와는 안심한 듯 웃음을 흘렸다. 그러고는 진심으로 재미있다는 듯 웃었다.

"하지만 농담이 아니야."

"네가 그런 소리를 할 줄은 몰랐어."

"나이를 먹었잖아." 나는 일부러 웃지 않고 말했다. "나이를 먹으면 어휘력도 좋아져. 약간은 재치도 늘고 키도 크지. 오렌지 렌지를 부르게 되고, 야구를 관람하게 돼. 오토바이 투어도 시작하게 되고."

"…무슨 말이야?"

"네가 원래 있어야 할 궤도로 돌아와야 한다는 뜻이야. 나한테 시간을 줘. 부탁이야."

후타와는 잠시 내 눈을 들여다보더니 이내 입을 한일자로 다물었다. 주저하듯 자신의 로퍼로 시선을 떨어뜨렸다가 무언가가 떠오른 것처럼 전광판을 올려다보았다. 또다시 로퍼를 응시하다가 결국 체념한 얼굴로 내 눈을 보았다.

"…알았어. 일단 듣기는 들을게." 후타와가 말했다. "이번 주 일요일 괜찮아?"

"괜찮아. 고마워."

"자세한 내용은 메시지 보낼게."

카페에서, 혹은 리나를 만났을 때처럼 공원에서 대화할 수 있으면 어디든 괜찮다고 생각했다. 그래서 후타와가 하이킹하러 계곡에 가자고 했을 때 깜짝 놀랐다. 후타와는 단풍이 한창이래, 라고 말했다. 나는 야외에 나가는 것을 그리 좋아하지 않는다. 아니, 그보다는 야외 활동을 즐기고 싶은 마음이 없었다. 다른 곳에 가자고 하고 싶었지만, 후타와가 토라져서 약속 자체를 취소해 버릴 수도 있으니 조용히 넘어갔다. 후타와가 제안한 계곡은 치바현 이내였지만, 차로 한 시간 넘게 가야 하는 곳이었다. 황급히 렌터카를 예약했다. 필요도 없는데 굳이 등급이 높은 SUV를 예약해 버렸다. 나 자신이 한심해서 잠시 자기혐오에 휩싸였다.

약속한 날이 오자, 따뜻하게 입으려고 신경 쓰면서도 평상시 외출복과 별반 다르지 않은 옷을 골랐다. 내 목적은 어디까지나 나이와 관련된 문제들을 해결하는 것이다. 하이킹에 열정을 쏟을 필요는 없었다. 그런데 그런 나를 나무라듯, 역 앞 로터리에 나타난 후타와는 그야말로 야외 활동을 위해 만반의 준비를 한 차림새였다. 빨간 바람막이에 베이지색 모자, 발에는 스니커즈를 신었고, 커다란 배낭까지 멨다.

"마제, 의욕이 느껴지지 않는 그 차림새는 뭐야?"

"…꼭 그런 차림이어야 해?"

"음…. 나도 가본 적이 없어서 몰라." 후타와가 소리 내어 웃었다. "어쩌다 보니 너무 힘을 줬네."

기운이 넘쳐 보여서 다행이었다. 나는 후타와를 조수석에 태우고 차를 몰았다. 잠시 후 고속도로를 탔다.

"친구가 운전하는 차는 처음 타봐."

고등학생다운 반응에 웃음이 나왔다. 열여덟 살은 정말, 어린애다.

명성답게 쾌적한 차였다. 업무용 차와는 차량 등급과 가격 등 모든 부분에서 차원이 달라 비교할 수도 없지만, 확실한 추진력과 감탄스러운 저소음을 동시에 실현해낸 차라서 혹할 수밖에 없었다. 점원이 설명해준 자동 속도 제어 장치도 잠시 후에 시험해 볼 생각이었다. 과거의 내게는 '만들어야 할 것'이던 자동차가 지금의 내게는 온전히 '타야 할 것'이 되었다. 이제 이 손은 니퍼가 아니라 핸들을 쥔다. 양손에서 땀이 나는 이유는 무엇일까. 되도록 생각하지 않으려 애쓰면서 운전에 집중했다.

웃는 얼굴로 차창 밖 풍경을 바라보는 후타와를 보고 있자니, 곧바로 본론을 꺼낼 마음이 들지 않았다. 후타와의 기분이 내킬 때까지 잠시 장단을 맞추기로 했다. 이야기는 그 뒤에 해도 늦지 않는다.

가장 쉬운 코스도 4킬로미터는 된다는 이야기를 듣고 후회했다. 얕본 내 잘못이다. 날은 맑았지만, 기온은 예상보다 훨씬 낮았다. 후타와처럼 입었어야 했다. 그나마 신발은 걷기 편한 것을 골랐는데도 운동 부족인 몸은 금방 지쳐 버렸다. 얼마 걷지도 않았는데 속도가 느려진 나를 놀리듯 후타와가 웃었다.

"아저씨, 괜찮으세요?"

그러는 후타와도 운동을 잘하는 편은 아니었다. 그런데도 이렇게 차이가 나다니, 어찌 된 일일까. 학교 체육 수업이 의외로 효과가 있나

보다. 아니면 역시 나이 때문일까. 하지만 나도 아직 20대다. 얼마 전 골프 대회에서도, 운동선수였으면 한창 빛을 볼 나이라고 본부장님이 격려의 말을 해주셨다. 중간에 몇 번 기침했지만, 손수건에 피가 묻어 나지는 않았다. 괜한 걱정을 끼치고 싶지 않았던 터라 다행이었다.

풍경을 즐길 여유는 없었지만, 하이킹은 생각보다 괜찮았다. 공기가 맑고 상쾌했다. 나무 냄새도 나쁘지 않았다. 숨을 쉴 때마다 폐가 정화되는 느낌이었다.

중간중간 곱게 물든 나뭇잎도 보였지만, 그런 것은 어디까지나 덤에 지나지 않았다. 가장 깊숙한 곳에 있는 폭포가 최종 목적지답게 절경이라고 후타와가 말했다. 낙엽을 밟으면서 개울을 건너고 숨을 헐떡이며 걸음 수를 늘렸다.

확실히 절경이었다.

폭포라는 말에서 자연스레 연상되는 호기롭고 힘찬 폭포는 아니었다. 하지만 폭이 넓어서 매우 웅장했다. 축구장 한 면 너비는 되어 보이는 크고 완만한 경사에서 명주실처럼 하얗게 반짝이는 물이 시원스레 흘러내렸다. 물소리에는 형언할 수 없는 품격이 있다. 흡사 콘서트장을 가득 메운 관중의 박수 소리 같다. 쉴 새 없이 성대하게, 그러나 편안하게 공간을 메운다. 그리고 그 위에서 터널처럼 폭포를 감싼 붉은 단풍이 불타듯 선명하게 빛났다. 나와 후타와는 못 박힌 듯 잠시 그 자리에 서 있었다. 할 말을 잃고 그저 눈을 빛냈다.

충분히 경치를 감상한 뒤, 우리는 적당한 바위를 찾아 앉았다. 폭포에서 제법 떨어진 곳에 앉았는데도 어디서 왔는지 모를 자그마한 물방울이 얼굴을 간질였다. 그 역시도 상쾌했다. 점심은 하이킹 코스

입구에 있던 매점에서 미리 사 왔다. 특별할 것 없는 백반 도시락인데도 은근히 맛있게 느껴지는 이유는 공기 덕분일까, 경치 덕분일까, 아니면 몸을 움직인 덕분일까, 그것도 아니면 여기에 후타와 미사키가 있기 때문일까.

"몸은 괜찮아?"

"응? 그거 내가 할 말 아니야?"

"나는 운동 부족에 피로가 쌓여서 그래. 하지만 넌 그렇지 않잖아."

"과민반응이야." 후타와는 웃었다. "가끔 머리가 어찔할 때가 있는 거야. 그거 말고 다른 증상은 없어."

허세인지 사실인지 판단이 서지 않았다.

휴일이라 폭포 주변에는 하이킹을 하러 온 사람들이 적지 않았다. 그중에서 남녀 한 쌍이 우리 쪽으로 걸어왔다. 외국인들이었다. 아무래도 사진을 찍어 달라고 하는 것 같았다. 그들이 내민 카메라를 내가 받으려고 하자, 후타와가 밝은 목소리로 여자에게 말을 걸었다. 물론 영어였다. 옛 기억을 자극하는 그녀의 발음에 나도 모르게 미소가 지어졌다. 후타와가 여자와 즐겁게 대화하는 모습을 바위 위에 앉아서 잠시 지켜보기로 했다. 역시 뭐든 전문가에게 맡기는 게 최고다.

이윽고 후타와는 폭포를 배경으로 남녀가 어깨동무한 사진을 찍어 주고 말을 두세 마디 더 주고받다가 손을 흔들며 헤어졌다. 목소리는 전부 들렸지만, 나는 당연히 한마디도 알아듣지 못했다. '픽처'라는 단어는 들은 것 같은데, 거기까지가 내 한계였다. 돌아온 후타와에게 역시 미래의 통역사답다고 말하려다가, 그 말이 빈정거리는 뉘앙스를 품고 있음을 깨닫고 입을 다물었다. 그녀는 나이를 앓고 있다.

외국인과 대화할 때는 즐거워 보이더니, 내 옆으로 돌아온 후타와는 어딘가 쓸쓸한 표정이었다. 나는 그 이유를 모르지 않았다.

"왜 여기에 오고 싶었어?"

후타와는 새삼스럽다는 표정으로 고개를 갸우뚱했다. "여기 경치가 멋있다고 해서."

"아니, 왜 나를 여기에 데려오려고 했냐고."

"그야 너 말고는 차를 운전할 수 있는 친구가 없으니까."

순간 일리 있다고 생각했지만, 논점은 그게 아니었다. 상대방의 속마음을 꿰뚫어 보고 교묘하게 이야기의 주도권을 쥐는 것이 그녀의 특기였다. 그 기술에 놀아나면 안 된다. 내가 또다시 똑같은 질문을 하려 하자, 후타와는 체념한 듯 고개를 저었다.

"미안. 나도 잘 모르겠어." 폭포 소리가 울려 퍼졌다. "아마 절대 도망칠 수 없는 곳으로 오고 싶었나 봐. 그러지 않으면 도망칠지도 모르니까."

"네가?"

"우리 둘 다."

폭포 소리가 예전 언젠가 들었던 난로 소리와 겹쳤다. 맑은 공기 속에서 매캐한 석유 냄새가 희미하게 섞여든다. 나는 마음을 진정시키려고 숨을 크게 들이마셨다가 뱉었다.

"이제 얘기해도 될까?"

"해."

나는 내가 리나와 함께 도출한 가설을 되도록 자세히 이야기했다. 공정성을 유지하기 위해서, 혹은 후타와에 대한 최소한의 속죄로, 어디서 얻은 정보인지도 모두 밝혔다. 다만 리나만은 끝까지 비밀에 부쳤다. 그날 이후 몇 번이나 연락해봤지만, 리나에게서는 답장이 오지 않았다. 그 이상 리나에게 폐를 끼치고 싶지 않았다.

후타와는 조용히 내 이야기를 들었다. 이따금 고통을 견디듯 눈을 가늘게 뜨기는 했지만, 기본적으로 무표정을 유지하려고 애쓰는 것 같았다. 키노모토 요지라는 남자가 있었다는 것, 그와 후타와가 사귄 것, 그가 후타와에게 졸업장을 써주기로 약속한 것, 후타와의 과실로 그가 손가락을 잃은 것, 그리고 그의 재기를 바라며 후타와가 계속 고등학교에 머무른 것. 나는 내 안에 저장해둔 모든 정보를 토해냈다.

후타와는 내 이야기가 끝난 것을 확인하고는 폭포 쪽을 응시하며 작게 고개를 끄덕였다.

"숨길 수가 없네." 후타와는 살며시 엷은 미소를 지었다. 닥종이 한 장만한 몹시도 엷은 미소였다. "네가 말한 대로야. 그래서 계속 열여덟 살로 지내기로 했어. 고등학생인 채로, 키노모토 오빠가 다시 붓을 쥐길 바라면서…."

"괜찮아, 후타와."

"…뭐가?"

"아니잖아."

후타와는 한순간 일시 정지 한 것처럼 얼어붙었다가, 곧바로 아무 일도 없었다는 듯 나를 보았다. "…뭐가?"

"여기까지는 네가 최악의 경우 나한테, 아니면 또 다른 누군가한테 들켜도 어쩔 수 없다고 생각한 정보야. 진짜 문제는 그 너머에 있잖아."

"…무슨 소리야?"

"시치미 떼지 않아도 돼. 괜찮아."

후타와는 입을 다물었다. 절대 정보를 흘리지 않겠다고 다짐하며 속으로 벽을 쌓아 올리는 것처럼 보였다. 표정에서 여유가 사라져 갔다.

"안심해. 이 일은 아무한테도 말하지 않았어. 나는 그냥 진심으로 네가 열아홉 살이 되기를 바랄 뿐이야."

"그게 무슨⋯." 뒷말은 이어지지 않았다.

나는 잠시 침묵을 지키며 땅을 내려다보았다. 촉촉한 흙 위에 돌멩이 몇 개가 누워 있었다. 나는 그중 하나를 주워서 손 위에 놓고 굴려 보았다. 측면에 이끼가 끼었다. 아마 오래 세월 같은 자리를 지킨 돌이리라. 나는 그 돌을 앞에 있는 강으로 던졌다. 풍덩 하는 소리와 함께 돌과 이끼가 큰 강의 흐름 속으로 해방되었다. 후타와는 내 일련의 동작을 가만히 관찰했다.

"넌⋯." 나는 손에 묻은 흙을 털면서 말했다. "넌 무언가를 누군가의 눈에서 멀리 떨어뜨리려고 한 거야. 그렇지? 그리고 아마 나도 공범이겠지."

후타와는 무너지는 댐을 막듯 입을 꾹 다물고 무언가를 견디는 것 같았다. 그러나 긴 침묵 끝에 눈물 한 방울이 조용히 떨어졌다. 그 한 방울을 시작으로 연쇄반응이 일어났다. 후타와가 무표정을 유지하려고 애쓰는 탓에 하나둘 떨어지는 눈물이 오히려 도드라져 보였다. 소리도 없이 눈물만 켜켜이 쌓여 갔다.

"고등학생 때였으면 할 수 있는 게 없었을 거야. 하지만 나도 이제 어엿한 어른이거든. 틀림없이 너를 도울 수 있을 거야."

후타와는 여전히 아무 말도 하지 않았다.

"딱 하나 모르겠는 건, 예전에 네가 중얼거린 '만약 마제가 아니었으면 부탁할 수 있었을지도 모르겠다'라는 말이야. 그 부분에 관해서는 나도 네 진의를 모르겠어. 내가 엮이면 안 될 이유라도 있는 거야? 그렇지 않다면 나한테 다 맡겨. 내가 꼭 해결할게."

"…미안해." 후타와는 그제야 자신이 우는 것을 인정하듯 손가락으로 눈가를 닦았다. "솔직히 나도 잘 모르겠어. 너는 다를까?"

"나도 잘 모르겠지만 나한테 기대도 돼. 아마 상황이 나빠지지는 않을 거야."

"정말?"

"영업 사원은 발이 넓거든. 이래 봬도 여러 분야에 지인이 있어. 어떻게든 될 거야."

"그냥 **적어 놓은** 게 아니야. 엄청 깊이…."

"거기까지는 예상했어. 괜찮아."

"절대 아무한테도 말하면 안 돼. 특히…."

"알아."

나는 오른손을 내밀었다.

"내가 다 해결할게. 그러니까 나한테 열쇠를 줘."

"너한테 다 떠맡겨도…, 그래도 정말 괜찮은 거야?"

"아이에게 힘이 되는 게 어른의 임무야. 그리고…." 나는 웃어 보였다. "나는 마나베의 명을 받아서 사람들의 영혼을 해방하는 여행 중이거든. 미안해하지 말고 나한테 맡겨."

14

"또 만날 줄은 몰랐구나, 써니야."

나는 한 명의 영업 사원으로서 교감 선생님에게 허리 굽혀 인사했다. 이쯤 되니 감사한 일이 너무 많아서 이분 앞에서는 평생 허리를 못 펼 것 같다.

내가 모교를 방문한 시간은 오후 두 시였다. 도저히 바꿀 수 없는 일정이 오후 한 시에 있어서 조금 늦게 도착했다. 국제교류부 동아리방 앞에서 작업자 여럿이 분주하게 공사에 들어갈 채비를 하고 있었다.

"마제 씨죠?"

작업자 한 명이 말을 걸기에 인사했다. 명함을 교환한 뒤에 작업자가 유쾌하게 웃어 보였다.

"이야, 정말 감사합니다. 사장님도 기뻐하셨어요. 드디어 우리 마제 씨가 일감을 주는구나, 하시면서요. 사장님이 무척 오고 싶어 하셨는데, 죄송합니다."

"아닙니다. 안 그래도 바쁘실 텐데요."

"사립학교 보수 공사면 꽤 괜찮은 시공 실적이거든요. 정말 감사, 또 감사합니다."

"저희를 기억해주시면 저희도 매출이 올라가니까 상부상조 아닙니까."

"써니답지 않게 야무지네." 교감 선생님이 웃었다.

그로부터 10분쯤 지나자, 작업자들이 공사에 들어갈 채비를 마쳤다. 동아리방에 있던 책상과 의자를 복도로 옮겼고 약품이 튈 법한 곳에 비닐을 깔았다. 잠깐 구경해도 되냐고 묻자, 작업자들이 선뜻 허락해주었다. 나는 동아리방 벽에 기대어 서서 작업 과정을 하나하나 눈에 새겼다.

한편 교감 선생님은 내게 인사하고 구관을 떠났다.

"나는 보면 안 되는 거지?"

"자꾸 어려운 부탁을 드려서 죄송합니다."

"어렵긴. 딱히 궁금하지도 않아." 교감 선생님은 호탕하게 웃어넘기고 자리를 떴다.

작업자들은 저마다 전동드릴을 들고 사물함에 박힌 고정쇠를 제거하기 시작했다. 당연하게도 드릴은 내가 조이던 방향의 반대 방향으로 돌았다. 시간을 되감듯이, 묶여 버린 후타와의 나이를 풀어주듯이. 고정쇠 네 개가 제거되자, 작업자들은 사물함를 끌어 벽에서 떨어뜨렸다. 사물함와 맞닿았던 벽만 덜 낡았다. 내가 이 동아리방을 찾아온 그날과 똑같은 색이었다.

그리고 거기에는 내가 상상한 것보다 훨씬 깊고 거친 글자가 빽빽이 새겨져 있었다. 마치 낙인처럼 너무나 강렬하게.

키노모토 씨에게 손전등을 비춘 사람은 후타와가 아닙니다. 접니다.

제가 키노모토 씨의 손가락과 꿈을 빼앗았습니다.

진실을 알리면 지금 후타와에게 쏟아지는 아미자와 선생님의 증오가 전부 저에게 쏟아질까봐 무서워서 끝내 말하지 못했습니다.

아미자와 선생님, 그리고 후타와, 정말 죄송합니다.

제정신이 아니던 저는 우울해하는 후타와가 최소한 새로운 사랑을 시작하길 바라며

적당한 남자애들을 붙잡고 후타와가 너를 좋아한다고

거짓말로 부추기기도 했습니다. 저는 정말 어리석은 인간입니다.

무책임하게도 여기에 글만 남기고 도망치는 저를

부디 욕하고 원망하고 마음껏 저주해 주세요.

오다기리 카에데

후타와는 이 글을 지우려고 수없이 애쓴 것 같다. 군데군데 갈색 퍼티를 바르거나 다른 각도로 홈을 판 흔적이 있었다. 하지만 글자는 여전히 읽혔다. 아무 문제없이 잘 읽혔다. 어마어마한 깊이와 집념으로 조각된 글이었다.

이 메시지를 발견했을 때 후타와는 얼마나 놀랐을까. 지우려고 가리려고 몸부림쳤을 것이다. 하지만 뜻대로 되지 않았다. 후타와가 할

수 있는 일은 아미자와 선생님이 진실을 알지 못하도록 이 글을 사물함로 감추는 것뿐이었다. 우정 때문이었는지, 아니면 다른 이유가 있었는지는 모른다. 자세한 사연은 아직 하나도 듣지 못했다. 어떤 이유였건 이 얼마나 자기희생적인가.

그건 그렇고…. 나는 목덜미가 간지러워 넥타이를 풀었다. 나를 가장 놀라게 한 것은 예상치 못한 이 말이었다. '적당한 남자애들을 붙잡고 후타와가 너를 좋아한다고 거짓말로 부추기기도 했습니다.' 후타와는 이 내용 때문에 내게 도움을 요청하지 못하고 망설인 것이다. 다시 말해 내가 오다기리 카에데에게 비밀스러운 이야기를 들은 이후부터 어쩔 줄 몰라 하던 것을 후타와는 다 알고 있었다는 뜻이다. 정말이지 미숙하고 어리숙한 청소년기였다.

그런데 후타와도 만만치 않다. 그동안 얼마나 긴 세월이 흘렀는데, 이런 메시지 따위에 내가 심란해할 줄 알았단 말인가. 나는 후타와에게 남자친구가 있었다는 사실을 고등학생 때 이미 알았다. 그렇지 않았더라도 나는 나이를 먹을 만큼 먹어 서른을 앞둔 성인이다. 그날 오다기리 카에데가 한 이야기가 아무런 근거도 없는 거짓이었음을 깨닫는다고 뭐가 달라지나. 그런데 왜…. 한숨이 흘러나왔다. 이상한 일이다.

그런데도 가슴이 아프다.

리나에게 사과해야겠다. 몇 년이 흘렀든 역시 나는 나다. 다 정리한 척했지만 사실은 슬쩍슬쩍 곁눈질하며 조금이라도 국물이 떨어지기를 갈망하는, 한심한, 촌스러운, 영원한 어린애였다. 나츠카와 리나의 말이 맞았다. 오다기리 카에데의 말이 사실이었으면 좋겠다고 마음속 깊은 곳에서 남몰래 바랐다. 몇 년이 지났는데도 우직하게 믿었다. 키노모토 요지와 사귄 것은 의도치 않은 실수였고, 사실은 오다기리 카에데의 말이 진실이지 않을까 생각했다. 우습기 짝이 없다.

작업자들은 오다기리 카에데가 남긴 메시지를 발견하자 재빨리 보수 작업에 들어갔다. 드러난 메시지에 어떤 반응을 보일 줄 알았으나, 그들에게 그 메시지는 그저 메워야 할 결함에 불과한 듯했다. 작업자들은 파인 벽면에 즉시 보수재를 채웠다.

나는 눈을 감았다.

보수재는 내 마음에도 스며들었다. 몇 번이나 아물었다가 벌어지기를 반복한 내 마음속 상처 위에 단단한 딱지를 만든다. 추억을 봉한다. 하지만 이 여행은 이로써 끝이 아니다. 나는 후타와의 마음에 남은 미련을 완전히 없애야 한다. 그날 일어난 사건의 내막은 그다음에 들어도 충분하다.

나는 태어나서 한 번도 비행기 표를 사본 적이 없었다. 누구에게 조언을 구할지 망설이다가, 틈만 나면 아내와 여행을 떠나는 것 같은 커브에게 물어보았다. 그렇게 사면 된다고 확답을 받았는데도 무언가 빠뜨린 것이 있을까 봐 비행기에 탑승하기 전까지 내내 불안했다. 토요일 오후 1시 50분 하네다발 비행기를 타고 오후 3시 35분에 신치토세에서 내릴 예정이었다. 그리고 당일 오후 아홉 시 비행기로 돌아올 것이다. 상당히 빠듯한 일정이지만, 여고생을 다음날까지 붙잡아 둘 수는 없었다. 사흘 연속 휴일도 아니었다. 내가 쉴 시간도 생각해야 했다.

고등학교 수학여행 이후로 처음 타는 비행기였다. 후타와는 얼마

만인지 궁금해 물어보니, 역시나 수학여행 때 이후로 처음이라고 했다. 나와 똑같다고 생각했다가, 곧 그렇지 않다는 것을 깨달았다. 후타와는 매년 수학여행을 갔다.

비행기를 탄 순간부터, 아니, 정확히 말하면 약속 장소에 나타났을 때부터 후타와는 굳은 표정이었다. 그럴 만도 하다. 신치토세에 도착하자, 심호흡하는 횟수가 훨씬 늘었다. 약속 시간까지 조금 여유가 있어서 함께 공항 카페에 들어갔다. 후타와의 긴장감에 전염되었는지, 아니면 나도 애초에 긴장한 상태였는지 모르겠지만, 주문한 샌드위치가 목구멍으로 넘어가지 않았다.

키노모토 요지는 현재 홋카이도 에베츠라는 곳에 있는 제지공장에서 일한다고 했다. 주소는 모르지만, 교감 선생님이 아미자와 선생님에게 그가 일하는 곳을 슬쩍 물어봐 줬다. 정말 하나부터 열까지 다 교감 선생님에게 기대고 말았다. 감사하다는 말로도 부족하다.

솔직히 내키지는 않았지만, 연락처를 알아낸 뒤 곧바로 그의 직장에 전화를 걸었다. 일단은 내가 걸고 키노모토 요지가 전화를 받은 뒤에는 후타와에게 수화기를 넘겼다. 후타와가 직접 이야기해야 대화가 수월할 터였다. 말은 그렇게 했지만, 사실은 내가 키노모토 요지와 대화하고 싶지 않아서 수화기를 넘겼을 뿐일지도 모르겠다. 후타와는 가냘픈 목소리로 오랜만이라고 인사한 뒤 꼭 하고 싶은 말이 있다며 만나 달라고 했다. 전화로 너무 많은 이야기를 하는 것은 좋지 않다고 판단했는지, 그녀는 자신의 나이가 멈췄다는 말은 일절 하지 않았다. 그가 후타와를 만나주기만 하면 어차피 나이가 멈추는 현상을 자연스럽게 받아들일 터였다. 올바른 판단이었다. 키노모토 요지는 공장 일이 오후 다섯 시에 끝나니 오후 여섯 시에 만나자고 말했다. 장소는 공장 근처에 있는 패밀리레스토랑으로 정했다.

때가 되어 공항을 나섰다. 눈은 오지 않았지만, 역시 11월 끝자락을 맞은 홋카이도답게 추웠다. 밖으로 나가니 추위가 몸을 파고들었다. 나는 양손을 코트 주머니에 넣었고, 후타와는 목도리를 코까지 추켜올렸다. 택시를 타고 한 시간쯤 달렸다. 나는 무척 휑하고 시골스러운 곳을 상상했는데, 목적지 부근에 펼쳐진 풍경은 우리 동네와 별반 다르지 않았다. 약속 시간 10분 전에 패밀리레스토랑에 도착했다. 내가 꼭 동석해야 하나 의문이 들었지만―그리고 가능하면 동석하고 싶지 않았지만―후타와는 내게 같이 있어 달라고 말했다. 우리는 칸막이가 있는 소파 좌석에 나란히 앉아서 그가 도착하기를 기다렸다.

결론부터 말하자면 나는 끝내 그를 싫어할 수 없었다. 키노모토 요지는 한 인간으로서 매력적이었고 무엇보다 인격이 된 사람이었다. 오른손을 주머니에 넣고 나타났을 때는 오만하다고 생각했지만, 그것이 그 나름의 배려였음을 알아차리자 속으로 사과할 수밖에 없었다. 나보다 나이가 많을 텐데도 여전히 청년이라는 말이 잘 어울리는 산뜻한 분위기를 풍겼다. 웃을 때 선처럼 가늘어지는 눈에서 뭐라 표현할 수 없는 성실함이 느껴졌다. 이렇게 말하면 실례지만, 일명 해적왕 룰렛인 아미자와 선생님의 친동생 같지가 않았다. 그는 제일 먼저, 먼 길 와줘서 고맙다며 진심으로 우리를 환영해 주었다. 시간을 길게 내지 못해서 죄송하다고도 덧붙였다.

"오랜만이야."

"…오랜만이야."

두 사람이 아주 잠깐 눈을 마주 보며 짧은 말로 공백의 시간을 메우자, 나는 예상대로 비참한 기분에 휩싸였다. 얼굴에는 드러내지 않으려고 애썼다.

"처음 뵙겠습니다. 키노모토라고 합니다."

"처음 뵙겠습니다. 마제라고 합니다. 후타와의 동창이고, 곁다리로 따라왔습니다."

"마제… 씨요?"

"네. …무슨 문제라도?"

"우리 전에 어디서 만난 적이 있나요?"

"…없을 텐데요." 계단참에서 대자로 넘어진 내 뒷모습은 봤을지도 모르지만.

"아…. 어디서 들어본 이름 같아서요…. 어디서 들었더라?"

어쩌면 예전에 후타와가 내 이야기를 했을지도 모른다. 정말 그렇다면 내게는 달갑지 않은 이야기였다. 당시의 후타와에게 있어서 나는 남자친구에게 알리기 망설여지는 존재가 아니었다는 증거이기 때문이다. 또 이렇게 별것 아닌 일에 연연하고 만다. 그때부터 나는 침묵을 지키며 엑스트라 역할을 충실히 수행하기로 했다.

후타와는 국제교류부 앞에서 밀회한 그날 이후 처음으로 키노모토 요지를 만난다고 했다. 역시 그때는 키노모토 요지가 홋카이도로 돌아간다는 말을 전하러 온, 말하자면 이별의 순간이었다는 뜻이다. 참고로 키노모토 요지는 아직도 그날 자신에게 손전등을 비춘 사람이 후타와인 줄 안다고 했다. 진실을 알리는 것이 낫지 않나 싶었지만, 후타와는 그것만은 절대 안 된다고 간곡히 호소했다. 만약 키노모토 요지에게 진실을 전하면, 그의 누나인 아미자와 선생님도 언젠가 진실을 알게 될 것이다. 그것만은 무슨 일이 있어도 막고 싶다고 했다.

주문한 음식이 나오자, 키노모토 요지는 근황을 알려주었다. 나와 후타와는 음식을 주문하기는 했으나 거의 입에 대지 못했다.

그는 밝은 목소리로 말했다.

홋카이도로 돌아와서 한동안은 무력한 일상이 이어졌다. 그런데 몇 개월이 지나자 환부 상태가 호전되어 큰아버지가 소개해준 운송회사에서 사무직으로 일했다. 주로 전표를 처리하거나 전화 받는 일은 했고 가끔은 자잘한 심부름을 했다. 컴퓨터 키보드를 칠 때는 애를 먹었지만, 그것도 금방 익숙해졌다. 다행히 일하는 동안 상상을 초월하는 핸디캡을 느끼지는 못했다. 하지만 일이 재미있지 않았다.

"역시 묵묵히 작업하는 게 성격에 맞겠다는 생각이 들었어. 천성이 장인 기질이니까. …이렇게 말하면 너무 잘난 척인가?"

인터넷으로 정보를 모으다 보니 금방 제지공장 일이 구해졌다. 지금 하는 일보다는 나을까 싶어서 가벼운 마음으로 발을 들였다. 그런데 그 일이 성격에 잘 맞았다. 규모가 큰 제지공장이라기에 처음에는 거대한 탱크나 로봇 팔이 여기저기서 돌아가는 차가운 공간을 상상했는데, 막상 가보니 작업 대부분을 사람이 직접 처리해야 했다. 현재 그는 완성된 종이를 재단하는 공정을 담당한다고 했다.

"물론 어릴 때부터 꿈꾼 길은 아니지. 하지만 이 일도 그 나름대로 재미있어. 공장에는 의외로 사람 손을 거쳐야 하는 일이 많아. 내가 아니면 할 수 없는 일도 꽤 있어. 손가락을 잃지 않았으면 영영 보지 못했을 세상이야. 괜히 하는 말이 아니라, 요즘 정말로 하루하루가 알차."

그는 손가락이 없는 것은 아주 사소한 문제라고 거리낌 없이 거듭 말했다. 그 말을 증명하듯 왼손으로 아주 자연스럽게 음식을 먹어 치웠다. 후타와를 위한 그의 배려에 찬물을 끼얹을 생각은 없지만, 손가락을 잃는 것이 사소한 문제일 리 없다. 오른손잡이인 그가 오른손 검지와 중지를 잃었다. 거의 모든 일상의 순간을 바꿔야 했을 것이다. 얼마나 많은 고뇌를 맛보고 얼마나 큰 노력을 거듭했을까. 무엇보다 그는 자신의 꿈을 잃었다. 미나가와 씨의 말을 빌리자면, 주검이 되어도 상관없으니 반드시 서예계에 뼈를 묻겠다고 각오하며 지켜온 꿈을 빼앗겼다. 하지만 그는 그런 어두운 부분을 조금도 내보이지 않았다.

정말, 된 사람이다.

시종일관 침묵을 지키던 후타와는 그의 이야기가 어느 정도 마무리되자, 그제야 더듬더듬 말을 이었다. 본론을 꺼낼 결심이 선 모양이다. 후타와는 우선 자신의 상황을 설명했다. 시선은 키노모토의 눈이 아니라 테이블 위에 고정된 채였다.

"나는 오빠랑 헤어진 그해부터 계속 고등학생으로…, 열여덟 살로 지냈어. 하지만 이제 정말 졸업해야겠다는 생각이 들었어. 오빠한테 직접적인 원인은 없지만, 꼭 오빠를 만나서 마음을 정리하고 싶었어. 그래서 오늘 여기에 온 거야."

"그때 내가 너한테 못 할 짓을 했어." 키노모토 요지가 사과했다. "그때는 나도 정말, 정말 한계였어. 아무리 그래도 갑자기 그렇게 일방적으로 헤어지면 안 되는 거였어. 미안해. 내가 네 마음에 깊은 상처를 줬어."

후타와는 말없이 고개를 가로저었다. 동시에 눈물이 떨어졌다. 나는 눈을 돌려 창밖을 바라보았다.

"사실 전화를 받고 오랜만에 한 번 써봤어."

그는 그렇게 말하더니, 들고 있던 가방에서 길쭉한 통을 꺼냈다. 그리고 후타와에게 내밀었다. 무엇인지 물을 필요도 없었다. 후타와는 터져 나오는 울음을 참으며 통을 받아들고 그 안에서 종이 한 장을 꺼냈다.

"그게 지금의 내 한계야. 그래도 받아주면 좋겠어."

키노모토 요지는 그제야 비로소 오른손을 꺼냈다. 당연하게도 그의 오른손에는 검지와 중지가 없었다. 검지는 마치 자라다 만 것처럼 끝부분이 아주 조금 남아 있었지만, 중지는 흔적도 없이 사라진 상태였다. 지금까지 남에게 보이지 않도록 신경 쓴 것을 보면, 자신의 손을 다른 사람에게 적극적으로 내보이고 싶어 하는 편은 아닌 것 같았다. 그런데도 지금 오른손을 꺼내 보인 이유는 이 자리에서는 그렇게 하는 것이 예의라고 판단했기 때문이리라.

"이 오른손으로 썼어. 약속을 지키는 데 너무 오래 걸려서 미안해."

후타와는 눈물이 묻을까 걱정됐는지 그가 써준 졸업장을 얼굴 높이까지 들어 올리고 바라보았다. 자연히 내 눈에도 들어왔다. 상당한 달필이었다. 적어도 장애가 있는 오른손으로 쓴 것 같지는 않았다. 하지만 역시 상당한 달필 이상은 아니었다. 문외한인 내 눈에도 붓의 힘이 다소 약해 보이는 부분이 군데군데 있었다. 해서체를 쓰는 데 실패한 것 같은 행서체였다. 하지만 그게 뭐 어떤가. 그건 훌륭한 졸업장이었다. 졸업자 이름도 졸업 타로가 아니었다.

'졸업장. 후타와 미사키.'

아무도 함부로 말할 수 없을 것이다. 그 누구도 함부로 말하지 못할 것이다.

후타와는 눈을 감고 깊이 고개를 숙였다.

"사실 홋카이도로 돌아온 뒤에도 졸업장을 써주려고 여러 번 시도했어. 약속은 지키고 싶었거든. 그런데 마음처럼 되지 않더라. 남들에게 보여줄 만한 수준으로 끌어올리지는 못했어. 하지만 그건 틀림없이 최고의 걸작일 거야. 졸업 축하해."

고맙다고 말하는 후타와의 목소리는 눈물 속에 묻혀 버렸다.

"이제 더는 나 때문에 속앓이하지 마. 나는 나이가 어린 덕에 조금 괜찮은 평가를 받은 이류였을 뿐이야. 서른을 앞둔 지금에 와서야 뼈저리게 알았어. 내가 잃은 건 절대 크지 않아. 너는 훨씬 큰 걸 추구하면 좋겠어."

"고마워." 이번에는 목소리가 제대로 나왔다.

후타와는 종이를 소중하게 말아서 천천히 통에 집어넣었다. 그리고 통을 껴안은 채 또다시 눈물을 쏟았다. 나는 후타와의 울음소리를 가만히 가슴에 새겼다. 후타와의 마음이 조금 가벼워진 만큼 내 마음은 무거워졌다.

오후 일곱 시를 지나니 밖이 이미 어두웠다. 키노모토는 근처 쇼핑몰에 가면 택시가 쉽게 잡힌다고 하며 거기까지 동행해주었다. 후타와의 발걸음이 무거운 탓에 나와 그가 나란히 걷게 되었다. 무슨 이야기를 해야 하나 고민하는데, 키노모토 요지가 불쑥 큰 소리를 냈다.

"아, 맞다. 마제 씨다."

"…네?"

"생각났어요. 프라모델을 만드신 마제 씨요."

나는 얼어붙었다. 그가 무슨 말을 하는지 금방 이해할 수 없었다.

"어? 아닌가요? 프라모델에 작게 사인이 들어가 있었어요. 빨간색 알파벳으로 'maze.'라고요."

"아…." 겨우겨우 목소리를 쥐어짰다. "아마 그 마제가 맞는 것 같은 데요…."

"그렇죠? 아, 사실 제가 마제 씨의 프라모델을 갖고 있거든요."

어떤 의미에서는 맞은편 승강장에 선 후타와를 발견했을 때보다 더 충격이었다. 누군가가 계좌 비밀번호를 맞힌 것 같은 오싹함이 가슴속에서 잔물결을 일으켰다. 그런데 막상 뚜껑을 열어보니 별것 아니었다. 나는 놀라면서 동시에 웃음을 터뜨렸다.

"누나를 통해서 프라모델을 받았어요. 저도 누나한테 전해 들은 거라 확실치는 않아요." 그는 그렇게 운을 떼며 이야기를 이어갔다.

내가 졸업한 지 얼마 되지 않아 교감 선생님이 아미자와 선생님을 비롯한 교직원들에게 묻고 다녔다고 한다. '모형이 있는데, 가져갈래? 만듦새가 좋아서 버리기 아까워'라고. 거절하는 사람이 있는가 하면, 가져가는 사람도 있었다. 아미자와 선생님은 후자였다. 동생이 좋아할 수도 있겠다고 생각한 아미자와 선생님은 프라모델을 몇 개 받아서 홋카이도로 돌아간 키노모토 요지에게 선물로 보냈다. 필요 없으면 버리라는 말도 덧붙였다. 하지만 키노모토 요지는 프라모델을 고맙게 받았다. 그가 말하기를 플라스틱 케이스에 프라모델이 하나씩 들어 있었다는데, 나는 그런 케이스를 준비한 적이 없었다. 아마 교감 선생님이 구해다 넣었을 것이다. 동생이 몹시 기뻐하자, 아미자와 선생님은 프라모델을 두세 개 더 받으면 좋겠다고 생각했다. 아직 모형이 남았냐고 교감 선생님에게 물었다.

"벌써 다 나눠줬다고 하셨대요. 아쉽게도 추가분은 못 받았어요."

"…그분은 참…."

나는 교감 선생님의 옆얼굴을 떠올렸다.

'버릴 수밖에 없었지. 쓰레기통행이었어.'

기막힌 거짓말쟁이다. 거짓말쟁이인데다, 정말 최고의 선생님이다.

"아무튼 훌륭한 프라모델이에요." 키노모토 요지는 깊이 고개를 끄덕이며 말했다. "저도 예전에 프라모델을 자주 만들었는데, 게이트를 깨끗하게 처리한 것 같아도 막상 보면 게이트 흔적이 눈에 띄더라고요. 그런데 제가 받은 마제 씨의 프라모델은 게이트가 어디에 붙어 있었는지도 모르겠어요. 정말 대단해요. 도색도 깔끔하고 뭉친 데가 없죠. 타고난 천성인지 저는 붓이 어떻게 쓰였는지를 자꾸 관찰하게 되거든요. 붓질이 한 방향으로 깔끔하고 균일하게 돼 있어서 계속 봐도 질리지 않아요. 정말 반할 만한 기술이에요."

"하하." 가슴이 벅찼다. 입에서 새어 나오는 이 하얀 입김은 어쩌면 내 마음에서 해방된 응어리일지도 모르겠다. 웃을수록 가슴이 뜨거워졌다. "감사합니다. 고등학생 때 그 말을 듣고 싶었어요." 만약 그때 들었다면, 내 영혼은 조금 더 평온했을지도 모른다.

"합해서 세 개를 받았어요. 항공모함 창룡이랑 R34, 그리고… 채운."

나는 걸음을 멈췄다.

"왜 그러세요?"

"채운이라면, 정찰기 채운이요?"

"네, 아마 그럴 거예요. 가늘고 긴 비행기요. 은색이고요."

"그거…"

나조차도 놀랐다. 말이 불쑥, 그야말로 반사적으로 기관총을 쏘듯 무의식적으로 입에서 튀어나왔다.

"채운만 돌려받아도 될까요?"

택시는 키노모토 요지의 집을 거쳐 신치토세로 향했다. 그의 집은 쇼핑몰에서 몇 분 떨어진 위치에 있었다. 본가인 걸 보니 아직 결혼하지 않은 것 같다고 추측했지만 자세히 묻지는 않았다. 물어봤자 내게는 아무런 이득도 없다. 후타와는 또다시 눈물을 잔뜩 쏟으며 키노모토 요지와 작별 인사를 나누었다. 채운은 플라스틱 케이스째로 쇼핑백에 들어 있었다. 쇼핑백 안에서 녹차 음료 두 병을 발견했을 때는 택시를 잡아탄 뒤였다. '목마르실 때 드세요. 오늘 먼 길 와주셔서 감사합니다'라고 휘갈겨 쓴 메모가 붙어 있었다. 고맙다는 말을 못 해 조금 아쉬웠다. 한 병을 후타와에게 건넸다.

고등학교 시절의 연애는 대부분 착각과 미숙한 감정이 폭주한 결과일 뿐이다. 지우개를 주워주기만 해도 운명을 느끼고, 반이 갈리기만 해도 좌절하며 갑자기 마음을 접는다. 고등학생 때 사랑을 성취하지 못한 나는 그런 이야기를 할 자격이 없을지도 모른다. 하지만 완전히 틀린 말은 아닐 것이다. 연봉이나 사회적 지위를 따지지 않는 만큼 어느 정도 순수한 마음으로 교제할 수는 있겠으나, 그렇다고 해서 고등학생이 상대의 성품을 철저히 고려한다고 보기는 어렵다.

하고 싶은 이야기가 무엇이냐면, 고등학생 때부터 그렇게 훌륭한 남자를 사랑한 후타와 미사키는 대단한 판단력의 소유자였다는, 꼰

대 같은 자기 합리화다. 내가 좋아한 여자는 남자 보는 눈이 있었다. 그러니 내 안목도 대단한 셈이다. 그렇게라도 위안해야 고등학교 시절의 내가 체면이 선다.

다만 조금 뒤틀린 견해를 솔직히 털어놓자면, 완벽한 존재는 때로 우리처럼 평범한 이들의 죄책감을 의도치 않게 자극하기 때문에 역설적이게도 불완전하다. 이번 사건을 두고 말하자면, 후타와는 진범이 아니었다. 그래서 키노모토가 보여준 태도는 후타와에게 순전히 구원일 수 있었다. 하지만 만약 오다기리 카에데가 진실을 토로하며 그에게 사죄하는 상황이었다면 어땠을까. 오다기리는 그의 완벽한 대응에 오히려 완전히 무너져 내렸을 것이다. 피해자가 아무런 갈등도 느끼지 못한다면, 가해자가 한 일생일대의 사죄는 깊은 계곡에 내던져진 가엾은 조약돌이나 다름없다. 자그마한 메아리조차 일으키지 못하고 깊디깊은 어둠 속으로 빨려 들어갔으리라. 이런 생각 역시 내 질투심에서 비롯한 것일지 모른다. 그만두자. 이제 키노모토 요지는 생각하지 말자.

택시가 공항에 다다를 즈음, 후타와가 불쑥 바깥바람을 쐬고 싶다고 말했다. 갑자기 밝은 실내로 들어가서 우는 얼굴을 보이기는 싫은 모양이었다. 시간은 아직 여유로웠다. 택시 기사에게 괜찮은 장소를 묻자, 근처에 공항 공원이라는 곳이 있는데 어떠냐는 대답이 돌아왔다. 어디든 상관없었기에 동의했다.

부지도 넓고 예쁜 공원이었다. 깔끔하게 정비된 곳이었다. 늦은 시간이라 그런지 사람이 없었다. 안쪽 광장으로 가자 벤치가 보여서 앉기로 했다. 무슨 운명의 장난인지 광장 중앙에 프로펠러기 석상이 놓여 있었다. 안내문에는 북해 1호라고 적혀 있었다. 10식 함상정찰기를 민간이 개조한 것이라고 한다. 일찍이 퇴역한 기종이라 프라모델로 만들어지지는 않았다. 교감 선생님의 아버지도 타본 적이 없을 것이다.

나는 키노모토 요지가 준 녹차를 한 모금 마셨다. 후타와는 드디어 진정이 됐는지 조심스럽게 입을 열었다.

"…고마워."

밤을 맞은 공원은 고요한 어둠에 싸여 있었다. 후타와의 목소리가 하얀 입김이 되어 살며시 흘러나왔다.

"이제 열여덟 살에 대한 미련은 사라졌어?"

"…먼저 뭐 하나 물어봐도 돼?"

"뭘?"

"키노모토 오빠한테 손전등을 비춘 사람이 내가 아니라는 걸 어떻게 알았어?"

"이런저런 기억이 떠올랐거든. 덕분에 뭔가 이상하다는 걸 알아차렸지." 내가 말했다. "우선 어두운 곳을 싫어하는 네가 그렇게 어두운 강가에 혼자 갔을 리 없다는 생각이 들었어. 그렇다면 누군가와 함께 갔겠지. 국제교류부 활동을 하러 간 거였다면, 오다기리 카에데일 가능성이 커. 하지만 사진 촬영을 좋아한다던 네가 오다기리에게 촬영을 맡기지는 않았을 거야. 그러니까 손전등을 들고 있던 사람은 오다기리였겠지. 그리고 무엇보다 너는 사람에게 비추면 안 된다는 당부를 들은 이상, 아무리 정신이 없었어도 누군가에게 손전등을 비출 사람이 아니라고 생각했어."

"…내가 어두운 곳을 싫어한다고 말한 적이 있던가?"

"있어. 다른 사람이랑 같이 있으면 괜찮다고도 했어. 아마 너는 기억 안 날 거야. 내가 계속 기억했을 뿐이야." 너를 좋아했으니까.

"…그렇구나."

사물함 뒤편에 글자가 새겨진 것을 알아차린 데에는 내 기억뿐만 아니라 아즈마가 준 정보도 큰 역할을 했지만, 후타와가 묻지 않는데 구구절절 설명할 필요는 없었다. 아무튼 좋은 의미로든 나쁜 의미로 든 내가 아니었으면 알아차리지 못할 문제였음은 분명하다. 고등학교 시절에 대한 기억은 아무 의미도 없는 실연의 역사라고 생각했건만, 그녀를 구하는 데 도움이 되었으니 꼭 무의미하지는 않았다. 긍정적으로 생각하게 된다.

"그날 우리는 축제 때 쓸 사진을 찍으러 간 거야."

후타와의 목소리는 이제 거의 멀쩡했다. 주변이 어두워서 그런지 눈가도 그다지 붉어 보이지 않았다. 평소의 후타와 미사키로 돌아왔다. 나는 앞쪽에 시선을 고정한 채 후타와의 이야기에 귀를 기울였다.

"강 측면에 있는 콘크리트가 이상한 모양으로 깎여서 지장보살처럼 보이는 곳이 있었어. 오다기리랑 거기를 촬영하기로 했어. 지장보살은 우리 문화랑 연관이 깊으니까 외국인들에게 보여주면 좋을 것 같았거든. 낮에는 너무 밝아서 형태가 잘 안 보이니까 밤에 강한 빛을 비춰서 짙은 그림자를 만들기로 했어. 그러면 지장보살 윤곽이 잘 보일 거라고 오다기리가 제안했어."

후타와는 아미자와 선생님에게 손전등을 빌렸다. 사람에게 비추면 안 된다는 주의 사항도 들었다.

"사람한테 손전등을 함부로 비추는 사람이 어디 있다고 그러시나

의아했지만, 어쨌든 손전등을 건네주면서 오다기리한테도 그 말을 전했어. 오다기리도 아마 나하고 똑같은 생각을 했을 거야. 그런 짓을 할 리가 없지 않냐는 생각. 하지만 사람은 갑작스러운 일을 마주하면 머리가 새하얘져."

키노모토 요지가 자전거를 타고 다리 위를 지나갔다. 오다기리 카에데는 예상치 못한 일에 몹시 들떠서 키노모토를 여러 번 크게 불렀다. 후타와도 그의 이름을 불렀다. 하지만 그는 듣지 못했다. 그러자 오다기리 카에데는 그저 손을 흔드는 느낌으로 악의 없이, 그 행동이 비극을 불러올 수 있음을 까맣게 잊고 손전등을 그에게 비추고 말았다. 그가 큰 소리를 내며 넘어지자, 두 사람은 황급히 다리 위로 달려갔다. 그리고 아연실색했다. 그래도 후타와는 비교적 침착했다. 오다기리 카에데가 두 손으로 입을 틀어막고 얼어 있는 사이에 후타와는 곧장 그의 상처를 확인하고 구급차를 불렀다.

"사람이 진짜 극심한 고통을 느끼면 으으 하면서 낮게 앓는 소리를 낼 것 같지? 실제로는 안 그래. 오빠는 다친 곳을 왼손으로 붙잡으면서 아프다고 소리쳤어. 어딘가에 발가락을 세게 찧었을 때처럼. 왜일까, 그게…, 그게 너무 생생해서 지금도 잊히지가 않아."

인적이 드문 길이었지만, 그래도 서서히 사람이 몰려들었다. 마침 지나가던 여자가 자신의 손수건으로 지혈을 해주었다. 구급차가 도착하자, 후타와는 키노모토 요지와 함께 병원으로 향했다. 하지만 오다기리 카에데는 움직이지 못했다. 눈앞의 광경에 충격을 받고 자신이 일으킨 사태가 너무나 끔찍해 말을 잃었다.

"지혈해준 여자분이 오다기리를 집에 데려다주겠다고 했어. 좋은 사람 같아서 그분한테 맡겨 버렸어. 오다기리한테 같이 병원에 가자고 할 수도 없었고, 같이 가야 한다는 생각도 못 했어."

병원에 도착하자, 얼마 안 되어 병원에서 연락을 받은 아미자와 선생님이 찾아왔다. 그리고 후타와의 뺨을 힘껏 때렸다. 후타와는 뺨을 맞고서야 오해가 있음을 깨달았다.

"당연한 일이었어. 그 자리에 있던 사람은 나 혼자였고, 선생님한테 손전등을 빌린 사람도 나였으니까. 오해할 만했어. 하지만 거기서 바로 '아니에요. 키노모토 오빠한테 손전등을 비춘 사람은 제가 아니라 오다기리예요'라고 말할 수는 없었어. 하지만 지금 생각해 보면 말했어야 했어. 하필 그 순간에 착한 아이인 척하는 바람에 모든 게 악화됐어."

오다기리 카에데는 사고의 충격으로 한동안 학교를 쉬었다. 그녀가 다시 등교했을 즈음, 후타와는 완전히 키노모토 요지에게 손전등을 비춘 범인이 되어 있었다. 당연히 오다기리 카에데는 당혹스러웠다.

"언젠가는 진실을 밝혀야겠지만 지금은 아니라고 오다기리랑 대화해서 결론을 내렸어. 그때 마침 오다기리의 그림을 프랑스 전시회에 출품하자는 얘기가 나오고 있었거든. 아미자와 선생님이 진실을 알면 화가 나서 전시회 출품을 없던 일로 할 것 같았어. 오다기리가 정말 고생해서 만든 작품이니까 그런 결말만은 피하고 싶었어. 오다기리는 내 말에 동의해줬어. 물론 나도 동의했고."

후타와는 대충 얼버무렸지만, 그 뒤로 한동안 아미자와 선생님이 후타와를 괴롭혔다고 한다. 괴롭힘이라는 단어 하나만으로 그때의 상황을 완벽히 묘사했다고 보기는 힘들다. 하지만 후타와는 자세히 이야기하려고 하지 않았다.

"선생님이 보기에는 실수로 친동생을 죽인 거나 다름없었으니까. 사소한 일부터 큰일까지 이런저런 일을 당했어."

"…이런저런 일."

"응. **이런저런 일을.**" 후타와는 벤치에 고쳐 앉았다. "지금이니까 말하지만, 나도 엄청 괴로웠어. 국제교류부는 매일같이 활동이 있었어. 나랑 오다기리랑 선생님, 이렇게 셋이서만 운영하다 보니까 선생님을 마주칠 수밖에 없었어. 오다기리도 나랑 아미자와 선생님이 어떻게 지내는지 눈앞에서 지켜봐야만 했어. 오다기리도 나만큼, 어쩌면 나보다 더 괴로웠을 거야."

"요즘도 괴롭힘당해?"

"아니." 후타와는 미소 지으며 고개를 저었다. "2, 3년쯤 지나니까 괴롭힘도 사라졌어. 하지만 나를 용서해서가 아니라 원망하는 데 지쳐서였을 거야. 사람을 계속 원망하는 데에는 한계가 있고, 에너지도 필요해."

오다기리 카에데는 결국 양심의 가책을 견디지 못했다. 전시회까지는 멀었지만 선생님에게 진실을 알리고 싶다고 했다. 하지만 후타와는 반대했다. 조금만 더 참으면 된다고, 나는 괜찮으니까 조금만 더 참자고 했다. 그림만 출품하면 오다기리의 꿈은 훨씬 현실에 가까워진다. 이 기회를 허무하게 날리기는 너무 아깝다고 말했다.

하지만 오다기리 카에데는 한계였다. 진실을 밝히기로 마음먹었다. 하지만 끝내 아미자와 선생님에게 직접 말하지는 못했다. 벽에 글을 남기고 도망치듯 학교를 떠났다.

"쉽게 지울 수 있는 메시지를 남기면 내가 금방 없앨 거라고 생각했을 거야. 그리고 자기를 또다시 설득하러 올 거라고 예상했겠지. 그래서 그렇게 깊이, 며칠에 걸쳐서 벽에 글자를 **새겨넣은 거야.** 그때 마침 시 교류회와 공동작업이 있어서 내가 방과 후에 동아리방을 며칠 비웠거든. 오다기리는 몸이 안 좋다고 활동에 불참했는데, 그때 그런 일을 하고 있을 줄은 꿈에도 몰랐어. 사실 그날, 오다기리가 남긴 메시지가 벽 말고도 여기저기에 가득했어. 책상 위에는 종이가 놓여 있었고, 활동 일지에도 메모가 잔뜩 남아 있었어. 전부 찢어서 버렸지만."

"이렇게 말하면 네가 기분 나쁠 수도 있지만," 내가 물었다. "오다기리가 학교를 관뒀으니 아미자와 선생님에게 진실을 알려도 되지 않았어? 오다기리가 아미자와 선생님에게 **이런저런 일**을 당할 일도 없었을 테고, 너도 아미자와 선생님과 관계를 회복할 수 있었겠지. 아무도 상처받지 않았을 거야."

후타와는 천천히 고개를 저었다.

"의외겠지만, 나는 아직도 아미자와 선생님이 좋아." 후타와가 웃었다. "아미자와 선생님이 어떤 분인지 모르겠다고 하는 사람들이 꽤 있는데, 나는 알아. 선생님은 그야말로 정의로운 사람이야. 선생님은 내면에 뚜렷한 경계선이 있어서 선 안쪽에 들어오는 일은 반드시 용서하시지만, 반대로 선 너머에 있는 일은 절대 용서하지 않으셔. 만약 누가 선을 넘어버리면 그게 친구든 가족이든 나이 많은 선생님이든, 예외 없이 단호한 태도로 제재를 가하시지. 그 반대도 마찬가지야. 아미자와 선생님은 그런 사람이야. 선 긋는 방식이 조금 독특할 뿐이지, 그 기준은 절대 흔들리지 않는 사람이었어. 그래서 멋있는 분이었어."

후타와는 잠시 하늘을 올려다보다가 다시 정면을 응시했다.

"여러 번 생각했어. 만약 내가 사실대로 말하면, 선생님은 어떤 반응을 보이실까. 선생님은 분명히 내게 사과하실 거야. 절대로 대충 넘어가거나 나한테도 책임이 있다고 비난하시지 않을 거야. 계속, 계속 사과하시겠지. 그러다가 선생님은…."

자기 자신이 경계선을 넘은 사람이라는 결론을 내릴 것이다.

아미자와 선생님이 자기 자신에게 얼마나 큰 벌을 내릴지 후타와는 상상조차 할 수 없었다. 하지만 미적지근한 벌은 결코 아닐 것이라고 어렴풋이 예상되었다. 녹랍게도 후타와는 아미자와 선생님을 지키기 위해 지금껏 메시지를 숨겨 왔다. 이 얼마나 미련한 일인가. 하지만 그래서 더 후타와 미사키다웠다.

부원이 없어지면 동아리도 없어진다. 동아리가 없어지면 과거 신문부 동아리방이 그랬듯, 국제교류부 동아리방도 음악 예비실E가 될지 모른다. 그러면 어쩔 수 없이 메시지가 드러나게 된다. 아미자와 선생님의 눈에도 들어가게 될 것이다.

"그래서 넌 벽에 남은 메시지를 아무도 보지 못하게 하려고 고등학교에 남았구나."

"…맞아."

"그래서 졸업할 수 없었고."

"맞아. 하지만…, 틀렸어."

나는 후타와를 돌아보았다. 후타와는 눈을 감고 벤치 등받이에 몸을 기댔다.

"완전히 틀렸어."

나는 입을 다물고 잠시 후타와의 표정을 살폈다. 이제 와서 전부 부인할 생각인가. 후타와는 천천히 눈을 떴다. 시선이 다시 하늘을 향했다.

"졸업장도, 벽에 남은 메시지도, 일부에 불과해."

"…무슨 말이야?"

"처음에 있는 그대로 말했잖아."

"뭘?"

"아침 전철역에서 나더러 왜 아직 열여덟 살이냐고 물었을 때 말이야."

후타와는 내 눈을 보았다. 그리고 지친 듯 웃어 보였다.

"어른이 되는 게 무서워졌다고 했잖아."

그 말이 너무나 아무렇지 않게 가볍게 튀어나왔다. 하지만 역설적으로, 그래서 더 묘하게 설득력이 있었다. 나는 아무 말도 하지 못했다.

"처음 몇 년은 네 말대로 오로지 선생님이 메시지를 못 보게 하려고 학교에 남았어. 하지만 몇 년쯤 지나서 달라졌어. 앞으로 나아가기가 그냥 너무 무서웠어. 사실 몇 번째인지 모를 고등학교 3학년 때 오다기리를 만난 적이 있어. 마쿠하리에 쇼핑을 하러 갔다가 정말 우연히 마주쳤어. 머리가 밝은 갈색이었고 화장도 엄청 늘었더라. 하지만 난 오다기리를 단번에 알아봤어. 바로 말을 걸어서 같이 카페에 들어갔어. 깜짝 놀랐던 게, 오다기리는 벌써 유부녀에 아이까지 있었어. 아마 고등학교를 자퇴하고 얼마 안 돼서 낳았나 봐. 안 그럼 계산이 안 맞거든. 귀여운 남자애였어. 나는 걱정 끼치고 싶지 않아서 내가 아직 고등학생인 걸 말하지 않았어. 그런데 어른이 돼서 가정을 꾸린 오다기리를 보니까 부럽다는 생각이 들더라."

시야 한쪽에서 무언가가 흔들렸다. 놀이기구의 프로펠러가 바람에 날려 돌아가기 시작했다.

"나는 진심으로 멋지다고 말했어. 그랬더니 오다기리가 이렇게 대답했어. 아니야, 내 인생은 실패했어. 자조하듯 웃으면서. 예술에 미련은 없지만 결혼 상대를 잘못 골랐다고 했어. 솔직히 말해서 그 순간 나는 오다기리가 한심해 보였어. 결혼 상대를 잘못 골랐다니, 진지하게 무슨 소리인가 싶었어. 나는 그 말을 전혀 이해할 수 없었어. 사람들은 누구나 운명의 상대와 결혼하는 거 아니었나? 진심으로 의아했어."

목소리에 서서히 열기가 배었다

"몇 년 전에 너보다 한 학년 아래인 동창들이 나를 동창회에 불렀어. …물론 그 애들은 내가 계속 열여덟 살인 걸 알고 있었어. 그때 나는 태어나서 처음으로 술집에 들어갔어. 분위기는 어수선했지만, 그래도 재미있을 것 같았어. 그 애들은 이미 대부분 사회인이 돼서 일하고 있었어. 멋지게 정장을 차려입고 예쁘게 치장한 모습을 보니까 정말 부럽더라. 아, 좋겠다. 진심으로 그렇게 생각했어. 그런데 막상 대화를 시작하니까 약속이나 한 것처럼 다 같이 일에 대한 불평을 늘어놓는 거야. 다들 꿈이 있었는데, 이상이 있었는데, 꿈꾸던 일을 하는 사람은 한 명도 없었어. 왜 하고 싶은 일을 하지 않았냐고 슬쩍 물어봤어. 다들 깔깔거리더니 어리다, 어려, 하면서 나를 놀리더라. 마지막에는 이렇게 말했어. 다 이런 거야. 살아 있는 것만으로 족해. 어른이 돼 보면 알아…. 처음에는 분명히 평범하게 대화했는데 술 때문에 다들 점점 혀가 꼬였어. 그때 깨달았어. 이 사람들은 이제 내가 알던 그 친구들이 아니구나. 다들 죽었구나."

"후타와, 그건….'

"아무 말도 하지 마."

후타와는 에너지를 충전하듯 크게 숨을 들이마시고 다시 말을 뱉었다.

"자기 꿈이 끝장나 버렸는데, 어떻게 아무렇지 않은 얼굴로 살 수 있어? 나는 그게 정말 믿기지가 않아. 어떻게 웃으면서 이걸로 족하다고 말할 수 있어? 마나베도 그래. 밴드로 성공할 거라고 해놓고, 지금은 백화점 CD 매장 직원이라고? 그런데 어떻게 제법 재미있다는 말이 나와? 아즈마도 그래. 화가가 되겠다고 해놓고, 이제는 야구 관람하는 게 즐거워서 보람차다고? 진심으로 하는 소리야? 그딴 게… 그딴 게 어른이면, 나는 절대 어른이 되지 않을 거야!"

"내 말 들어봐, 후타와. 다들 나이가 들면서 현실을 직면한 거야. 어쩔 수 없이 꿈만 꾸며 사는 삶과는 멀어지게 돼. 자기가 원해서 꿈이나 희망을 포기하는 게….'

"너까지 고리타분하게 판에 박힌 소리 하지 마!"

"너도 그렇게 어린애 같은 소리 하지 마!"

"**어린애야!**" 후타와는 자신의 가슴을 손바닥으로 쳤다. "열여덟 살이면 어린애야! 어린애니까 하고 싶은 말도 하는 거고, 꿈도 꾸는 거야! 마제, 나는 꿈이 이루어지지 않을까 봐 두려운 게 아니야. 꿈이 이루어지지 않는 걸 받아들이는 어른이 될까 봐 두려운 거야. 정말 그렇게 되면, 나는 내가 알던 내가 아니게 되는 거야. 정말 그렇게 되면, 나는 죽은 거나 마찬가지야. 절대 그렇게 되지 않을 거야. 빈혈 때문에 전철역 승강장에서 매일 쓰러지는 한이 있어도, 절대. **절대.** 그래서 난 열여덟 살인 채로 줄곧 기다렸어. 키노모토 오빠가 기적적으로 회복해서 다시 서예계에서 활약할 날을. 아니면 오다기리가 다시 세계를 목표로 예술의 길을 달려갈 날을. 그것도 아니면 다른 누구든 좋아. 몇 년이나 고등학교에 다녔으니까 동창은 수도 없이 많아. 동창 중에 누군가가 어른이 돼서 압도적인 업적을 이뤄내고 내 눈앞에서 어른의 저력을 보여줄 그날을, 난 계속 기다렸어. …하지만 그런 날은 아무리 기다려도 오지 않았어. 다들 꿈을 포기하는 요령만 늘었어. 아무도 내게 완성된 꿈을 보여주지 못했어. 마제 너도 그렇지? 네 꿈은 뭐였어? 이미 한참 전에 포기했어?"

후타와의 목소리가 공원을 에워싼 공기 속에 녹아들었다.

너무나 풋풋하고 티 없이 아름다운 후타와의 진심을 마주하자, 나는 할 말을 잃었다. 애초에 나는 꿈을 이뤘는지 못 이뤘는지를 따질 수 없었다. 내게는 처음부터 꿈이 없었다. 꿈이 없었기에 무턱대고 무언가가 되려고 발버둥 쳤다. 신문을 읽고 프라모델을 만들었다. 그러니 내게는 꿈 따위…. 거기까지 생각하다가, 발치에 놓인 쇼핑백이 떠올랐다. 무전을 받았다. 나를 따라잡을 적기 없음. 아무도 따라잡을 수 없는 속도로 하늘을 나는 채운은…. 그렇다.

돌고 돌아 나에게로 귀환한 정찰기가 지금 여기에 있다. 정찰기의 임무는 죽음이 아니라 생환이다. 언제나 정확한 정보를 전달하기 위해 고속으로 난다. 329노트로 날아가는 꿈이 여기에 있다. 나는 심호흡했다.

"…기다려."

후타와에게 한 말이 아니라 고등학교 시절의 나에게 한 말이었을지도 모른다. 나는 그 말을 하고 얼어가는 양손을 비볐다. 입을 꾹 다문 후타와를 내버려 두고 신중하게 쇼핑백에서 플라스틱 케이스를 꺼냈다. 어두운데도 은색 기체가 빛을 발했다. 케이스를 열었다. 교감 선생님의 아버지에게 감화되어 기체 중앙부에 종이를 숨겼던 것 같다. 양손으로 조심스럽게 프라모델을 들어 올리고 부품의 이음매를 찾았다. 내 솜씨지만 정말 잘 만들었다. 손톱이 들어갈 틈조차 없다. 겨우겨우 본체 위쪽과 아래쪽을 잇는 이음매에 손톱 끝을 넣고 마른침을 삼켰다. 종이에 어떤 내용을 썼는지 전혀 기억나지 않는다. 거창하게 적었을 수도 있고, 시답잖은 내용을 적었을 수도 있다. 구체적인 목표를 늘어놓았을 가능성도 있고, 막연하고 추상적인 말을 나열했을 가능성도 있다. 이제 손에 힘을 주면, 열릴 것이다. 그리고 밝혀질 것이다. 그 시절 나의… 꿈이.

그러나 그때.

갑자기 힘이 빠졌다.

아랫배에서 웃음이 터져 나왔다. 그대로 기체를 제자리에 돌려놓고 케이스 뚜껑을 덮었다. 내가 방금 뭘 하려고 한 것인가.

내가 왜 고등학교 시절의 내 꿈을 좇아야 하나.

"…관둘래."

후타와는 의아한 표정으로 나를 쳐다보았다. 나는 허리를 꼿꼿이 세우고 가슴을 폈다. 최대한 **어른**답게.

"내 꿈은 고등학생 때부터 인쇄 회사 영업 사원으로서 출세에 출세를 거듭하는 거였어. 어때, 반박할 수 있어?"

"…왜 말을 지어내?"

"지어낸 말이라는 증거는 어디에도 없어." 나는 웃었다. "난 며칠 전에 드디어 영업 개선 제안서를 본부에 제출했어. 직원들의 사기 증진을 위해서 성과급 제도를 개선하자고 독자적인 방식을 제안했어. 코구레 선배를 비롯해 소장님에게도 조언을 받아서 여러 번 다듬었어. 젊은 사원들에게는 개인 단위로 주고, 경력이 많아질수록 그룹 단위로 성과보수가 늘어나도록 설정했어. 계산법도 꼼꼼히 정리했어. 분명히 영업 효율이 높아질 거야. 골프 대회에서는 130타를 쳤지만, 본부장님께 얼굴도장은 찍었어. 많은 분들이 도와주신 덕분에 제안서를 아주 높은 퀄리티로 완성했어. 도입될 가능성이 작지 않다고 봐. 그래도 바로 출세 가도를 달리지는 못할 거야. 하지만 너한테 어른의 저력을 보여줄 정도는 돼. 나는 아직, 어른들은 아직, 네 동창들은 아직, 다 죽은 게 아니야."

"…억지 부리지 마."

"내가 할 말이야. 이끼는 계속 같은 곳에 머무르면 안 돼. 언젠가는 움직여야 해. 중요한 건 꿈이 무너지는 걸 두려워하는 게 아니야. 과거의 꿈에 사로잡히는 것도 아니야. 어느 지점에 있든 최선의 도약을 꾀하는 거야."

후타와는 입을 다물었다. 내 말을 수긍해서인지, 반박할 말을 찾고 있어서인지는 모르겠다. 시선을 내 무릎 쪽에 고정한 채 자신의 내면과 싸우는 것 같았다. 치고받으며 갈등하는 소리가 후타와의 가슴에서 울려 퍼졌다. 나는 그런 후타와에게 마음속으로 말했다. 발버둥 쳐도 돼. 발버둥 칠 아이는 충분히 발버둥 쳐야 해. 발버둥 칠 수 있는 환경을 마련해주는 게 어른의 임무야. 그렇게 교감 선생님의 말을 인용하면서. 하지만 너는 발버둥 치면서도 반드시 앞으로 나아가야 해. 아이라는 위치는 그리 오래 지속할 수 없으니까.

불현듯 무언가가 떠오른 나는 작게 포개 놓은 타워레코드 쇼핑백을 가방에서 꺼냈다. 후타와는 영문도 모른 채 쇼핑백을 받아들고 그 안에 든 물건을 천천히 꺼냈다.

"마나베가 늦어서 미안하다고 전해달래. 약속한 MD라고 하더라."

역시나 후타와도 웃음을 터뜨렸다. "…몇 년을 늦은 거야?"

"밴드 하는 사람은 시간 개념에 얽매이지 않는다나."

"마나베가 할 법한 말이다."

후타와의 MD는 나도 들어보지 않았다. 함부로 들으면 실례일 것 같았다. 쇼핑백에는 아즈마가 준 플레이어도 같이 넣어뒀다. 충전도 했다. 후타와는 천천히 MD를 플레이어에 넣고 이어폰을 자기 오른쪽 귀에 꽂았다. 그리고 왼쪽은…. 강렬한 기시감이 나를 덮쳤다.

"너도 들을래?"

나는 후타와가 내민 왼쪽 이어폰을 받아들었다. "뭐가 녹음돼 있는지 알 것 같아?"

"아마도."

영어 스피치는 아니었다. 잡음이 심해서 무대를 직접 녹음한 음원임을 바로 알 수 있었다. 관객들의 의미 없는 함성 속에서 연주를 준비하는 드럼 소리가 중간중간 들렸다. 이윽고 시작된 곡에, 내 목구멍 안쪽에서 탄성이 새어 나왔다. 생각났다고 외치고 싶은 마음을 억누르며 음악에 온 신경을 집중했다. 순간적으로 나를 과거로 날려 보낸 것은 다름 아닌 MSP, 다시 말해 마나베 사운드 프로젝트의 자작곡이었다. 제목은 모른다. 하지만 정말…

추억이다. 사무치게 그리운 추억이다.

보면 안 되는 걸 보고 싶어. 보면 안 되는 것만 보고 싶어.

꿈을 보고 싶어. 알몸을 보고 싶어. 술에 취한 깡패들 싸우는 걸 보고 싶어.

보면 안 되는 걸 보고 싶어. 보면 안 되는 것만 보고 싶어.

근데 볼 수 없어. 누가 내게 거는 기대 걷어차고 마음껏 못된 장난 치고 싶어.

어차피 내일도 학교에 가야 하네. 가면 그걸로 끝. 꿈을 버릴 때까지 배워야 하거든.

별이 뜬 가을 하늘에 눈물을 흘리고 오늘도 눈물로 또 하루를 견디자.

나는 별이 뜬 가을 하늘에 눈물을 흘릴 뻔했고, 후타와는 별이 뜬 가을 하늘에 실제로 눈물을 흘렸다. 거기에는 내가 고등학생이던 시절의 모든 것이 담겨 있었다. 어설픔이, 미련함이, 고지식함이, 극도로 날 선 예민함이, 그러면서도 당장이라도 무너질 것 같은 위태로움과 연약함이, 전부 담겨 있었다. 멈출 줄 모르고 울려 퍼지는 것은 마나베의 샤우팅일까, 아니면 내 로터리 엔진 소리일까, 그것도 아니면 그 시절 고등학생이던 동창들이 내지르는 영원한 광란의 함성일까.

공원에 바람이 불었다. 그 시절과 무엇 하나 다르지 않은 청춘의 바람이 불었다.

곡이 끝나자, 후타와는 눈물을 닦고 이어폰을 귀에서 뺐다.

"알아." 코를 훌쩍이며 일어섰다. "졸업장도 받았겠다, 벽에 남은 메시지도 지워 버렸겠다, 언제까지고 핑곗거리에 붙들려 있을 수는 없겠지."

후타와는 뒤돌아서며 미소를 지어 보였다.

"앞으로 나아가면 되는 거지?"

"응. 움직이는 거야."

"도약해야지."

후타와는 눈을 감고 깊이 심호흡한 뒤, 밝은 미소를 지어 보였다.

"마제, 하나부터 열까지 정말 고마워. 끝으로 내가 두 가지만 말해도 될까?"

"두 가지?"

"응."

후타와는 나를 바라보면서 벤치에서 한 걸음 물러났다. 양손으로 뒷짐을 졌다.

"하나는 네가 왜 그렇게까지 내 나이를 이상하게 생각하는지야. 그 이유를 짚어낼 수 있는 사람은 아마 지구상에 나밖에 없을걸."

"그건…." 나는 입을 열려고 하다가 고개를 가로저었다. "아마 괜찮을 거야. 나도 대충 눈치챘거든."

"정말?"

나는 고개를 끄덕였다. "너는 그걸 어떻게 알았어?"

"처음에 교문에서 마주쳤을 때부터 이상한 느낌이 들었거든. 그래서 마나베한테 메시지로 물어봤어."

그랬구나. 노래방에 갔을 때였을까. 어쨌든 그건 내 문제다. 내가 나중에 대처하면 될 일이다. 아무 문제없다.

"그럼 마지막 하나가 남았네."

후타와는 그렇게 말하며 코트 주머니에서 웬 종이를 꺼냈다. 그리고 그걸 내게 보여주었다.

"이번에는 도망치지 마."

공원이 어두워서 그 종이가 무엇인지 금방 알아보지 못했다. 그런데 막연한 기시감이 들었다. 눈에 힘을 주고 보니 하얀 봉투인 것 같았다. 봉투에는 잔뜩 구겨진 흔적이 있었다. 후타와가 계속 주머니에 넣고 다녀서 구겨진 것일까. 거기까지 생각하다가, 그게 아니라는 것을 깨달았다.

저 흔적을 만든 사람은, 저 봉투를 힘껏 비튼 사람은 나였다.

손끝이 마비되고 숨이 멈췄다.

"네가 고등학교 3학년일 때 청소하시는 분이 실수로 종이학을 전부 폐기해버렸는데, 기억나? 그때 국제교류부 부원들은 밤새도록 학교 쓰레기통을 모조리 뒤졌어. 종이학을 찾으려고. 그런 작업을 하는 와중에 쓰레기 더미에서 내 이름이 적힌 편지를 발견하면, 나도 모르게 주워서 읽고 싶어지잖아?"

봉투에는 '후타와 미사키에게'라고 적혀 있었다. 틀림없다. 고등학교 시절 내 글씨체다.

내가 쓴 러브레터다.

나는 벌떡 일어나서 그녀의 손에서 봉투를 되찾아오고 싶어졌다. 가슴 근처에서 창피함이라는 이름의 날벌레가 꿈틀거렸다. 하지만 이제 와서 봉투를 뺏어봤자 무슨 소용인가. 내 러브레터는 이미 후타와의 손에 들어가고 말았다. 나는 멍청한 생각을 하는 나 자신을 자조하며 힘없이 웃을 수밖에 없었다.

"너는 벌써 잊어버렸을지도 모르지만, 예전에 러브레터에 대한 답을 하려고 했어. 편지를 줍고 나서 얼마 후에 신문부 동아리방에 있는 널 찾아갔어."

"…기억나."

"나 혼자 남겨두고 갑자기 동아리방을 나간 것도?"

"…기억나."

"난 네가 떠난 뒤에도 동아리방에서 한참 기다렸어. 혹시 네가 돌아올까 봐. 하지만 너는 몇 시간이 지나도 오지 않았지."

쓴웃음을 지으려고 했으나, 표정이 마음처럼 지어지지 않아서 그저 입술을 깨물었다. 어두운 추억에 차차 밝은 빛이 비쳐들자, 무언가가 공기 중으로 증발하기 시작했다.

"커튼으로 가려져 있었지만, 동아리방에 가득하던 프라모델도 봤어. 엄청 많아서 깜짝 놀랐어. 마제 넌 손재주가 좋았지? 종이학도 잘 접었고, 그날도 사물함 고정쇠를 금방 달아 줬잖아. 프라모델 멋있었어. 몰두하는 분야가 있는 건 멋진 일이라는 생각이 들었어."

"거기까지만 해줘, 후타와." 더 들었다가는 울어버릴 것 같다.

"…이 편지에 대한 답, 지금 해도 돼?"

후타와는 잠시 봉투를 바라보다가 나를 향해 특유의 짓궂은 미소를 지어 보였다.

"졸업할 때까지 대답해달라고 쓰여 있었으니까 아직 늦은 거 아니지?"

나는…, 나는 어느새 교복을 입고 있었다. 그리고 신문부 동아리방에서 열심히 입시 공부를 하고 있었다. 손에는 샤프펜슬을 들고 긴 책상 위에는 참고서를 펼쳐놓았다. 난로 돌아가는 소리가 동아리방을 울렸고, 이따금 빗방울이 창문을 두드렸다. 앞에 놓인 철제 의자에는 후타와가 앉아 있었다.

그리고 후타와는 내가 쓴 러브레터를 내게 보여주었다.

"…하나만 먼저 말하게 해줘." 나는 참고서를 덮고 말했다.

"뭐?" 후타와가 따스하게 웃었다.

"오해받으면 억울하니까 말해두는데, 나는 오다기리의 말에 혹해서 너한테 고백하려고 한 게 아니야. 진심으로 너를 오랫동안 좋아했어. 고등학교 1학년 때부터 계속."

"알아. 편지지 네 장에 걸쳐서 빽빽이 적혀 있었으니까."

"…그래?" 그랬다. "그럼 다행이고."

"그날 나는 아주 혼란스러웠어." 후타와는 눈을 감았다. "키노모토 오빠 일도 있었고, 선생님 일도 있었고, 오다기리 일도 있었지. 마음이 무너져 내릴 것 같았어. 그때 네 편지를 발견한 거야. 그래서…, 그래서 어딘가에 기대고 싶어서, 누군가에게 도움을 요청하고 싶어서 네 편지에 답하려고 했는지도 몰라. 그래서 그날 내가 하려고 한 대답과 지금 내가 할 대답은 같을 수도 있고 완전히 다를 수도 있어."

"뭐 하나만 더 물어봐도 돼?"

"하하. 이번에는 뭔데?"

"혹시 내가 쓴 그 편지도…, 네가 열여덟 살에 머물게 된 이유 중 하나였어?"

"하하. 너무 자만한 거 아니야, 마제?"

후타와는 어느 때보다도 짓궂게 웃었다. 그러다 천천히 웃음을 거두고, 역시나 짓궂게 고개를 갸웃했다.

"어땠을 것 같아?"

15

이른 아침 승강장에는 늘 어딘지 모르게 권태감이 감돈다.

역을 이용하는 사람들은 이제부터 시작될 하루가 최대한 일찍 끝나기를 바라듯 하나같이 떨떠름한 표정이었다. 나도 가슴이 설렐 만큼 경쾌한 기분은 아니었다. 그래도 전보다 아침이 기분 좋게 느껴지는 것은 사실이었다.

미츠히라를 배려할 마음이 없어진 나는 전처럼 10분 일찍 오는 전철을 타게 됐다. 미츠히라도 이제 엄연한 영업 사원으로 독립한 데다 담당하는 거래처도 몇 군데나 있다. 그러니 미츠히라도 나와 동등한 동료이자 실적을 경쟁하는 라이벌인 셈이다. 눈 깜짝할 사이에 미츠히라가 내 목표 달성률을 앞지른다면 선배로서 체면이 서지 않을 것이다.

전철 시간을 앞당기니, 자연스레 맞은편 승강장에서 후타와를 보는 일도 없어졌다. 아니, 그러지 않았더라도 이미 3월이다.* 고등학교 3학년은 거의 등교하지 않는 시기가 아닌가. 어쩌면 벌써 졸업식이 끝났을지도 모른다. 흥미롭게도 나는 고등학교 3학년 12월까지는 기억이 매우 선명한 데 반해, 해가 바뀐 1월 이후의 기억은 우스울 정도로 모자이크 천지였다. 단편적인 기억밖에 떠오르지 않는다.

새해가 밝자, 후타와에게서 메시지 한 통이 왔다.

'새해 복 많이 받아. 올해 재수할 예정이지만 고등학교는 졸업하게 됐으니까 걱정하지 마. 그동안 정말 고마웠어. 친구들을 따라잡으려면 아직 시간이 걸리겠지만 하나씩 다 제자리로 돌려놓을 거야. 너도 어서 영업 사원으로 출세에 출세를 거듭하기를 바라. 기대할게. PS. 마지막에 아미자와 선생님한테도 졸업 축하한다는 말을 들었어.'

눈으로 글을 훑고 있노라니 나도 모르게 웃음이 번졌다. 그 뒤로 어떻게 지내는지는 전혀 듣지 못했다. 하지만 걱정하지 않는다. 후타와는 총명한 사람이다. 무슨 일이 일어나든 자기 힘으로 극복할 수 있을 것이다. 언젠가 통역사가 되어 세계로 뻗어 나가는 그녀의 모습을 예상치 못한 곳에서 목격하게 될지도 모른다. 기대를 품고 기다려야겠다.

메시지 얘기가 나온 김에 덧붙이자면, 나를 안심시킨 메시지가 하나 더 있었다. 바로 며칠 전에 도착한 메시지다. 너무나 무뚝뚝하고 짧은 글이었지만, 나는 그래서 더더욱 마음이 놓였다. 보낸 이는 나츠

---

* 일본에서는 통상 3월 말에 졸업식이 있다.

카와 리나였다. 몇 개월 만에 온 연락인지 모르겠다.

'남자친구가 생겼어요.'

소심한 복수였을지도 모르지만, 나는 진심으로 축복했다. 그나저나 어떻게 답장해야 할지 고민스러웠다. 축하한다고 보내자니 괜히 비꼬는 것처럼 들릴까 봐 망설여졌다. 한참 고민한 끝에 '고마워'라고만 보냈다. 내 메시지를 리나가 어떻게 받아들였는지는 모르겠지만, 답장은 오지 않았다. 나는 또다시 마음속으로 리나에게 고맙다고 말했다. 리나의 남자친구가 멋있는 남자이기를—예를 들면 키노모토 요지 같은 남자이기를—기도했다. 리나를 행복하게 해주면 좋겠다.

출근해서 몇 가지 사무 처리를 한 뒤에 거래처로 향했다. 나보다 미츠히라가 먼저 영업소를 나선 것이 인상적이었다. 아침 미팅 때 미츠히라는 기존 거래처 세 곳을 돈 뒤에 추가로 세 곳을 더 방문해 신규 거래처를 개척하겠다고 말했다. 속으로 응원하면서 나도 나사를 바짝 죄었다. 미츠히라에게 질 수는 없다.

저녁이 되어 영업소로 돌아왔을 때, 소장님이 보낸 메일 한 통을 발견했다. 첨부 파일 제목을 보고 나도 모르게 마른침을 삼켰다.

'영업 개선 제안: 도입 결과.'

이 메일을 기다렸다. 심호흡한 뒤 파일을 열었다. 맞은편 자리에 앉은 코구레 선배가 나를 힐끔 보는 모습이 시야에 들어왔다. 열린 파일에는 제안한 내용과 제안자의 이름이 순서대로 나열되어 있었다. 나는 얼른 스크롤을 내려 '마'가 있는 곳으로 커서를 옮겼다.

찾았다. 그 순간, 생명줄이 콘센트에서 뽑혀 나간 것 같은 절망이 밀려왔다.

'마제 유타카: 도입하지 않음.'

잠시 얼어붙었다. 잘못 봤나 싶어서 화면을 한참 주시했다. 물론 잘못 본 것이 아니었다. 내가 몸을 크게 뒤로 젖히자, 의자 등받이가 삐걱거렸다. 위가 쿡쿡 쑤시기 시작했지만 무시하며 다시 화면을 보았다. 밑에 달린 짧은 비평을 확인했다.

'언뜻 보면 빈틈없는 기획 같지만 현실성이 부족하다. 그야말로 젊은이다운 극단적인 망언이다. 도입할 가치가 없다.'

극단적인 망언…. 염산 같은 말이었다. 머릿속으로 곱씹기만 해도 불에 덴 것처럼 속이 쓰렸다. 그럼 얼마나 대단한 개혁을 하나 보자 하는 심정으로 통과된 제안을 찾아보았다. 평가 등급 최상위인 '정식 도입'을 받은 제안은 없었다. 그러나 임시 도입 중에서 가장 높은 등급인 준(準) 도입까지 올라간 의견이 하나 있었다. 얼굴도 본 적 없는 제1영업본부 쿠라히라 마사미츠라는 과장이 제출한 업무 개선안이었다. 나는 그 내용을 훑어보다가 코웃음을 치고 말았다.

〈아침 업무 전환에 따른 매출 증대안〉

개요: 모든 영업 사원의 아침 출근 시간을 현재보다 한 시간 앞당겨 거래처를 평소보다 두 곳 더 방문할 수 있도록 개선. 이로써 매출 1.5배 증가 예상.

할 말이 없다. 과장이니 아무리 어려도 40대 초반일 것이다. 사회인으로 20년을 지낸 끝에 업무 개선 사항으로 생각해낸 것이 겨우 아침에 일찍 일어나기란다. 나는 자꾸 커지는 불만을 어디에 쏟아내야 할지 몰라 그저 어금니를 악물었다.

"…신경 쓰지 마." 어느새 내 뒤에 코구레 선배가 서 있었다.

"죄송합니다"라고 말하는 것이 최선이었다. "도와주셨는데."

"넌 잘했어. 진심이야."

"역시 제 제안은 극단적인 망언이었나요?"

"…아니야. 정말 체계적이었어. 정식 도입은 어려워도 임시 도입 정도는 가능할 줄 알았어. 너 없을 때 소장님도 칭찬하셨어."

"아침에 일찍 일어나는 게 훨씬 효율적일까요?"

"…아니 거 말잖아."

"그럼 제 의견은 왜 도입되지 않았죠?"

"그건…."

"알아요. …죄송합니다. 선배가 말한 대로였어요."

내가 너무 젊어서다.

그렇게 생각하자마자 또 기침이 나왔다. 손수건에 피가 잔뜩 묻어 나왔다. 코구레 선배는 화들짝 놀라며 구급차를 부르겠냐고 물었다. 나는 힘겹게 웃으며 괜찮다고 했지만, 코구레 선배는 벌써 다른 직원에게 구급차를 부르라고 말하고 있었다.

"정말 괜찮아요, 코구레 선배." 나는 다른 직원에게 구급차를 부르지 말라고 말렸다.

"…괜찮지 않잖아."

"지극히 정신적인 문제예요. 병원에 가도 소용없어요. 원인은 제가 압니다."

"…원인?"

"그 애는 극복했어. 그 애를 핑계 삼아 도망칠 수는 없어."

"무슨 소리를 하는 거야?"

"저도 모르게 저항했어요. 이제는 끝내야 해요."

나는 코구레 선배에게 며칠 전에 제출한 골프 대회 참가 신청서를 보여달라고 했다. 예전에 참가했을 때 낸 서류가 아니다. 본부장님이 3월 대회에도 오라고 하셔서 그때 새로 제출한 신청서다. 코구레 선배는 탐탁지 않은 표정을 지으며 자신의 책상 서랍에 넣어둔 신청서를 찾아주었다.

나는 입가에 묻은 피를 닦으면서 신청서를 살펴보았다. 내가 확인하려는 것은 대회 날짜나 골프장 주소는 물론이고 내 최고 점수도 아니었다.

나이였다.

신청서 연령란에 내가 보기에도 어처구니없는 실수가 있었다. 한 번 적었다가 펜으로 죽죽 그어서 지운 흔적이 네 개나 있다. 그리하여 최종적으로 적은 나이는 29세였다. 나는 그때 내가 스물아홉 살이라고 생각했다. 며칠 전 일이다.

나는 이어서 인터넷을 켜고 검색창에 글자를 입력했다.

극악 말미잘.

금방 검색결과가 떴다. 곧바로 위키피디아에 들어갔다.

'극악 말미잘은 하나오카 카즈토와 드리밍 시게요시 두 사람이 만든 일본의 개그 콤비다.' 프로필란으로 눈을 돌렸다. '멤버: 하나오카 카즈토(만 26세).'

나는 사내 네트워크를 켜고 동기인 키무라의 전화번호를 찾았다.

직원 기숙사에서 생활하던 시절 옆방에 살아서 입사한 뒤로 가장 친하게 지낸 동기다. 전화를 거니 곧 키무라의 목소리가 들려왔다.

"뭐야, 마제. 오랜만이다. 잘 지내?"

"미안하지만 물어보고 싶은 게 있어서 전화했어. 너, 메이지대학교를 졸업하고 바로 이 회사에 들어왔지? 재수나 유급을 한 적도 없고. 그렇지?"

"…그렇지. 그게 왜?"

"나도야. 나도 재수나 유급을 하지 않았어. 그걸 전제로 묻고 싶은 게 있는데, 넌 지금 몇 살이야?"

"뭐?"

"그냥 대답해 줘."

"그야 당연히 스물여섯 살이지."

나는 한 박자 쉬었다가 고맙다고 하고 전화를 끊었다. 그리고 책상 서랍에서 내 나이가 기재된 서류를 최대한 많이 꺼냈다. 대회 참가 신청서와 마찬가지로 29라고 적힌 서류가 있는가 하면, 27이나 28이라고 적힌 서류도 있었다. 26이라고 적힌 것도 있었지만, 개수가 가장 적었다.

내 행동을 지켜보던 코구레 선배는 대체 무엇을 확인하냐고 물었다. 나는 내 나이를 정확히 판단할 수 없게 됐다고 짐짓 태연스레 설명했다. 예전에 열여덟 살 이후로 나이를 먹지 않은 후타와에 대해 이야기했을 때, 코구레 선배는 나를 미친 사람 보듯 쳐다봤다. 하지만 지금은 다르다. 코구레 선배는 미간에 주름을 잡으며 내 건강을 걱정하는 목소리로 툭 말했다.

"괜찮아. 드문 일도 아니야."

잠깐 바깥바람을 쐬겠다고 하고는 곧장 엘리베이터를 타고 옥상으로 올라갔다. 막다른 골목을 맞닥뜨릴 때면 늘 그 사람의 목소리가 들린다. 아무리 긴 시간이 흘러도 결국 내 인생은 고등학교 시절을 하나의 기점으로 삼을 수밖에 없나 보다.

'나이는 그 사람의 성격, 능력, 본질보다 훨씬 앞자리를 차지하는 얄미운 놈이야. 무슨 일을 하건 나이가 제일 먼저 결정권을 잡거든.'

다행히 옥상에는 아무도 없었다. 나는 벤치에 앉아서 크게 한숨을 쉬었다. 오후 여섯 시를 맞은 하늘이 붉게 타올랐다. 내 몸도 따라서 벌겋게 물들었다.

술집에서 만난 마나베는 후타와의 나이가 멈췄다는 것을 이해하지 못하는 기색이었다. 한편 나이가 멈춘 이후 후타와를 만난 적이 있는 아즈마는 후타와의 나이를 이상하게 여기지 않았다. 그렇다면 이조는 어땠을까. 서예 교실에서 만난 미나가와 씨는 어땠을까. 그 두 사람은 나이가 멈춘 후타와를 봤다고 말한 적이 없다. 그런데 후타와의 나이에서 이상함을 느끼지 못했다. 나는 두 사람이 자기도 모르는 사이에 후타와를 길거리에서 우연히 봤을 것이라고 철석같이 믿었지만, 아무래도 착각이었던 것 같다. 그들에게 영향을 준 사람은 후타와가 아니었다.

바로 나이가 어긋난 나였다.

노래방 회원증을 만들 때 연령란에서 한참 헤맨 기억이 있다. 그때 이미 조짐이 있었던 것이다. 조금 더 자세히 말하자면, 승강장에서 후타와를 처음 봤을 때도 그런 상태였을 것이다. 그리고 각혈이 시작됐을 즈음부터 후타와와 마찬가지로 다른 사람들에게 영향을 미치게 된 것 같다. 나는 후타와와 똑같았다. 그래서 나만 홀로 그녀의 상황을 이상하게 여겼다.

'그 이유를 집어낼 수 있는 사람은 아마 지구상에 나밖에 없을걸.'

똑같은 처지라서 이상함을 눈치챌 수 있었다니, 정말 아이러니한 일이다. 시간이 불가역적으로 흐르는 한, 젊음의 소중함은 무엇과도 바꿀 수 없다. 하지만 때로는 그저 생존 일수에 불과한 나이가 누군가에 대한 평가에 크나큰 영향을 미치기도 한다. 예를 들면 회사에서 얻는 임금 발언권, 영향력, 이미지… 나이는 실력보다 훨씬 앞자리를 차지하고 나에 대한 평가를 쥐고 흔든다.

"수고하십니다."

뒤돌아보니 미츠히라가 있었다. 미츠히라는 붉은 저녁노을 빛을 받으며 내게 다가오더니, 조심스러운 표정으로 나를 쳐다보았다.

"왜 그래?"

"방금 영업소에 도착했는데, 마제 선배가 옥상에서 우울해하고 있을 테니까 가서 말동무해 주라고 코구레 선배님이 그러시더라고요."

"…하하." 나는 머리를 긁적였다. "그분은 정말…."

"전 마제 선배님이 정말 대단하다고 생각해요."

"뭐야, 갑자기?" 나도 모르게 웃어 버렸다. "급하게 짜낸 칭찬 같은데."

"아니에요. 진심입니다."

뜻밖에도 미츠히라의 말투가 너무 진지해서 나는 웃음기를 거뒀다.

"저 혼자서 거래처를 돌아다니다 보니 절실히 느꼈어요. 새로운 일을 몇 건 따오긴 했지만, 전부 기존 거래처입니다. 신규 거래처는 아직 하나도 개척하지 못했어요. 오늘도 허탕만 쳤고요."

"처음에는 다 그래."

"하지만 선배님은 딱 저만한 시기에 세 건을 개척했다고 소장님께 들었습니다."

"지방하고 도쿄는 상황이 달라."

"겸손하게 말씀하실 필요 없어요. 영업소 안에서는 하기 힘든 말이지만, 솔직히 마제 선배님보다 영업 잘하시는 분은 적어도 우리 영업소에는 없는걸요. 많은 분들의 작업 방식을 봤지만, 그중에서도 압도적입니다. 선배님은 진심으로 저의 롤 모델이에요."

미츠히라는 "이거요" 하며 왼손을 내밀어 보였다. 처음에는 뭘 하는 건가 싶었는데, 손목에 채워진 시계를 보고 의도를 이해했다.

"드디어 썼어요. 첫 월급이요."

"…파일럿 워치네?"

"우선은 외형부터 본받으려고요. 마제 선배님이 차는 시계가 멋있어 보여서 따라 사 버렸어요."

"기계식…. IWC구나. 비쌌을 텐데. 첫 월급이면 예산 초과 아니었어?"

"초과였죠." 미츠히라는 열없이 웃으면서도 강하게 고개를 끄덕였다. "그래도 스스로 사기를 북돋우려면 필요한 투자라고 판단했어요."

미츠히라는 평소처럼 자신감에 찬 어조로 말했다.

"선배님을 따라잡고, 언젠가는 뛰어넘는 게 지금의 제 꿈이에요. 정말이에요. 선배님한테 무슨 일이 있었는지는 솔직히 잘 모르지만, 지금처럼 멋있는 선배님으로 제 앞에서 달려주시면 좋겠어요. 제가 반드시 따라잡을 테니까요."

나는 고개를 젓다가 기분을 전환하듯 숨을 크게 훅 뱉었다. 그리고 천천히 일어나서 미츠히라를 바라보았다.

"나한테 한 번만 '죽어'라고 해줄래?"

"네?"

"얼른, 부탁이야."

"네에…." 미츠히라는 쭈뼛거리며 중얼거렸다. "그럼…, 죽어."

"못 죽어!" 나는 가슴을 폈다. 저녁노을 속에서 드높이 선언했다. "왜냐하면, 아직 꿈을 못 이뤘으니까."

미츠히라는 갑작스러운 내 언행에 놀라면서도 "극악 말미잘이죠?" 하며 웃었다. 내가 놀라며 이걸 아냐고 물으니, 미츠히라는 물론이라며 고개를 끄덕였다. "걔네 틀림없이 잘 될 거예요. 전 진짜 좋아해요." 내가 하나오카와 동창이라고 말하자, 미츠히라는 상상 이상으로 흥분하며 학창시절 에피소드를 이야기해달라고 졸랐다. 나는 괜히 우쭐해져서 몇 가지 일화를 알려주었다. 다만 졸업장 에피소드는 이야기하지 않았다.

나는 미츠히라의 웃는 얼굴을 보며, 열아홉 살을 향해 첫발을 내디던 후타와에게 속으로 외쳤다.

자, 봐. 우리의 동창은, 꿈은, 아직 죽지 않았다고.

나는 어른의 저력을 보여주겠다고 약속했다. 그러니 이런 데서 주저앉을 수는 없다. 나이가 뭐 대수인가. 그런 것을 핑계 삼는다면 영원히 어린애다. 나는 이제 두 번 다시 내 나이를 틀리지 않을 것이다.

되돌릴 것이다.

어쨌거나 나는 스물여섯 살이니까.

분명 나뿐만이 아닐 것이다. 마나베는 백화점 CD 매장에서, 아즈마는 시청 세무과 혹은 야구장에서, 그리고 원치 않는 결혼을 했다는 오다기리 카에데까지도. 누구나 현재의 위치에서 최선의 도약을 할 수 있다. 아무도 죽지 않았다. 사람은 살아 있는 한, 결코 죽지 않는다.

붉게 물든 하늘을 올려다보았다. 채운은 역시나 아무도 따라잡을 수 없는 속도로 불타는 하늘을 가르며 나아갔다. 내가 만든 프라모델들은 과연 누가 가져갔을까. 전함을 좋아하던 신문부 지도 교사 미우라 선생님은 군함을 몇 개 챙기지 않았을까. 사회 교사인 우메다 선생님의 차는 미니 쿠퍼였다. 자신의 차를 본뜬 모형이라면 관심을 가졌을지도 모른다. 국어를 가르치는 스기모토 선생님은 고향이 구마모토였다. 그렇다면 구마모토 성을 가져갔을까. 매우 그럴싸한 추측이다.

내가 고등학교 시절에 버려두고 떠난 청춘의 결정체들은 저마다 어딘가로 날아갔다. 소각 처리 된 종이학과는 다르다. 교감 선생님이라는 인도자의 지휘하에 확실히 새로운 세상으로 나아가 자신만의 둥지를 틀었다. 그런 프라모델들은 분명 또 다른 누군가의 손목에 파일럿 워치를 채울 것이다. 그 연쇄가 전율이 일도록 아름답다.

내 영혼은 비로소 청소년기의 속박에서 벗어난다. 그리고 새로운 하늘을 향해 날아오른다.

열 번째 열여덟 살을 맞지 않은 너와, 함께.

옮긴이 권하영

한국외국어대학교 일본어통번역학과를 졸업하고, 이화여자대학교 통역번역대
학원에서 한일번역을 전공하였다. 번역작으로《전남친의 유언장》,《루팡의 딸2》,
《루팡의 딸3》,《루팡의 딸4》,《루팡의 딸5》,《내가 나를 버린 날》등이 있다.

9번째
18살을 맞이하는 너와

초판 2023년 2월 13일 1쇄
저자 아사쿠라 아키나리
옮긴이 권하영
ISBN 979-11-90157-98-8 03830

출판사 북플라자
주소 서울시 강남구 논현동 118-13 5층
홈페이지 www.bookplaza.co.kr

영화 판권, 오탈자 제보 등 기타 문의사항은 book.plaza@hanmail.net으로 보내주세요.
잘못된 책은 구입하신 서점에서 교환해 드립니다.